Le feu d'une renaissance

Catalogage avant publication de la Bibliothèque Royale de Belgique
Dossche, Marie-Luce
Le feu d'une renaissance
ISBN-13 : 978-2960207200
D/2017/Dossche Marie-Luce, éditeur

Couverture : « En harmonie », aquarelle de Janine Lambin, 2016

Infographie de couverture et mise en pages : Magali Tulliez

Auteur-éditeur : Marie-Luce Dossche
    Rue de Thyle, 8A
    1495 Sart-Dames-Avelines
    Belgique
    Email : attraction@horizonsdevie.com
    Site Web : www.attraction-succes.com

Dépôt légal :   3ème trimestre 2017
               Bibliothèque Royale de Belgique

Imprimé par CreateSpace, États-Unis

Marie-Luce Dossche

Le feu d'une renaissance

Roman

Plusieurs histoires vraies ont inspiré ce roman. Par mon métier, j'ai eu la chance de côtoyer des personnes extraordinaires qui ont compris que, face à une difficulté, elles avaient deux choix : être victimes et se plaindre, ou « retricoter » leur vie pour surfer sur les vagues du bonheur. Avec courage, elles sont devenues capitaines de leur navire puisqu'elles étaient maîtres de leur âme et de leur destinée.

Puissent-elles aussi vous inspirer et vous mener vers la lumière, car la réussite réside en vous.

1

Notre âme nous invite à prendre contact avec elle pour qu'elle puisse bien nous guider.

« Mesdames, Messieurs, veuillez rejoindre vos places. Le capitaine vous demande d'attacher vos ceintures. Restez assis. Nous traversons une zone de turbulences… »

Accompagné de quelques secousses, l'avion tangue de gauche à droite. Le nez plongé dans mon livre, j'entends les clics des ceintures qui se bouclent. Par sécurité, je n'ai pas détaché la mienne depuis le décollage. Le personnel de cabine passe parmi nous pour nous rassurer. Ces secousses dues au mouvement ascensionnel de l'air affectent chaque vol.

Même lorsque je pars loin pour oublier un peu ma vie, je retrouve la tourmente. Ai-je réalisé le bon choix ? Je ne supporte plus les difficultés que je connais depuis trop longtemps.

Dehors, le ciel s'est assombri, les nuages menaçants grossissent, je m'assure à nouveau que je suis bien attachée. Une peur m'envahit. Je m'efforce de penser à autre chose. Je saisis entre mes doigts mon porte-bonheur, le bijou qui pend à mon cou, une main avec un brillant posé entre le pouce et l'index. Mon père me l'a offert pour mes dix-huit ans, lors de mon entrée à l'université. Je le fais nerveusement aller et venir sur la chaînette d'or. Dans le hublot de l'avion, j'aperçois mon reflet, je ne me reconnais pas avec les traits crispés de mon visage.

– C'est moi, Manon, cette femme-là ? Cette fille négligée, dans un sweat-shirt classique, sombre et décoloré par les années ? Cette personne de quarante-deux ans, à l'apparence d'un garçon, aux cheveux bruns coupés court, à la bouche tombante, aux yeux tristes bleu délavé, éteints comme le ciel noir. Où est partie la Manon jeune et pétillante, qui aimait rire, danser, s'amuser avec ses amies ? Que sont devenus ma jolie coiffure mi longue aux boucles auburn, mon sourire éclatant qui embellissait mes yeux bleus, faisait bouger mes petites pattes-d'oie et illuminait mon être ? Quand ai-je abandonné les robes fleuries et féminines ?

Là, à me regarder, j'ai l'impression étrange d'être double : une Manon avant et après le séisme.

Finalement, je suis peut-être plus forte que je ne l'imagine, je m'en suis toujours sortie sans trop de cicatrices. Je suis passée maître dans l'art de jeter de la poudre aux yeux. J'affiche la joie et la persévérance. Mon entourage professionnel s'appuie souvent sur moi quand il rencontre un problème. Personne n'a remarqué la petite fissure en moi qui, avec les années, a fragilisé mon monde intérieur. La perturbation que je traverse aujourd'hui est la plus menaçante… insidieuse, silencieuse et dévastatrice. Des peurs multiples m'assaillent. Les idées noires hantent mes nuits. Je ne vois plus que le mauvais aspect des choses… le verre à moitié vide qui efface mon sourire, jour après jour. À l'extérieur, je montre le masque d'une femme de la quarantaine qui a réussi… la face de la médaille. Mon côté pile est très différent : une lumière qui s'éteint à petit feu.

— Mais que s'est-il passé ?

Mon médecin m'a diagnostiqué un épuisement professionnel, le « burn-out » tant à la mode depuis quelques années. Je suis exténuée et les médicaments ne m'aident plus. Bien au contraire, ils m'ont rendue étrangère à moi-même. Je veux tout arrêter.

Mon amie Esther m'a conseillé de changer d'air. Elle m'a recommandé une cure de ressourcement, aux îles Canaries, où une de ses connaissances a été très bien soignée. Esther m'assure que c'est un traitement bien plus écologique que la chimie des anxiolytiques et des antidépresseurs. C'est exactement ce dont j'ai besoin pour dissoudre mes tensions.

Cependant, mon principal souci ne réside pas dans la pression, mais plutôt en ce vide qui grandit en moi, et cette phrase qui m'obsède : « Qui suis-je ? Arriverai-je un jour à me sentir heureuse ? »

2

La chrysalide et le papillon

À dix-huit ans, j'ai choisi des études juridiques universitaires pour ressembler à mon père que j'admirais. Cela n'a pas toujours été facile, mais j'ai persévéré grâce aux encouragements et au soutien de ma colocataire Esther. Très vite, nous sommes devenues des amies inséparables.

Fille unique d'une famille d'artistes, Esther aurait aimé naître dans les années cinquante. Petite, rondelette, cheveux blonds coiffés en chignon banane, lunettes Wayfarer, rouge à lèvres cerise, elle portait toujours des robes rétro glamour comme Marylin Monroe. À croire qu'elle avait hérité de toute la penderie de sa grand-mère. Esther a étudié l'histoire de l'art et a choisi Bruxelles pour la proximité des nombreux musées. Magritte a toujours été son modèle d'inspiration et elle était convaincue de devenir un jour une peintre célèbre.

Esther déborde d'optimisme, de joie de vivre et de confiance. Je lui ai donné le surnom de « Quokka ». Ce cousin du kangourou affiche constamment un sourire jusqu'aux oreilles et voit la vie en couleurs. Qu'il dorme, ou qu'il joue, il a toujours l'air de bonne humeur. Esther m'a très vite mise au pas pour organiser notre temps. Elle voulait que nous obtenions notre diplôme et, en même temps, que nous profitions au maximum de la vie d'étudiantes. Nous travaillions nos cours la semaine et partions nous éclater en boîtes le week-end. Nous avions bâti notre repère préféré dans la discothèque du Vaudeville, un petit théâtre près de la Grand-Place de Bruxelles transformé en club privé. La musique disco et rock se mariait de façon originale avec le grand hall Art déco, les lustres et les miroirs baroques ainsi que l'opulente ornementation en stucs dorés. L'ambiance y était chic et feutrée. La piste centrale de la salle principale avait remplacé les strapontins. Les balcons aux garde-corps renflés accueillaient quelques bars aux hauts tabourets de velours rouge bordeaux. Avec Esther, nous dansions pendant des heures et avons connu quelques flirts sans importance.

Nous sommes sœurs de sang, unies comme les cinq doigts de la main. Je dois avouer que j'envie

Esther. Elle affiche de nombreux contrastes qui définissent son charme. Parfois, elle apparaît lumineuse, forte, la tête sur les épaules. À d'autres moments, son hypersensibilité la rend fragile comme les mimosas. Elle a le don et la sagesse de concilier ces opposés qui, chez elle, deviennent complémentaires et puissants.

À vingt-trois ans, j'ai terminé mes études avec mention et j'ai très vite trouvé un premier emploi dans un cabinet de juristes. C'est là que j'ai rencontré l'homme de ma vie, Pierre. J'ai aimé de suite cet avocat du barreau de Bruxelles, beau, intelligent, cultivé, avec un grand réseau de connaissances. Après six mois d'une relation sexuelle torride, il m'a demandée en mariage.

Il m'a invitée dans le meilleur restaurant de la capitale, le Comme chez Soi. Issue d'une famille modeste, je n'avais jamais imaginé manger un jour dans cet endroit où des grands de ce monde ont signé le livre d'or. Nous étions assis au fond de la salle art nouveau, sous la remarquable verrière réalisée en hommage à Victor Horta. Une baie vitrée donnait sur la cuisine en pleine effervescence. Pierre m'avait recommandé les spécialités du chef Wynants : la salade parmentière au homard de la mer du Nord et aux truffes noires en entrée, les filets de sole mousseline au riesling et aux crevettes grises en plat principal et la trilogie des douceurs comme dessert. J'ai failli m'évanouir quand j'ai demandé à Pierre le prix de la bouteille de vin qu'il avait commandée. Avant le gâteau, je me suis éclipsée aux toilettes. Pierre en a profité pour glisser la bague de fiançailles sous ma serviette. À mon retour, j'ai découvert l'écrin de velours. Je l'ai ouvert, un magnifique saphir serti de diamants était monté sur un anneau en or jaune. Pierre a pris le bijou pour me le passer au doigt et m'a dit qu'il ne pouvait plus vivre une minute sans moi. J'ai répondu « oui » sans la moindre hésitation. Nous avons fixé la date de la cérémonie pour la fin de l'année.

Après le mariage, nous sommes partis en voyage aux Maldives. J'avais l'impression de me retrouver dans un film. L'hôtel somptueux, posé sur un atoll en plein milieu de l'océan Indien, possédait des villas sur pilotis avec piscines privées et accès direct à la mer. Nous passions nos journées à faire du snorkeling dans les eaux chaudes d'un bleu magnifique, un aquarium géant aux variétés de poissons colorés. Nous observions les tortures qui se nourrissaient à un mètre de nous sur les récifs coralliens et croisions des requins à pointe noire totalement inoffensifs. Après, nous nous séchions sur le sable blanc paradisiaque. Pierre me prenait régulièrement la main pour m'entraîner dans notre chambre où nous nous aimions encore et encore. Ensuite, il s'octroyait une grande sieste. Moi, j'allais nager dans la piscine, ou je lisais à l'ombre d'un parasol. Le soir, dans le cadre romantique de l'hôtel illuminé par des bougies et des lanternes, nous mangions de délicieux poissons pêchés le matin, assaisonnés de coco, gingembre frais et citron vert. Nous sommes rentrés à Bruxelles rayonnants de bonheur et bronzés comme des vedettes.

Pierre avait acheté un confortable duplex sur la célèbre et prestigieuse Place du Grand Sablon. Il adorait ce vrai quartier bruxellois animé, ses habitants et ses petits commerces, ses magasins d'antiquités, boutiques de couturiers, hôtels des ventes, pâtissiers et chocolatiers belges connus. Il m'avait donné carte blanche pour décorer l'appartement, plus de deux cents mètres carrés situés dans un immeuble historique sécurisé. L'ascenseur privatif s'ouvrait au premier étage sur un espace de réception avec cheminée, un coin à manger et une cuisine équipée. Le second niveau comprenait un vaste bureau, notre chambre à coucher avec salle de bain et une terrasse orientée sud-est. Nous vivions dans l'ouate et brûlions la chandelle par les deux bouts.

Nos week-ends étaient rythmés par une certaine routine : rangement et courses le samedi après-midi, sorties avec des amis le soir. Le dimanche, nous passions la grasse matinée dans notre nid douillet et nous nous rendions ensuite au Marché des Antiquités et du Livre. Une centaine d'exposants réguliers se retrouvaient chaque week-end dans un village de toile constitué de tentes rayées de rouge et de vert, aux couleurs de la ville de Bruxelles. C'est là que nous avons acheté les décorations de notre appartement. Nous allions boire un verre à la terrasse du Vieux Saint Martin et savourer les pâtisseries chez Wittamer, le Fournisseur Breveté de la Cour de Belgique. Lorsque le temps s'annonçait trop pluvieux, nous allions nous réfugier dans un musée ou un cinéma. En fin d'après-midi, nous rentrions à l'appartement pour préparer notre semaine. Ensuite, nous nous installions au coin de la cheminée pour parler de tout et de rien : notre enfance, nos familles, nos anciens flirts, nos vacances. Nous bâtissions aussi des projets pour l'avenir.

Ce véritable conte de fées n'a malheureusement pas duré. Après un an de vie commune, Pierre s'est métamorphosé en forçat du travail. Il rentrait de plus en plus tard, ne déclinait aucun dossier et ne passait plus le maximum de son temps avec moi. J'avais l'impression que nous jouions au chat et à la souris et je me demandais s'il ne cachait pas un cadavre dans le placard. L'ambiance entre nous était devenue électrique. Je me plaignais souvent…

– Pierre, je ne supporte plus ton manque d'attention !

Il répondait avec flegme, ce qui avait le don de m'énerver encore plus.

– Tu sais bien que je dois assumer mon rôle de mari et veiller à notre sécurité financière. Je te rappelle d'ailleurs que tu n'as jamais refusé le confort de notre train de vie royal !

Je reconnaissais mon goût pour les cadeaux, les beaux restaurants, les séjours dans les hôtels cinq étoiles, l'appartement luxueux et les voitures de marque. Mais cela ne me suffisait plus.

– Je veux une véritable relation amoureuse, Pierre, des moments de tendresse avec mon homme, le partage de la vie de couple. Tu es devenu un courant d'air insaisissable. Nous nous querellons de plus en plus et cela me rend malheureuse. Je ne me retrouve plus dans ce couple.

Les orages de notre amour me faisaient présager le pire. Notre relation a encore tenu deux ans au cours desquels nous nous croisions comme des courants d'air. Quand j'ai estimé que j'avais bu le calice jusqu'à la lie, j'ai demandé la séparation. J'espérais que Pierre réagirait. Il n'a même pas essayé de me faire changer d'avis. Peut-être que ma décision l'arrangeait bien ?

Après le divorce, aussi invraisemblable que cela puisse paraître, je me suis donnée à fond dans mon métier et j'ai bossé comme un titan. C'est souvent ainsi dans les couples, l'un reproche à l'autre ce qu'il n'a pas réglé. Je voulais oublier les blessures de l'amour. Par la suite, j'ai pris goût à la réussite professionnelle, c'est devenu ma raison d'être et une drogue en quelque sorte. Au début, j'ai fourni un bon rendement, je cadrais dans les objectifs de la direction, m'entendais bien avec mes collègues. Mais ces trois dernières années, les actionnaires ont voulu toujours plus de dividendes. Ils ont opté pour la fusion avec un bureau international. La restructuration s'est avérée néfaste : restrictions budgétaires, délocalisation partielle en Inde, démotivation du personnel, collègues fréquemment malades, et récemment une tentative de suicide dans le département financier.

J'ai beau me répéter que j'abats un excellent travail, je stresse en permanence. Depuis l'an passé, j'ai dû effectuer de plus en plus d'heures supplémentaires à cause de la concurrence rude. Malgré ma fatigue, il m'est impossible de lever le pied. J'ai reçu davantage de responsabilités dans les gros dossiers. Tout devait être parfait, irréprochable ! C'est ce que j'ai toujours souhaité, alors j'ai assumé sans rechigner. J'ai vécu de vitamines et de boissons énergisantes, ce qui m'a permis de tenir des journées de douze heures. Parfois, je sautais les repas, et je trouvais cela normal. J'étais comme droguée.

L'hiver dernier s'est annoncé plus difficile. Mon système immunitaire a dû prendre du plomb dans l'aile. J'ai contracté la grippe et par la suite, je suis souvent tombée malade. Quand le réveil sonnait le matin à cinq heures, j'étais aussi épuisée que la veille au soir. J'ai connu les migraines et ce mal de dos que je ressentais à chaque mouvement. Des séances chez l'ostéopathe et l'acupuncteur n'ont servi à rien. Par précaution, mon médecin m'a prescrit des radiographies et une analyse de sang fouillée.

Lors de mon rendez-vous chez lui, les choses ne se sont pas bien déroulées. J'ai dû attendre plus d'une heure avant d'être reçue. Je ne supporte pas le manque de ponctualité, un irrespect total. Mais inutile de changer de médecin pour éviter cela, ils sont tous les mêmes et se prennent pour la huitième merveille du monde. Ils prévoient quinze minutes par patient et débordent de façon systématique sur le rendez-vous suivant ! J'avais pris des rapports pour avancer dans mon travail, mais je n'arrivais pas à me concentrer à cause du bruit. J'enrageais face à cette perte de temps inutile. Le docteur m'a finalement appelée. Aimable comme une porte de prison, il ne s'est même pas excusé du retard. Furieuse, je ne l'ai pas salué ! Je n'allais quand même pas faire la carpette. Il m'a invitée à m'asseoir et a plongé aussitôt dans mon dossier sans dire un mot. Je l'ai trouvé grotesque, tellement maladroit. Au bout de cinq minutes, il m'a lancé un regard sombre et m'a demandé…

– Alors Madame, comment vous sentez-vous depuis votre dernière visite ?

– Pas plus mal, mais pas mieux non plus docteur. Les migraines ne me quittent pas. Je suis toujours fatiguée alors que j'ai besoin de plus d'énergie pour assumer mon travail. Je voudrais surtout dormir d'un sommeil réparateur. Ce que vous m'avez prescrit ne semble pas me convenir. Le matin, j'ouvre les yeux comme un zombie, j'ai l'impression de marcher sur des œufs toute la journée. Je me sens incapable de bien fonctionner dans cet état. Je souffre d'insomnies répétitives vers trois heures du matin.

– Et selon vous, qu'est-ce qui provoque ce mauvais sommeil ?

J'ai haussé les épaules et soupiré.

– Probablement le travail. Je ne me trouve plus assez performante pour la firme qui m'emploie. Le directeur nous presse à outrance. J'ai peur à cause de mon manque d'énergie. Je ne sais pas combien de temps je pourrai encore cacher mes problèmes de santé. Je ne suis pas dupe, dès qu'ils ne m'estimeront plus bonne à rien, ils me jetteront comme Dan et Julie. Ils sont arrivés au bureau un lundi matin. Deux heures plus tard, ils quittaient l'entreprise avec leurs affaires dans une caisse. Ils n'avaient même pas reçu de préavis pour se préparer à la sortie. Éjection immédiate ! Les cauchemars hantent mes nuits. Je vois une personne de dos qui part du bureau les bras chargés. Elle se retourne et montre mon visage. Je me réveille en sueurs. J'ai besoin de votre aide, docteur !

Il m'a toisée d'un regard noir.

– Je vous ai déjà prévenu Madame, vous tirez trop sur la corde. Depuis des années, vous ne prenez pas le temps de manger, vous dormez moins de cinq heures par nuit. Vous devez revoir votre mode de fonctionnement si vous ne voulez pas épuiser votre corps. Bientôt, vous vous retrouverez à l'arrêt, et pendant bien plus longtemps que vous ne l'imaginez. Chez vous, les médicaments sont comme un emplâtre sur une jambe de bois. Si je vous en prescris plus, je vous connais, vous travaillerez davantage et irez encore plus mal. Je vous le répète, vous devez changer votre mode de vie, c'est le seul remède durable.

– Mais le problème s'avère bien plus profond docteur ! Ce que vous me demandez est impossible. J'adore mon activité professionnelle, je suis née pour faire carrière. La société qui m'engage se classe parmi les meilleures du pays. Je ne trouverai plus jamais une aussi bonne place avec autant de perspectives d'avancement. Je dois continuer, je n'ai pas d'autre choix, sans cela, je suis anéantie. J'ai la conviction que je me retrouverai à nouveau au mieux de ma forme après les vacances d'été.

Le médecin a gardé les yeux rivés sur mon dossier pendant que je parlais. Il a relevé la tête, s'est appuyé contre son fauteuil, a levé les bras au ciel et les a laissés retomber.

– Non, non. Si vous reprenez le même rythme effréné à votre retour, ces vacances auront autant d'effet qu'une piqûre de moustique sur un rhinocéros. Je ne vous accorde pas plus de trois mois et vos analyses sanguines s'afficheront encore bien pires.

J'ai protesté.

– Mais je ne peux pas agir autrement, docteur ! Lorsque je me donne à fond dans mon travail, je me sens efficace. J'existe ! Je m'admire quand j'entends mes collègues qui n'imaginent pas comment j'arrive à gérer autant de choses. C'est simplement une question d'organisation et de motivation. Je ne vais pas changer, sinon ma vie s'écroule !

– Je ne vous ai pas demandé de tout arrêter Madame, mais bien de ralentir le rythme, apprenez à réclamer de l'aide. Dites « non » quand vous savez que vous ne tiendrez pas les délais sans passer des nuits blanches.

– Vous rêvez docteur, je ne travaille pas dans un ministère ! Je vis dans le monde de la finance et du droit. On me paie pour ma compétitivité, ma rentabilité et mon excellence. Le bien-être ne rapporte pas d'argent aux actionnaires, ils n'investissent pas dans notre développement personnel !

– Madame, comprenez que ce ne sont pas uniquement les heures de travail qui vous épuisent. C'est aussi la façon dont vous agissez et percevez les choses. C'est cela qui crée trop de stress en vous. Vous maltraitez votre corps, à force de tirer sur l'élastique, il finira par lâcher. D'autres patientes comme vous n'ont pas écouté la sonnette d'alarme, elles ont mis quasi deux ans pour retrouver une santé et une vie normale. C'est cela que vous voulez ? Je ne vous prescris quand même pas l'impossible ! Changez votre rythme, apprenez à vous détendre, mangez mieux et occupez-vous de votre corps. Ne me dites pas que seule la carrière compte dans l'existence ! Vous semblez oublier que vous avez quitté votre jeune mari parce qu'il travaillait trop. N'êtes-vous pas pire que lui ?

En râlant, je suis sortie, je ne pouvais pas entendre ce qu'il me disait et ne voulais pas reconnaître les signaux d'alarme. Je ressemblais à certaines personnes que mon médecin voyait défiler chaque semaine, un véritable colosse aux pieds d'argile. Je me révoltais contre les symptômes physiques, sourde aux avertisseurs qui retentissaient de plus en plus fort jusqu'à l'épuisement total. Conditionnée pour le « faire », j'ai continué à soulever des montagnes. Je n'y pouvais rien, c'était ma nature profonde.

Peu de temps après le rendez-vous, je me suis réveillée un matin dans un sale état. J'avais la sensation d'avoir quatre-vingts ans et de ne plus pouvoir bouger. Je ne me reconnaissais plus, je ne savais plus qui j'étais. Ma tête voulait se lever, aller travailler, mon corps ne suivait plus. Il s'était emparé du contrôle total, comme une entité à part entière qui avait décidé que c'en était assez. Il ne pouvait plus fonctionner à cause des batteries plates, de l'armure cassée.

J'ai appelé mon amie Esther qui a tout pris en main. Le docteur est venu pour confirmer le diagnostic : burn-out en phase de rupture. Il a eu la délicatesse de ne pas me remémorer qu'il m'avait pourtant prévenue. Il m'a prescrit des médicaments plus forts et un certificat médical pour un mois. J'ai protesté que c'était bien trop long. Le médecin a souri.

Au début, j'ai vécu comme l'ombre de mon ombre pendant plusieurs semaines. Je me traînais du lit au fauteuil, rongée par la culpabilité d'être aussi faible. J'avais l'impression de côtoyer une étrangère dans mon corps usé. D'habitude active et passionnée, j'étais à présent devenue un légume. Le médecin a renouvelé le certificat plusieurs fois. Le grand changement qui m'a le plus effrayée, c'est que je commençais à me laisser facilement émouvoir. Sans raison apparente, je pleurais pour un oui ou pour un non. Je ne pouvais plus regarder la télévision sans avoir le sentiment de porter le poids du monde. Je ne supportais plus de voir un enfant blessé, une femme battue, des personnes baignées dans leur sang, un peuple ruiné, des ours polaires maigres. Comment pourrais-je retourner dans ce monde dangereux et en folie ? Comment allais-je affronter le regard de mes collègues de travail après une aussi longue absence ? Pendant des mois, Esther m'a rassurée et répété que Rome ne s'était pas construite en un jour. Je devais prendre le temps de me soigner, de récupérer mes forces physiques et psychiques. Elle m'a convaincue de suivre une cure spéciale pour le surmenage professionnel. Le centre Mariposa dont elle m'avait parlé se situait aux Canaries. Le soleil me procurerait le plus grand bien. J'ai réservé trois semaines et me voici dans l'avion.

3

Le possible est juste un tout petit peu après l'impossible, un seul pas peut suffire pour le rencontrer.

Jacques Salomé

« Mesdames et Messieurs, nous arrivons à Las Palmas. Le commandant de bord vous demande d'attacher vos ceintures. Nous atterrissons dans un instant. »

L'hôtesse me sort à nouveau de ma rêverie, je n'ai pas vu le temps passer. Le personnel de cabine vérifie si tout le monde a respecté la consigne, puis prend place devant les passagers. Par le hublot, j'aperçois le soleil s'embrasant derrière l'île. Il chauffe mon visage et je souris. L'avion se positionne face à la piste et entame sa descente sur le tarmac. Après quelques légères secousses, les roues touchent la terre ferme. J'entends les moteurs freiner au maximum afin de ralentir la vitesse, l'avion s'immobilise. Atterrissage parfait !

Une petite musique sympathique fanfaronne dans les haut-parleurs et annonce notre arrivée à l'heure. Quelques applaudissements suivent, probablement ceux des passagers les plus stressés. Nous attendons en file indienne et après une minute, la porte avant s'ouvre. Comme j'ai une place dans les rangées de tête, je sors rapidement. Je me dirige vers la sortie puis vers le tapis à bagage. Une demi-heure à peine, et je me retrouve devant la station de taxis. Une agréable chaleur m'envahit.

— Taxi ? me crie un chauffeur.

— Si Senor.

Je me rappelle encore certains mots appris à l'école. Pendant que le chauffeur charge ma valise dans le coffre, je monte dans la voiture. Je lui baragouine l'adresse avec mon espagnol de débutante. Il semble comprendre, acquiesce et démarre en direction de l'autoroute du Sud.

Nous longeons l'océan. J'aime ce paysage entre mer et montagne. L'océan bleu azur parsemé de voiliers blancs s'étire jusqu'à l'horizon, des petites criques se nichent le long de la côte bordée d'écume.

Situées à hauteur du Sahara marocain dans l'Atlantique, les îles Canaries sont nées d'éruptions volcaniques. Les montagnes désertiques qui défilent ressemblent par endroits au Grand Canyon américain. À ma droite, des massifs d'altitude moyenne offrent une palette de couleurs variées, des gris, ocre, rose, noir. Des coulées de magma ont formé de profonds ravins. On pourrait croire la roche aride, mais régulièrement apparaissent des euphorbes, des palmiers, des sapins et des cyprès. J'ai lu dans un guide touristique qu'au nord de l'île, les régions plus exposées aux pluies ainsi que la lave riche et fertile rendent possible les cultures en terrasses de bananiers et arbres fruitiers. Le climat des Canaries se trouve parmi les meilleurs d'Europe, il permet de vivre la journée en short tout au long de l'année.

Comme un dératé, le chauffeur de taxi zigzague à vive allure entre trois bandes de circulation. Il a l'air pressé ! Je m'agrippe à la poignée de la porte, stressée comme dans les montagnes russes que je déteste. Je crains l'accident, mais n'ose rien dire. Je ne sais pas combien de temps nous sépare de ma destination, néanmoins j'aimerais déjà y arriver.

Cinquante minutes plus tard, le taxi sort enfin de l'autoroute et réduit sa vitesse. Je me détends. Nous longeons un somptueux terrain de golf. Une centaine de mètres plus loin, j'aperçois un panneau indicateur « Centro Mariposa ». Je me rappelle que cela signifie papillon. Encore un kilomètre, et nous voilà arrivés devant un bâtiment de style baroque espagnol qui repose en front de mer, au pied des montagnes volcaniques. Il me fait penser aux villages mexicains des westerns que j'adorais regarder dans ma jeunesse. Cela me procure une bonne impression.

Le taxi se gare devant l'entrée principale. Immédiatement le chauffeur se précipite pour prendre mon bagage et me lance :

— *Sesenta euros por favor Senora !* Soixante euros, s'il vous plaît Madame.

Il me décroche un large sourire dont les grandes dents me font penser à Fernandel. Je n'avais pas remarqué qu'il avait un œil qui joue au billard et l'autre qui compte les points. Je lui tends un billet de cent euros et il me rend la monnaie.

— *Gracias Senora !* Merci Madame.

— Gracias.

Trente secondes après, il a disparu.

Traînant mon bagage à roulettes dans le hall du centre, je me dirige vers la réception. Une femme joviale aux cheveux noirs et au teint mat attend les clients derrière le long comptoir. Elle porte un uniforme d'été, un prénom inscrit sur une petite plaque de plastique agrafée sur une volumineuse poitrine. Trente-cinq ans environ, la mine enjouée, elle m'accueille chaleureusement.

— *Bienvenida Senora.* Bienvenue Madame.

— Bonjour.

– Vous avez fait bon voyage ?

J'adore son accent espagnol.

– Oui, merci.

– Puis-je vous demander votre passeport et votre carte de crédit afin de vous enregistrer ?

Je fouille dans mon sac et lui tends les documents.

– Installez-vous au bar, sur votre gauche près de la piscine. Un verre d'accueil vous sera offert pendant que je m'occupe de tout. Vous pouvez laisser votre valise ici, un bagagiste la portera dans votre chambre.

Je la remercie et sors sur la terrasse où, bien qu'il soit déjà tard, le soleil m'éblouit. Un serveur m'invite à m'asseoir à une petite table ronde et m'apporte un cocktail de fruits exotiques.

Esther avait raison, l'hôtel mérite ses quatre étoiles. Tout y est beau, raffiné, de bon goût. Trois longs étages de chambres avec balcons surplombent le jardin entouré d'une haie de bougainvillées rose fuchsia, d'aloe vera et de cactus variés. Des jasmins répandent leur parfum que je savoure. Le blanc des murs contraste avec le bleu turquoise des piscines. Plus loin, devant moi, une plage de sable gris forme une courbe harmonieuse bordée par un petit paseo maritime. Des touristes ainsi que quelques familles canariennes y ont certainement passé la journée et sont en train de replier leurs affaires. Le bruit régulier de l'océan me détend et le souffle des alizés me rafraîchit, je vais sans doute séjourner agréablement…

Je mise beaucoup sur ces trois semaines pour recharger mes batteries et rentrer à Bruxelles en forme afin de reprendre mon évolution professionnelle. Par chance, je n'ai pas reçu d'appel de mes collègues. Je n'aurais pas voulu leur expliquer ce que je vis ni me justifier d'une si longue absence. Dans ce monde de requins, mieux vaut montrer ses forces au lieu de ses faiblesses. En même temps, je me dis que je compte bien peu à leurs yeux. Ce côté peu humain me déçoit.

Pendant que je rêvasse, la réceptionniste m'a rejointe et me tend les documents.

– Voici votre passeport et votre carte bancaire. Tout est en ordre et vos bagages sont déjà montés dans votre chambre. Prenez le temps de vous installer. Vous avez rendez-vous sous la pergola à dix-huit heures pour faire connaissance avec la psychologue qui s'occupera du groupe francophone dont vous ferez partie pendant la cure.

Elle me donne ma clé ainsi qu'un plan du centre et m'indique l'ascenseur qui me mène vers ma chambre.

– C'est le numéro vingt-huit, premier étage.

Impatiente, je me lève et prends l'ascenseur. Au premier niveau, je longe un large couloir marbré jusqu'à la porte vingt-huit. Je l'ouvre et me retrouve dans un petit vestibule avec une salle de bain sur la gauche. Je franchis une seconde porte qui donne sur une pièce spacieuse aux murs couleur crème. Ma valise a été déposée près d'un grand lit. D'emblée, la décoration simple et chaleureuse de la chambre m'apaise. Le mobilier moderne est rehaussé par des tentures bleu turquoise. Devant la fenêtre, un joli bouquet de fleurs garnit une petite table et embaume la pièce d'un doux parfum. J'ouvre les rideaux et découvre avec enthousiasme un magnifique balcon meublé d'où j'aperçois l'océan sous le soleil couchant.

Il me reste environ une heure dont je profite pour me rafraîchir et défaire ma valise avant de faire connaissance avec le groupe. Au fur et à mesure que le temps passe, je sens le stress monter face à l'inconnu.

4

La compassion et l'amour doivent commencer par nous pour pouvoir l'orienter vers les autres ensuite. Comment aimer une personne si je n'apprécie rien en moi ?

Lorsque j'arrive sous la pergola, plusieurs participants sont déjà installés autour de la table. Nous nous saluons à peine de la tête et je m'isole sur un coin. Je ne sais pas de quoi parler avec un inconnu et je redoute les moments de silence dans une conversation, cela me met fort mal à l'aise. Assise et raide comme un piquet, j'observe discrètement le groupe composé d'une dizaine de personnes, autant de femmes que d'hommes dont l'âge doit varier entre quarante et cinquante ans. Je constate que je ne suis pas la seule dans l'attitude de repli puisque personne ne se parle.

Soudain, une voix féminine provient de la réception. Elle échange quelques phrases en espagnol avec un homme et rit aux éclats.

La personne se rapproche de nous et lance un grand bonjour à l'assemblée. Nous la saluons tous de la tête. Ce doit être la psychologue du centre comme l'a annoncé la réceptionniste. Elle pose son sac sur la chaise à ma droite. Pendant qu'elle en retire un bloc-notes et un objet rond, je l'observe à la dérobée. J'envie l'assurance et la joie qu'elle dégage. Ses gestes sont précis, elle porte une robe très féminine qui la met bien en valeur avec ses cheveux relevés en chignon.

Quatre chaises restent encore vides et la psychologue propose d'attendre un peu avant de commencer la réunion. Elle nous demande si notre voyage s'est bien passé et si nous sommes contents de notre chambre. Nous répondons tous par l'affirmative.

Les retardataires s'excusent tout en prenant place. La psychologue, imperturbable, les salue de la tête. Elle s'assied à son tour, balaie l'assemblée du regard et parle d'une voix douce, agréable. Elle arbore un sourire discret qui inspire confiance. En bons élèves disciplinés, nous l'écoutons attentivement.

— Bonjour, je m'appelle Rebecca et je suis la psychologue du centre Mariposa. Maintenant que nous sommes tous réunis, je vous souhaite la bienvenue au centre Mariposa. Vous avez choisi d'entamer cette cure pour vous sortir de l'épuisement et je vous félicite pour votre démarche courageuse. Certains d'entre vous ont traversé une crise professionnelle, d'autres se retrouvent ici à cause d'un événement éprouvant de leur vie privée. Vous avez accepté de vous lancer dans l'inconnu et de relever le défi de changer. Nous découvrirons ensemble comment vous êtes tombés dans cet engrenage sans pouvoir l'arrêter.

J'aime ce point de vue. Identifier le problème et y apporter une solution en groupe me rassure, je me sens moins seule. Ma réflexion me surprend, car j'ai toujours recherché la solitude, moins compliquée que les relations humaines. Ce dont j'ai besoin aujourd'hui, c'est de retrouver énergie et courage pour avancer. Alors, ne dit-on pas que l'union fait la force.

La psychologue poursuit son message d'accueil.

– Les trois semaines de votre séjour vont vous donner des bases solides et vous saurez comment procéder pour sortir de votre épuisement. Vous devrez continuer chez vous pour installer de nouvelles habitudes et pour appréhender votre vie autrement. Cependant, le plus ardu commence ici. C'est pourquoi vous avez réalisé le bon choix :

rejoindre un groupe encadré est l'un des meilleurs soutiens. Il vous apportera une dynamique difficile à trouver lorsque vous étiez isolés. Vous constaterez rapidement que vous êtes tous et toutes logés à la même enseigne. Ne vous croyez pas faibles ni inférieurs au monde qui vous entoure, vous n'êtes pas les seuls individus à ne pas avoir pu gérer des situations de la vie. L'épuisement peut tous nous surprendre tant que nous ne reconnaissons pas les tentacules de sa pieuvre.

Je vois que l'image fait sourire plusieurs personnes. J'ai moi-même ressenti cette masse parfois invisible qui m'engluait et me tirait vers le bas. Sans soupçonner la puissance du phénomène, j'ai préféré suivre mon chemin comme si de rien n'était, mais la réalité m'a rattrapée.

Rebecca nous enveloppe de bienveillance et continue.

– Dès que vous aurez identifié les causes de votre crise, vous commencerez à changer. Le grand psychologue Paul Watzlavich disait que lorsque quelqu'un formule son problème, il a déjà parcouru la moitié du chemin pour le résoudre. N'est-ce pas formidable ? Je vois que certains d'entre vous semblent dubitatifs. Pourtant, Watzlavick était convaincu que nous avons toujours notre solution en nous. J'ajouterais que souvent elle apparaît inaccessible, inconsciente. La cure au centre

Mariposa a pour but de vous aider à faire émerger vos ressources, celles qui seront adaptées à votre vie. L'équipe que vous découvrirez plus tard et moi-même allons vous épauler et vous accompagner dans votre séjour. Nous nous réjouissons de vous compter parmi nous. Nous sommes convaincus que vous apprécierez la cure, et que vous repartirez d'ici armés pour retrouver votre vigueur ainsi que votre joie de vivre.

Je me demande si cette psychologue ne déborde pas trop d'optimisme, et en même temps, j'ai envie de la croire. Je compte bien terminer cette cure à la fin des vacances, recharger mes batteries et reprendre mon travail avec brio.

Rebecca continue en affichant un large sourire d'encouragement.

— Avant de vous expliquer les différentes étapes du traitement, je vous propose de réaliser un tour du groupe pour faire connaissance. Vous pouvez vous présenter par votre prénom et nous communiquer vos attentes en étant venus au centre Mariposa.

Elle prend un petit objet de couleur sur la table et l'agite de la main.

— Je vais vous lancer la boule de parole. Celui ou celle qui tiendra la balle parlera. Nous l'écouterons tous en silence. Cela nous permettra de lui apporter toute notre attention. Alors, qui a envie de commencer ? Ou plutôt, qui a le courage de se jeter à l'eau ?

Là, je lui donne un mauvais point ! Je déteste m'exprimer en public et cela me stresse, ma gorge se noue. Comment des spécialistes de la psychologie et des relations humaines ne se rendent-ils pas compte que ce n'est pas la meilleure façon de nous épargner les tensions ? Je décide de me faire toute petite pour que Rebecca m'oublie. J'attendrai que les autres commencent pour bien préparer ce que je vais dire.

Une femme blonde lève la main. Je la trouve très jolie malgré son regard fatigué. Grande, de corpulence moyenne, elle semble avoir la cinquantaine d'une mère de famille bourgeoise. Sa peau claire et fine montre quelques rides de maturité à la base du cou. Les cheveux bouclés en carré dégradé sont dégagés sur le front. Elle porte un chemisier de soie bleu lavande aux manches retroussées qui est assorti à la couleur de ses yeux. Rebecca lui lance la balle et la femme murmure la voix tremblante.

– Je m'appelle Valérie et j'ai quarante-neuf ans. Je suis assistante de direction dans une grande agence immobilière et mère de deux enfants. J'ai toujours abattu un travail de titan, impeccable bien sûr, et je tiens ma maison parfaitement. Je suis une oreille attentive pour tous. Mes proches savent qu'ils peuvent tout me demander, et qu'aussitôt je me coupe en quatre afin de satisfaire leurs attentes. C'est bien simple, mon entourage m'appelle Wonder Woman depuis que je suis mariée.

Valérie ferme les yeux de temps à autre comme pour puiser en elle ses dernières ressources. Nous écoutons tous en silence. Elle poursuit.

– Depuis la mort de mon père, ma mère habitait seule et tout se passait bien, bien que je trouve qu'elle oubliait de plus en plus souvent ce que je lui disais. Parfois, elle me regardait comme si elle ne me reconnaissait pas. Je craignais qu'elle commence la maladie d'Alzheimer, mais je ne voulais pas l'alarmer inutilement. Et puis, il y a deux ans, je suis partie en vacances avec mon mari et les enfants. Au retour, j'ai rendu visite à ma mère et je l'ai trouvée amaigrie. Je lui parlais et elle ne me regardait pas, elle fixait la fenêtre comme si elle était ailleurs. Cela faisait trop de symptômes cumulés, je l'ai emmenée chez son médecin traitant qui a diagnostiqué la maladie. J'ai toujours eu une relation fusionnelle avec elle et je n'envisageais pas de la placer dans une résidence, je voulais lui assurer une vie dans un environnement familier et sécurisant. Avec l'accord de ma famille, je l'ai donc prise à la maison pour pouvoir m'occuper d'elle. J'ai assumé seule : son traitement, les repas, sa toilette, des activités pour qu'elle puisse garder un rythme régulier. Au début, les médicaments ont ralenti la maladie et puis son état s'est empiré. Je l'avais toujours connue coquette, souriante, aimable. Elle se négligeait de plus en plus, vivait des périodes de tristesse alternées avec une grande nervosité et des angoisses. Parfois, elle se réveillait à quatre heures du matin, pensant qu'il aurait dû faire jour, elle s'inquiétait de voir la nuit noire. Elle venait alors dans ma chambre me tirer du sommeil. Le problème c'est que je rentrais à la maison fatiguée par les heures supplémentaires au travail. À la fin de la journée, je me sentais aussi essorée qu'une serpillière. Vidée et aspirée par mon environnement, j'ai l'impression qu'il ne me reste plus d'énergie, juste assez pour que je puisse survivre ! Maintenant que je suis épuisée, je ne peux plus la garder et j'ai dû la placer dans une résidence. Je vis cela comme une situation d'échec. C'est le cumul de ma vie professionnelle et de la charge de ma mère qui m'a conduite au burn-out. Je suis en arrêt de travail depuis deux mois et j'angoisse à l'idée d'y retourner. Je veux cesser de courir tout le temps pour les autres, m'occuper de moi, apprendre à dire non et mettre mes limites. Je suis si fatiguée.

Elle soupire profondément. Un long silence règne puis Rebecca remercie Valérie pour son partage. Elle parcourt le groupe du regard en attendant qu'une autre personne se lance dans les présentations. Certains se sentent gênés, fixent le sol ou le plafond. L'homme assis à ma gauche lève la main et reçoit la boule de parole.

Il s'appelle Daniel, cinquante-deux ans, directeur financier dans une entreprise de grande distribution franco-espagnole. Posture droite, corps musclé, regard franc et décidé, il affiche une élégance sans prétention. Il porte un short et un T-shirt Lacoste bleu océan, des Docksides gris foncé. Sa voix sonne claire, on voit qu'il a l'habitude de parler en public.

– J'ai toujours aimé l'entreprise pour laquelle je travaille depuis plus de vingt ans. La politique des fondateurs concordait avec mes valeurs. Malheureusement depuis deux ans, un groupe étranger nous a rachetés. J'ai de plus en plus de soucis avec la nouvelle direction. Je n'accepte pas leur façon de réaliser des économies, très souvent au détriment du personnel. Ils nous disent que les dividendes rétrécissent comme peau de chagrin. Ils sont comme des loups alléchés par l'odeur de l'argent. Je n'arrive plus à fermer les yeux sur les injustices quotidiennes de cette république bananière même si je bénéficie d'un excellent salaire, un train de vie que ma famille apprécie. J'ai contacté plusieurs cabinets de chasseurs de têtes sans succès. Ils prétendent que je suis trop vieux en ces temps défavorables à l'embauche. Trop âgé! La cinquantaine, vous imaginez. Où va-t-on? Je me sens coincé. J'ai l'impression que si je reste dans l'entreprise, je vais me faire dévorer par ces requins. Je perds pied et mes nuits sont devenues un enfer. Ma femme me dit de prendre sur moi, de patienter jusqu'à la préretraite. Ce n'est pas du tout ce que j'espérais d'elle comme soutien.

Quand Daniel finit d'exposer la raison de sa présence, Rebecca attend un court moment avant de s'exprimer. Par son regard, elle semble dire « Je vous comprends. Ce n'est vraiment pas facile. »

– Je vous remercie Daniel et je vous félicite pour votre courage. Nous reparlerons plus tard des personnes de votre entourage. Je vous expliquerai pourquoi vos proches réagissent parfois très différemment de ce que vous espérez. Ce que Daniel a vécu est très fréquent dans les cas d'épuisement. Mais ce n'est pas impossible d'y remédier. Encore merci Daniel.

– De rien, cela m'a fait du bien de partager sans avoir l'impression d'être jugé. C'est moi qui vous remercie Rebecca.

Je ne comprends pas comment ces personnes possèdent autant de courage pour avouer leur intimité. Je sais que mon tour venu, je ne pourrai pas sortir une phrase sans m'effondrer en larmes.

Une femme jeune lève la main. Daniel lui passe la boule de parole.

– Bonjour, je m'appelle Christelle et j'ai trente ans. Je suis la maman de deux enfants, Romain âgé de deux ans et Laurent fêtera bientôt son premier anniversaire. J'ai cru que je pourrais très bien supporter les deux grossesses rapprochées. Mon mari m'a toujours beaucoup aidée et soutenue. Malheureusement à cinq mois, Laurent a été victime de terreurs nocturnes qui le réveillaient chaque nuit, il hurlait pendant des heures sans pouvoir se calmer. Mon époux et moi sommes épuisés au point que parfois nous n'avons même plus la patience de nous occuper de Laurent.

Christelle lève les yeux vers nous, elle cherche à contrôler le timbre de sa voix. Son visage est déformé par l'épuisement, elle est livide et des cernes creusent son regard.

— Je désire retrouver la compassion qui m'habite depuis toujours et la bienveillance pour élever mes deux enfants. C'est tellement important pour moi d'être une bonne mère! Je me sens comme une personne possédée par un démon qui pourrait me pousser à commettre des actes que je regretterais toute ma vie. Mon médecin a diagnostiqué un burn-out en phase un. Il m'a fortement recommandé d'entamer cette cure. J'attends beaucoup de vous.

Elle éclate en sanglots et j'ai envie de pleurer avec elle. Je vois bien que tout le monde est bouleversé dans le groupe. Je suis tellement noyée par mes émotions que je n'entends plus ceux qui se présentent, je perds toute notion du temps. Quand j'ouvre les yeux, Rebecca me regarde avec insistance, je comprends que je suis la dernière du groupe à parler. Tremblante, j'attrape la balle, je puise le peu

45

de courage qu'il me reste, j'inspire et je me jette à l'eau.

— Je m'appelle Manon et j'ai quarante-deux ans. Je suis juriste dans une entreprise multinationale. Je travaille beaucoup et j'adore cela. Enfin… je devrais dire que j'aimais cela. Et… mais…

J'éprouve des difficultés à retenir mes larmes. Je triture la boule de parole entre les doigts, respire profondément. Ne voulant pas me dérober, je poursuis.

— Nous avons connu un changement de direction dans l'entreprise et je n'ai plus rien compris à ce qu'on attendait de moi. Mon patron m'avait transmis de nombreuses responsabilités puisqu'il savait qu'il pouvait compter sur moi quoiqu'il arrive. Il m'appréciait et me valorisait. Lorsque le nouveau chef est entré en fonction, il a commencé par réorganiser tous les bureaux. Un lundi matin, je débarque et, sans prévenir, ils avaient déplacé toutes mes affaires dans l'aile gauche du bâtiment. Ils affirmaient le changement bon pour nous pousser en dehors de notre zone de confort. Je me suis retrouvée sur un plateau où nous étions vingt-quatre personnes, aucune table ne nous était attribuée. Nous recevions un casier dans lequel nous rangions notre matériel de travail et nous devions occuper la première place disponible parmi tous les bureaux. J'avais vraiment l'impression de régresser, d'être punie pour je ne sais quoi. Ce nouveau directeur a ensuite redistribué les responsabilités de chacun sans aucune logique dans sa décision. J'ai perdu tous les dossiers qui me passionnaient. Il m'a par contre attribué la charge désagréable de débusquer la moindre erreur des collègues qu'il voulait congédier. Il adorait claironner que nous devions effectuer des « coupes dans le budget » sans payer les indemnités de licenciement afin que l'entreprise réalise de sérieuses économies. J'en avais la nausée. Chaque nuit, je me réveillais d'un cauchemar en sursaut et je dormais de moins en moins. Cela me soulage de sortir tout ce poids dans un endroit neutre où les personnes me comprennent. Malheureusement depuis plusieurs mois, j'ai souvent des problèmes de santé et de sommeil. J'ai pensé que les médicaments pourraient m'aider à refaire surface, mais cela ne fonctionne pas. Mon médecin m'a prévenue depuis longtemps que je tirais trop sur la corde et que je finirais en burn-out. Je ne l'ai pas écouté. Je n'ai pas changé de rythme de vie, j'ai continué comme toujours. Un jour, je me suis réveillée complètement vidée. Ma tête voulait avancer et mon corps ne suivait plus. En fait, il avait pris les commandes et avait décidé de ne plus répondre. Mes batteries étaient mortes. Je n'ai d'abord pas compris ce qui m'arrivait, j'avais tellement honte de tomber malade à ce point que je le refusais. Nous avions déjà connu plusieurs cas de surmenage dans la société où je travaille, mais jamais je n'aurais pensé que ce pourrait être mon tour. Pendant des mois, je me suis traînée comme une vieille femme, incapable de quoi que ce soit. Je pleurais tout le temps. Depuis quelques semaines, je commence à récupérer un peu d'énergie. J'aimerais que tout aille plus vite, que je redevienne comme avant, que je puisse agir et retrouver mon efficacité. Je prends des tranquillisants, mais je ne les supporte pas bien. Ma meilleure amie connaissait quelqu'un qui est passé par votre centre, elle m'en a parlé. Elle m'a dit que cela me ferait plus de bien que les médicaments. J'ai demandé l'avis de mon médecin qui m'a soutenue à fond. J'ai pensé : « Pourquoi ne pas essayer ? »

Je m'arrête un instant pour réfléchir et constate que tous me regardent avec grande attention.

– Qu'est-ce que j'attends de la cure ? Bonne question. Je veux tout simplement reprendre une vie normale, me remplir d'énergie, bien dormir et continuer mon travail comme je l'ai toujours assumé. Enfin, peut-être que j'aimerais être moins stressée. Oui, ce serait bien que je sois plus détendue. J'imagine que je passerais de meilleures nuits.

Je pousse un soupir de soulagement. J'ai parlé comme les autres. Finalement, cela n'a pas été aussi terrible que je me le figurais. Rebecca sourit et me fait signe pour récupérer la boule de parole.

– Merci, Manon, pour votre échange. Je pense que votre amie vous connaît bien et j'ai quasi la certitude qu'elle vous a bien conseillée. J'aimerais dire un petit mot sur le problème des médicaments que vous avez soulevé. Effectivement, certaines personnes supportent mal la chimie des remèdes. Pourtant parfois ils s'avèrent nécessaires pour recharger les batteries. Toutefois, eux seuls ne suffiront pas. Mieux vaut toujours associer un suivi thérapeutique, c'est un des objectifs du centre Mariposa. Nous espérons vous faire ressentir les bienfaits et le confort des soins en plus de la médication. Certaines études montrent depuis des années que cette combinaison favorise une guérison plus rapide et moins de rechutes. L'autre avantage de la psychothérapie c'est qu'elle vous permet de réduire progressivement les médicaments avec confort. Tout cela se fait bien sûr avec les conseils de votre médecin. Bon, et bien, je crois que tout le monde a eu l'occasion de se présenter.

Rebecca balaie le groupe du regard pour s'assurer qu'elle n'a oublié personne.

– Vous aurez peut-être remarqué des points communs parmi tous vos partages. J'ai relevé l'envie d'être moins stressés, le besoin de vous respecter, de mettre vos limites et de prendre plus soin de vous, retrouver confiance en vous et dans la vie. C'est pourquoi la cure se présente comme un excellent point de départ. Ici, vous pourrez vous isoler des stimulations qui vous ont conduits au surmenage, apprendre à vous reconstruire et prendre du recul dans un cadre bienveillant. Le traitement s'appuie sur de grands axes. Commençons par ce que les clients aiment le plus : vous recevrez chaque jour des soins thermaux. Ce seront des moments où vous vous laisserez choyer. Reposer votre corps dans les bains bouillonnants, dans le hammam et sur les tables de massage vous apportera bien-être et détente.

C'est l'argument qui m'a convaincu lorsque Esther m'a appelée pour me parler de l'efficacité des cures thermales.

— En parallèle, continue Rebecca, nous allons vous aider à retrouver une forme physique. Nous avons mis au programme la marche nordique et la natation. L'île offre de nombreuses ballades dans la nature, un véritable ressourcement. Vous pourrez nager en piscine et en mer. Nous encourageons toujours nos clients à continuer l'exercice après la cure. Bouger est excellent pour votre corps, et aussi pour votre mental, car les manifestations physiques résultent souvent d'un esprit surmené. C'est pourquoi vous pratiquerez la relaxation avec notre sophrologue. Nous mettrons la priorité sur la correction des symptômes tels que l'insomnie et les angoisses. Vous me rencontrerez à trois reprises chaque semaine dans des séances communes comme celle d'aujourd'hui, afin que vous puissiez bien comprendre ce qui vous a conduit à cet épuisement. Vous trouverez comment vous en sortir et surtout comment éviter un nouveau surmenage. Nous pourrons aussi nous voir en individuel. Nous souhaitons vous rendre autonomes avant la fin de votre cure pour que vous puissiez continuer votre guérison, une fois rentrés chez vous. Désirez-vous plus de précisions ?

Elle attend un instant, personne ne se manifeste.

– Très bien. Oh, mais j'allais oublier le plus important ! La plupart d'entre vous seront obligés de réinstaller des habitudes alimentaires saines. Il est hors de question de sauter des repas par manque de temps, de manger et de boire n'importe quoi pourvu que ce soit rapide. Notre nutritionniste vous expliquera le bien-fondé d'une alimentation équilibrée pour que vous puissiez utiliser vos batteries énergétiques à longue échéance et dans les meilleures conditions. Alors je vous propose de commencer de suite et de vous rendre à la salle à manger.

Elle se lève et nous encourage à la suivre. Les tensions m'ont un peu assommée, je doute d'apprécier ces séances de psychologie et de développement personnel qui nécessitent de se dévoiler. De plus, je n'ai pas l'impression d'être folle. La mise en condition physique et les massages me conviendront bien mieux.

5

Quelques années plus tôt…

Nous contenons en nous des« bénéfices secondaires » qui sont souvent cachés, même dans les contextes les plus inconfortables

Cyril est banquier indépendant. Son agence située en plein centre-ville fonctionne très bien, elle donne les meilleurs résultats de la région. Rien de plus normal, puisqu'il s'y est investi à fond depuis le début, au prix même de passer plus de dix heures par jour au travail. Il a toujours aimé plaire aux femmes. Sa position d'homme d'affaires l'avantage, tout comme son physique : corps mince et bien proportionné pour son mètre quatre-vingt, démarche assurée, cheveux poivre et sel, visage anguleux, yeux bleus profonds, nez fin, teint cuivré. Plusieurs de ses clientes lui sont tombées dans les bras sans devoir trop insister. Il s'est toujours arrêté à des histoires de sexe. Il ne veut pas d'amour, pas d'engagement. Il est marié et a deux garçons, il n'a jamais envisagé de changer de vie.

La première fois que Élise, sa femme, a découvert qu'il la trompait, elle a tellement souffert qu'elle a décidé de le quitter. Il lui a juré que c'était un accident, une faiblesse qui ne se reproduirait plus jamais. Il ne faut jamais promettre ce qu'on ne peut pas tenir !

Pour les enfants, elle est restée.

Six mois plus tard, elle a voulu lui plaire et l'emmener au restaurant le midi pendant la fermeture de l'agence. Quand elle s'est approchée de la banque et a vu une cliente blonde sortir en exprimant de grands gestes d'au revoir à Cyril, elle a aussitôt compris qu'il donnait à nouveau des coups de canif dans leur contrat de mariage.

Elle est rentrée à la maison, furieuse et bien décidée à prendre le taureau par les cornes. Elle a jeté les vêtements de Cyril et ses affaires de toilette dans des sacs poubelles, les a posés sur le trottoir et a appelé un serrurier d'urgence. Le soir, Cyril a eu beau marteler à la porte pour qu'elle lui ouvre, elle lui a crié :
– Va dormir chez ta « poule » !

Par la suite, les enfants ont pris le parti de leur mère. Ils n'ont plus accepté de voir leur père. De toute façon, ils ne le connaissaient pas. Il travaillait toujours et rentrait fort tard. Le week-end, Cyril ne voulait jamais sortir pour une activité avec eux, il n'en avait ni le temps ni la patience.

Élise a demandé le divorce. Cyril le lui a accordé sans rien réclamer. Il lui a laissé la maison et les enfants !

Et puis un soir d'hiver, alors qu'il fermait l'agence, sa vie a basculé. D'un naturel pourtant très prudent, il a mal verrouillé la porte arrière du bâtiment. Tout s'est passé trop vite…

Trois cambrioleurs cagoulés sont entrés, ont pointé une arme sur lui et exigé qu'il ouvre le coffre. Cyril était nerveux et a paniqué. En formant le code secret, ses mains ont tremblé. Un des voleurs a cru qu'il allait actionner l'alarme. Il a posé le doigt sur la gâchette et a tiré. Le choc a fait vaciller Cyril, il a vu la rue s'éclairer de microparticules et s'est effondré, une balle en pleine poitrine. Le laissant pour mort, les cambrioleurs ont pris la fuite.

Heureusement, le bruit a alarmé le bijoutier voisin. Il a appelé les urgences qui sont arrivées rapidement sur les lieux.

Cyril se souvient que dans l'ambulance il était conscient et se sentait en sécurité. L'infirmier qui lui avait posé le masque à oxygène lui répétait : «Ne vous inquiétez pas, Monsieur. Tout va bien se passer. Nous sommes en route pour l'hôpital. »

Quand ils l'ont débarqué aux urgences pour le conduire à la salle d'opération, une grosse infirmière a pris le relais avec deux médecins. Ils couraient et affichaient des visages paniqués. Cyril a pris peur aussi. La soignante lui posait une multitude de questions sur son état de santé, ses antécédents. Elle était excitée et il n'arrivait pas à se concentrer pour lui répondre.

Lorsque Cyril a été allongé sur la table d'intervention, le chirurgien lui a demandé à quoi il était allergique. Spontanément, il a répliqué : «Je suis allergique aux balles de révolver». Tout le corps médical a commencé à rire. Il leur a laissé un moment avant de leur dire qu'ils pouvaient alors l'opérer comme un vivant, et non comme un mort. Il s'est évanoui…

Cyril s'est miraculeusement sorti de l'intervention, probablement grâce à la compétence du chirurgien et surtout à l'influence de son positivisme.

Quelques jours plus tard, son réveil allait lui révéler une surprise de taille.

– Monsieur Gauthier… monsieur Gauthier

– Qu… quoi ?

– Monsieur Gauthier ?

– Hein ?

Cyril se sent lourd et englué dans un épais nuage de brume. Il est épuisé. L'infirmière s'affaire autour de lui.

– Docteur, venez vite, il est en train de se réveiller et de revenir à lui.

La voix de Cyril est étouffée.

– Où suis-je ?

– Je suis chargée de la réanimation, Monsieur Gauthier. Tout va bien. Nous vous avons opéré et vous n'êtes plus du tout en danger. Vous êtes un fort gaillard bien attaché à la vie ! Respirez calmement, vous êtes en train de vous réveiller et c'est normal que cela prenne du temps. Rassurez-vous, dans quelques minutes vous nous verrez. Le docteur arrive, il va tout vous expliquer.

Des bribes d'images lui reviennent : la banque, des inconnus, le coffre, un bruit sec… un gyrophare. La brume commence à se dissiper. Il ouvre les yeux et aperçoit une infirmière penchée sur lui qui sourit. Un homme en blouse blanche se tient debout de l'autre côté du lit. Toute la scène du hold-up lui revient. Il s'en est donc bien sorti malgré la balle logée en pleine poitrine. Le médecin lui prend la main.

– Monsieur Gauthier, je suis le docteur Caldera. Ravi de vous revoir parmi nous. L'opération s'est déroulée à merveille. Le projectile est passé à trois centimètres du cœur, vous avez perdu beaucoup de sang. Vous avez eu un joli coup de chance. Ce n'était pas encore l'heure pour qu'ils vous rappellent là-haut ! dit-il en pointant le doigt vers le plafond. Nous avons préféré vous éviter toute souffrance et permettre à votre corps de récupérer du choc, vous êtes resté en coma artificiel pendant trois jours. Dans quelques semaines, vous serez sur pied et vous pourrez rentrer chez vous.

Cyril revoit la salle d'opération, les médecins affairés et inquiets autour de lui. Il se rappelle qu'il leur a dit être allergique aux balles de révolver.

– Merci docteur de m'avoir maintenu en vie. Vous m'avez fait peur quand je suis arrivé ici.

– Vous avez un sacré sens de l'humour et un moral d'acier sans doute. Maintenant, vous avez besoin de repos. On vous a installé une pompe à morphine dans la main gauche, dès que vous sentez la moindre douleur qui vous incommode, appuyez lentement. Vous ne devez pas souffrir en vain, inutile de jouer au dur ! Avez-vous compris ?

– Oui… mais… mon travail…

Le médecin lui serre la main et réplique aussitôt.

– Il n'y a pas de « mais » qui tienne. Tout va bien ! Vous devez aider votre corps pour lui laisser le temps de tout équilibrer. C'est bien clair, Monsieur Gauthier ?

Cyril hoche la tête en signe d'acquiescement. Le médecin lance un clin d'œil à son assistante et continue.

– Bien, bien. Ariane viendra tout à l'heure vérifier votre tension. Vous êtes en de bonnes mains, c'est la meilleure infirmière de mon service.

La soignante sourit à Cyril, rehausse les oreillers et l'installe confortablement.

– Vous n'hésitez pas à sonner monsieur Gauthier, je ne suis jamais loin. Vous devez dormir maintenant.

Cyril se retrouve seul dans la pénombre de la chambre. C'est alors qu'il réalise que la vie lui a offert une nouvelle chance. Il est bien décidé à ne pas la gaspiller, il se rend compte à quel point il tient à l'existence.

Il se remémore les années passées avec légèreté. Quel gâchis ! Il a eu une épouse formidable qu'il a trompée. Elle lui a donné deux beaux enfants, et il ne s'en est jamais occupé. Pas étonnant qu'ils ne veuillent plus lui parler aujourd'hui, ils n'ont jamais eu de réel père. Ses proches en ont souffert et il le regrette, mais il reconnaît bien mériter sa solitude actuelle.

Longtemps, il s'est senti supérieur aux gens qui l'entouraient. Il savait toujours mieux que quiconque comment mener les choses. Ses collaborateurs devaient se plier à ses attentes sans discuter. Les erreurs, la bêtise humaine et la médiocrité le hérissaient. Il voulait réussir avec brio et a connu le succès. Il trouvait totalement normal que la vie de famille s'adapte aux exigences de son agence bancaire. Jamais il ne se souciait de savoir si son épouse s'en accommodait. C'est en maître absolu qu'il dirigeait, les autres suivaient et exécutaient les ordres.

Au début du mariage, Cyril s'est contenté de l'amour de sa femme, mais très vite, poussé par son besoin de plaire et d'être admiré, il a voulu beaucoup plus. Lorsqu'une cliente le regardait avec émoi, son magnétisme opérait et le flattait. Il a connu des aventures sans lendemain, convaincu qu'il ne courait aucun risque. Jusqu'au jour où Élise l'a pris en flagrant délit. En véritable monstre d'égoïsme, il a espéré qu'elle passe l'éponge pour garder sa vie confortable et bourgeoise.

Il entend les dernières paroles d'Élise le jour où ils se sont rendus au tribunal pour signer les documents du divorce.

« Cyril, tu as toujours eu envie de diriger ton monde sans aucune humilité ni générosité de cœur. J'ai beaucoup souffert, mais je te pardonne. Je te souhaite de comprendre un jour que la véritable noblesse consiste non pas à vouloir être supérieur aux autres, mais à surpasser ce qu'on était auparavant. »

Si seulement Cyril l'avait écoutée ! Dommage de devoir frôler la mort pour constater à quel point la vie est précieuse. Aujourd'hui, il perçoit l'importance de l'amour, de l'engagement, du respect, des enfants, de l'équilibre des différents domaines de l'existence. Tout cela, Cyril l'a possédé un jour, et il l'a galvaudé.

6

Nettoyer les vibrations basses n'est pas nécessaire. Lorsque vous vous retrouvez dans l'obscurité, allumez une bougie pour voir clair.

Reconnaître son burn-out est le début du changement…

Rebecca nous rassemble de nouveau afin que nous puissions évaluer notre état de stress et d'épuisement. La psychologue nous remet un questionnaire pour découvrir la pertinence de recevoir une aide médicale et psychothérapeutique. Nous abordons les trois aspects du surmenage : personnel, professionnel et relationnel. Nous devons répondre à une vingtaine de points par « jamais, parfois, souvent, toujours ». Nous pouvons ensuite comptabiliser les résultats que nous avons obtenus pour chacun des domaines.

Sans le moindre étonnement, je bats le record des « souvent » et des « toujours ». Je mérite la médaille d'or des Jeux olympiques de l'épuisement.

Oui, j'éprouve d'ordinaire de la fatigue dans ma profession, je travaille plus et produis moins. Personne ne s'en est encore aperçu, heureusement pour moi. Mais je ne me sens plus à la hauteur pour assumer mes responsabilités.

Oui, mes relations avec les collègues se sont altérées ces derniers temps. J'ai souvent envie de m'isoler, je veux qu'ils me laissent tranquille. Je m'inquiète de m'irriter pour un oui ou pour un non.

J'ai déjà ressenti cet état de stress et d'épuisement émotionnel après mon mariage raté et le divorce. Je ne supportais plus les hommes, je m'enfonçais dans la solitude. Mon travail m'a sauvée et m'a permis d'oublier ma vie sentimentale désastreuse. Malheureusement, j'ai foncé dans l'excès et me suis sentie prise dans l'engrenage du plus et encore. Obligée de rester en permanence joignable par mon patron, je n'ai pas su dire non aux heures supplémentaires. Mais, pouvais-je vraiment choisir ? La concurrence s'avère rude, certains collègues, tels des rapaces affamés, attendent la moindre faiblesse de ma part pour m'éjecter et prendre ma place.

Oui, je tombe souvent malade. Le plus pénible vient de ces migraines terribles dont je souffre plusieurs fois par semaine et un mal de dos perpétuel. Je dors de plus en plus difficilement et je pleure comme une fontaine pour un rien. Selon mon médecin, ce n'est pas une dépression ! Les gens déprimés n'ont envie de rien et savent très bien qu'ils manquent d'énergie. Moi, au contraire, comme un forçat du travail, je m'acharne à rester performante, je suis tombée dans la dépendance à la perfection !

Rebecca nous explique que tous ces symptômes conduisent au surmenage dans la plupart des cas. Elle nous demande si, en toute sincérité, nous acceptons le constat que nous vivons un burn-out. Nous levons la main en signe d'acquiescement. J'ai le sentiment inconfortable de me retrouver dans une réunion d'alcooliques anonymes où la psychologue va nous ordonner de reconnaître que nous avons perdu la maîtrise de nos vies, et nous faire crier en chœur « Je suis épuisée ! »

Une question me taraude et je demande la boule de parole.

— Rebecca, je ne comprends pas pourquoi d'autres personnes travaillent beaucoup sans pour autant s'épuiser. Pourquoi sommes-nous différents ?

Elle prend un instant avant de me répondre.

— Ce qui conduit à l'épuisement ne concerne nullement vos activités. Le problème réside dans la façon dont vous agissez et percevez ce vécu. Imaginez que votre environnement exige beaucoup de vous alors que vous doutez de vos capacités, pourtant vous voulez à tout prix être parfaits. Vous restez toujours à l'affût de reconnaissance, vous avez peur de ce que les autres pensent de vous. Très souvent aussi, vous évoluez dans un monde qui ne colle plus avec vos valeurs. Toutes ces tensions vont provoquer un incendie en vous. Vos ressources internes se consument et laissent un vide à l'intérieur de vous, cet épuisement s'installe lentement, généralement à votre insu.

On dirait que Rebecca parle en mon nom, je me reconnais à fond dans sa description. Elle poursuit.

– Les personnes très actives avec une bonne estime de soi connaissent aussi des difficultés, mais elles y font face autrement. Elles ont la conviction intime d'avoir de la valeur, avec le sentiment de leurs compétences. Elles sont souvent joyeuses et se respectent, elles mettent des limites quand nécessaire. Donc, elles stressent fort peu. Au centre Mariposa, nous fixons l'objectif de vous aider à renforcer la confiance en vous. Alors, posez-vous la première question fondamentale : souhaitez-vous changer et créer une vie meilleure pour vous ? Ne répondez pas trop vite. Réfléchissez bien et entrez en contact avec votre moi profond. Imaginez un quotidien dans lequel vous vous sentez bien, sûrs de vous, sereins, actifs, disposant de toute votre énergie. Désirez-vous atteindre cet état ?

Plusieurs d'entre nous secouent la tête en signe d'acquiescement.

Rebecca est satisfaite, car elle sait que personne ne peut changer s'il ne reconnaît pas qu'il fait face à un problème.

– Je suis contente de voir que vous formez un groupe très motivé, votre démarche l'atteste. Je vais peut-être étonner l'un ou l'autre parmi vous, mais j'affirme toujours que la transformation peut apparaître immédiatement. Décider de vouloir évoluer est le point de départ, cela correspond à la prise de conscience instantanée. Ce qui prendra plus de temps, c'est la construction de nouvelles fondations, l'installation d'habitudes différentes. Mais sachez que si vous avez eu la capacité de créer un problème, vous avez aussi le potentiel de vous en défaire ! Changer est plus aisé quand nous nous en croyons aptes, et lorsque nous possédons une grande motivation. N'est-ce pas le cas de chacun ici ?

Christelle lève la main pour poser une autre question.

– Si je comprends bien Rebecca, vous dites que nous pouvons changer si nous le voulons. Mais comment faire ? Moi je ne vois pas comment me transformer. Cela fait des mois que je répète que ce n'est plus possible, que j'aspire à autre chose. Mais je reproduis chaque jour des erreurs identiques ! Je chasse le naturel et il revient au galop.

– Oui Christelle, vous avez raison. Tant que nous n'avons pas démonté le mécanisme des comportements qui nous limitent, notre cerveau les répète comme un automate. Pourquoi réitérons-nous toujours les mêmes gestes au fil des années, comme le fait de nous brosser les dents tous les matins ? Parce que, jour après jour, nos neurones renforcent leurs connexions dans notre cerveau. Les neurosciences ont mis en évidence la possibilité de bloquer les routines néfastes pour les remplacer par d'autres, plus porteuses. Les exercices très simples que vous apprendrez ici vous permettront de changer, de trouver vos solutions propres. Ce ne seront pas des conseils que nous vous donnerons. Vous saurez comment agir autrement tout en respectant votre personnalité et votre environnement. Tout dépendra de vous, car c'est en forgeant que vous deviendrez forgerons.

Christelle semble rassurée. Elle opine de la tête. Rebecca poursuit.

– Je me réjouis de vous accompagner tous dans la mise en place de cette nouvelle vie. Avant de changer, nous nous occuperons des freins que vous avez rencontrés et en retirerons les enseignements. Sinon, ils risquent de se reproduire même à votre insu ! Vous allez donc devoir réfléchir aux déclencheurs de votre épuisement. Un facteur unique n'a pas provoqué votre surmenage, il s'agit plutôt de sources multiples de stress et de fatigue. Je vous invite à les identifier et à les noter. De temps à autre lorsque vous serez seul, posez-vous la question : « Qu'est-ce qui a pu me conduire à l'épuisement ? Quels ont été les déclencheurs externes et internes de mon stress ? Comment ai-je agi pour me mettre à plat ? » Prenez du recul et devenez spectateurs du film de votre vie passée. Quelqu'un parmi vous se fait-il une vague idée de ce qui a pu provoquer son burn-out ?

Daniel lève la main et attrape la boule de parole.

– Pendant que vous expliquiez la situation, j'ai revu le scénario de mon travail. Je sais que je redoutais très fort la pression de mes chefs hiérarchiques. Ils nous demandent toujours davantage de productivité et de résultats sans se soucier si cela est possible. J'avais l'impression d'être Don Quichotte qui se battait contre des moulins à vent. J'ai souvent ressenti cette pression comme un bloc de béton trop lourd que je portais sur le dos. C'est bizarre, je n'avais pas remarqué à quel point cette image me hantait.

– Effectivement, Daniel, un trop-plein d'exigences inatteignables provoque du stress dans la majorité des cas. Merci pour l'exemple que vous nous donnez. Dans votre cas, vous noterez que le déclencheur de votre épuisement a été votre incapacité à faire face à la pression que vous subissiez de la part de votre hiérarchie. Comment auriez-vous souhaité réagir d'une façon plus positive dans cette même situation ?

Pendant que Daniel réfléchit, il fait sauter la boule de parole d'une main à l'autre.

– Bien… j'imagine que j'aimerais ne plus être obligé d'atteindre un rendement impossible !

– Ce n'est pas mal comme première étape Daniel. Toutefois, d'une part j'entends une formulation négative « ne plus être obligé » et d'autre part, cela ne dépend pas entièrement de vous. Sachez que pour réaliser un objectif, il doit être énoncé positivement. Cela s'appelle la technique du regard. Si je vous demande de « ne pas » penser à un cheval noir, vous le voyez tous apparaître. Donc, si vous voulez voir le cheval blanc, pensez à celui-ci plutôt que ce que vous ne désirez surtout pas. Cette technique est enseignée dans la conduite sur route. Si vous espérez éviter un obstacle, regardez dans la direction où vous souhaitez arriver, mais surtout pas le danger, vous fonceriez droit dessus. Le cheval blanc représente votre objectif formulé de façon positive. Il devra également ne dépendre que de vous, puisque c'est ce que vous voulez. Imaginons que votre hiérarchie garde les mêmes exigences, comment pourriez-vous reformuler tout cela ?

– Je communiquerais à ma hiérarchie que je serai plus efficace si je peux travailler à mon rythme, avec la certitude d'atteindre les objectifs. Pour cela, je devrai donc négocier la gestion des projets, trouver une solution gagnant-gagnant. Cela me permettra de relâcher la pression.

– Très bien Daniel, je vous félicite ! Vous remplacez ce que vous n'aimez pas par ce qui vous convient. Vous savez que l'excès de contraintes de la part de vos responsables a pu provoquer trop de stress en vous, jusqu'à créer un burn-out. Dans le futur, vous désirez pouvoir travailler à votre rythme, avec la certitude que vous pouvez atteindre vos objectifs. Ne préférez-vous pas œuvrer dans ces conditions ?

Un grand sourire illumine le visage de Daniel. Il se redresse et gonfle le torse.

– Affirmatif, Rebecca !

Rebecca récupère la balle.

– Daniel, encore merci pour l'exemple qui illustre l'exercice que je propose au groupe. Est-ce clair ce que j'attends de vous tous ? Vous repérez les déclencheurs de votre stress et de votre fatigue excessive. C'est ce que vous ne souhaitez plus vivre. Vous les transformez ensuite dans ce que vous aimeriez expérimenter à la place, tout cela en formulation affirmative et de manière à ce que votre objectif dépende de vous. Quelqu'un désire poser une question ?

Personne ne réagit.

– Si vous êtes d'accord, levez la main.

Nous acquiesçons tous.

– Très bien, dit Rebecca. Je vous donne deux jours pour ce travail et nous en reparlerons lors de notre prochaine rencontre. Je propose de terminer ici notre séance. Merci à tous pour votre participation et votre engagement, je suis très fière de vous. Je vous souhaite une excellente journée.

Rebecca ramasse le tas de formulaires, range son matériel d'écriture et se dirige vers son bureau.

De loin, elle observe son groupe de patients et remarque qu'ils n'ont pas encore lié de contacts entre eux. Chacun part de son côté sans chercher à communiquer avec son voisin. Elle se dit qu'elle devra rapidement remédier à cela. Elle leur donnera un travail d'équipe la prochaine fois.

Je décide de rejoindre ma chambre et de réfléchir aux déclencheurs de ma maladie. Je m'installe à la petite table devant la fenêtre avec vue sur mer. Très vite, les idées me viennent. À l'intérieur, dans la chaleur feutrée et le silence, seul le doux ronronnement du ventilateur enveloppe mes pensées. Les mots courent sur le papier. De temps à autre, je relève la tête pour réfléchir. Je peux m'entendre raisonner. Je ne rencontre pas trop de difficultés à m'évaluer.

Je relis mes notes avec satisfaction.

« Vouloir réussir parfaitement tout ce que j'entreprends signifie la perfection dans les moindres détails. Je dois constamment me concentrer sur la plus petite virgule, recommencer ce que j'accomplis jusqu'à rayer la dernière erreur.

Malgré mes révisions continuelles, je laisse toujours passer des fautes. Donc, je ne suis pas irréprochable. Les autres risquent de s'en rendre compte et de me rejeter. Cela me soumet à un stress perpétuel et me demande une énergie considérable. En même temps, je dois avouer que ce besoin d'être parfaite me valorise beaucoup, j'ai le sentiment d'être unique et bien au-dessus de la moyenne des gens. Je fais partie de l'élite, je peux briller telle une étoile au firmament. Mais à quel prix ?

Je me souviens avoir passé des nuits blanches pendant des semaines pour écrire le rapport de fin d'année. J'épluchais tous les dossiers afin de m'assurer que je n'oubliais rien. Ensuite, je préparais mon plan d'action dans les moindres détails. Venait ensuite la rédaction du document. Pour être certaine qu'il plaise à tous les membres du comité de direction, j'ai dû redoubler d'attention sur la perfection du contenu et aussi la précision de la forme. Je me couchais souvent à trois heures du matin pour me réveiller à six heures et me préparer pour me rendre au bureau.

J'ai toujours eu besoin du regard des autres pour savoir si je réussis ou non. La peur au ventre, j'attends leur jugement, leur verdict pour me confirmer que le travail est bien réalisé. Je n'ai jamais supporté qu'ils m'estiment médiocre. Ce n'est d'ailleurs pas pour cela qu'ils m'ont engagée. À partir du moment où ils choisissent un cadre et lui octroient le salaire de la fonction, ils s'attendent à obtenir le meilleur de leur employé. Lorsque le comité de direction me félicite pour mon rapport, je sais que je suis quelqu'un de valable. Je dois toutefois reconnaître que j'ai parfois espéré pendant des jours avant de recevoir leur feed-back. Je vivais angoissée et dans la crainte de ne pas correspondre à leurs attentes. Dans certains cas, je n'obtenais aucun commentaire ni aucune évaluation de mon travail. Cela est tout à fait inadmissible d'ailleurs. Mais bon, le rôle des dirigeants n'est pas de toujours nous encenser. Ce stress provoquait en moi une poussée d'adrénaline qui me faisait me sentir bien vivante. Cependant, il m'épuisait tout autant que les nuits blanches. J'imagine que j'ai perdu mes forces à cause de l'attente constante de reconnaissance. »

Vous allez sans doute penser que je n'affiche pas toujours une attitude optimiste par rapport à la vie. Et vous n'avez pas tout à fait tort. Mais jusqu'à aujourd'hui, l'existence ne m'a pas épargnée. Je n'ai jamais rien obtenu sans peine, et j'ai souvent dû essuyer des revers. J'entends parfois des gens qui crient, qui chantent qu'ils considèrent la vie belle et bonne. Je ne sais pas dans quel monde ils vivent, ils n'ouvrent jamais la télévision et ne lisent certainement pas les journaux. Vous trouvez que la terre va bien ? Moi je ne le pense pas ! Je n'entends parler que de crises, je ne vois pas la vie aisée ni remplie de succès, le monde est vraiment dur. Prendre sa place au soleil n'est pas évident avec les nombreux nuages d'orage. Cela a toujours fonctionné ainsi pour moi. Est-ce une réalité ou suis-je pessimiste ? La première éventualité me semble la plus juste. Mais, je suis d'accord avec vous, cette vision de la vie génère beaucoup de stress. Quand les choses tournent bien, c'est louche, je me dis que quelque chose de terrible est en train de se tramer et que le bonheur ne peut pas durer. Cela m'a quand même souvent permis de ne pas être trop déçue et de bien m'armer face aux épreuves. Mais le prix à payer est élevé évidemment !

Mon amie Esther fait partie du lot des gens qui trouvent la vie belle. Elle me répète sans cesse que j'ai cette vision pessimiste parce que je manque de confiance en moi et dans le monde. Elle dit que c'est mon plus grand défaut. Selon elle, je place la barre beaucoup trop haut, car j'ai trop besoin de reconnaissance et de perfection. C'est pourquoi je me sens incapable de réussir telle ou telle chose. Tout cela génère un stress phénoménal. Elle pense également que c'est la raison pour laquelle je suis trop sérieuse et studieuse, trop collégiale. Je dois me rassurer par rapport à tout. Elle ne comprend pas comment une femme aussi belle et douée que moi peut croire que le sort s'acharne contre elle. Quand je me regarde dans le miroir, je ne me trouve pas jolie, mais plutôt quelconque. Eh oui, j'aime bosser, je vise la perfection, j'adore suivre les consignes à la lettre, les normes me rassurent, elles balisent mon chemin. Si je crois la vie rude, c'est tout simplement parce que j'en ai toujours reçu la preuve. Esther est née avec une cuillère d'argent dans la bouche, je lui souhaite que son bonheur dure le plus longtemps possible, mais seul l'avenir nous éclairera.

J'analyse la synthèse de ce qui a pu provoquer en moi un épuisement professionnel et j'en arrive à la conclusion que mes forces se sont transformées en faiblesses. J'ai péché par excès de perfection absolue, par nécessité d'être reconnue pour exister. Je m'enfonce dans le marécage de mon esprit trop critique et pessimiste, dans le manque de confiance en mes capacités. Le plus intrigant, c'est que tout tourne autour de ma sphère de vie professionnelle

Peut-être me suis-je mise en danger en plaçant tous mes œufs dans le même panier ? Pour exister, j'ai toujours envisagé ma réalisation personnelle uniquement dans le cadre de mon métier, j'y ai investi toute mon énergie et mon temps, toute mon existence dépend de mon travail. Lorsque les choses se sont déroulées à merveille, j'ai connu le pur bonheur. Mais, quand j'ai rencontré des difficultés dans ce travail, rien ne me permettait de décompresser ni de compenser.

Certaines personnes éprouvent des malheurs dans leur carrière, par contre, elles jouissent de la félicité en amour ou en amitié. Cela leur donne sans doute la possibilité de relativiser les choses, de se ressourcer auprès des êtres chers. Elles ont le sentiment de ne pas tout rater.

Or chez moi, les enjeux sont énormes. Lorsque j'ai des soucis dans mon emploi, je pense encore plus au travail puisque j'ai peur de le perdre et il ne me resterait plus rien. Quel stress je me suis imposé pendant toutes ces années ! Pas étonnant que j'aie gaspillé beaucoup de mon énergie sans pouvoir la régénérer.

7

Être heureux n'est pas une affaire de destin. C'est une affaire d'options ou de choix.

Le Dalaï-Lama

Après avoir dressé le bilan ma vie, j'ai le moral dans les talons. Je repense encore à la devise d'Esther : tout problème recèle ses solutions. Je devrais lui parler, elle pourra certainement m'aider.

Quand j'ai quitté mon ex-mari, j'ai été accueillie chez Esther et Tom. Ils m'ont ouvert la porte de leur maison et j'y ai vécu plusieurs mois. Souvent le soir avant de m'endormir, je discutais avec Esther pendant des heures tandis que Tom se montrait très patient. Il sait à quel point je compte pour son épouse. Tom et Esther ont toujours été un couple modèle, uni comme deux âmes jumelles. Ils partagent les mêmes goûts, des valeurs et une ambition identiques. Ils se font confiance depuis le début de leur rencontre et vivent une rare complicité. C'est évident qu'ils devaient fonder un foyer. Très vite, Esther s'est retrouvée enceinte. À la naissance de Nathan, elle a souhaité que je sois sa marraine. Elle disait qu'on ne choisit pas sa famille, mais bien ses amis. Si un quelconque malheur devait lui arriver, elle veut que je m'occupe de Nathan. Nous possédons les mêmes principes d'éducation ainsi qu'un immense amour des enfants. Esther s'est toujours demandé si je n'ai jamais éprouvé le besoin d'être mère à cause de mon attachement à Nathan. Je n'en sais rien. Elle affirme que je ne vivrai jamais en équilibre tant que je resterai célibataire. Je ne veux plus aborder ce sujet épineux avec elle, nous finissons toujours par nous quereller.

Je consulte ma montre, quinze heures en Belgique. Esther peint probablement dans son atelier l'une ou l'autre toile pour sa prochaine exposition. Je prends mon iPhone et compose son numéro. Elle décroche rapidement.

— Esther ?

— Manon !

Dans la bouche d'Esther, mon prénom devient douceur, tendresse, un bonbon, une praline.

— Manon ? Comme je suis heureuse de t'entendre ! C'est gentil de m'appeler. Comment vas-tu ?

— Je ne te dérange pas ?

– Non, bien sûr. Tu ne m'ennuies jamais.

Je perçois son sourire et l'imagine, debout face à son chevalet, une grande toile portant une esquisse au fusain, quelques touches de couleurs acryliques, un pinceau dans la main et le téléphone dans l'autre. Je parie qu'elle porte son pull avec de larges ailes brodées dans le dos.

– La cure te plaît ?

– Oui, oui. Le centre est beau, la vue sur mer magnifique. Il fait bon et le soleil brille depuis mon arrivée. On mange très bien.

– Tant mieux Manon ! Mais toi, raconte-moi, comment se passe ton séjour.

– C'est un peu confus, tu sais.

– Qu'est-ce qui est compliqué ? Toi ? Le traitement ? Qu'est-ce qui ne fonctionne pas, Manon ?

– Mais non, tout va bien. C'est seulement que je vis des hauts et des bas. Tu avais mille fois raison, j'adore les thermes et les soins corporels. Cela me détend.

– C'est déjà ça ! Et qu'est-ce que tu aimes moins ?

– Nous devons suivre des séances de psychologie en groupe où on nous demande de trouver ce qui nous a mis dans cet état. Cela m'oblige à retourner dans le passé.

Esther respecte mon long silence. Je la devine, elle ne veut pas me brusquer. Comme avec une enfant, elle va ruser pour me tirer les vers du nez.

81

— Manon, que signifie « remonter dans ton passé » ? Dois-tu réaliser la psychanalyse de ta prime jeunesse et de ton mariage ?

— Non, non. Ils disent que nous devons comprendre ce qui a pu nous stresser et nous fatiguer dans notre vie ces derniers mois ou années.

— Eh… ? C'est si difficile à trouver ?

— Je crois que probablement le déclencheur vient de mon travail.

— Alors Manon, où se situe le problème ? Faut-il aller en cure ou être psy pour savoir que tu turbinais comme une malade et que tu ne te reposais jamais ?

Je sens mon visage s'empourprer. Je suis gagnée par une colère sourde.

— Ne sois pas méchante Esther. Tout le monde ne peut pas comme toi, travailler uniquement en fonction de ses moments de créativité.

— Je me demande qui est la plus cruelle de nous deux, Manon. Mais tu as raison, je m'exprime et je réfléchis ensuite, je ne voulais pas me montrer désagréable. C'était évident que tu devrais un jour regarder les choses en face et trouver ce qui t'a mise dans cet état.

— Excuse-moi aussi de t'avoir parlé ainsi, Esther. Je suis un peu à fleur de peau ces derniers temps. J'ai tellement de contrariétés. Je n'ai pas de chance, c'est toujours à moi que ce genre de situation arrive. J'ai l'impression que je vais devoir tout révolutionner dans ma vie alors que j'aime quand tout est réglé comme du papier à musique et…

– Et quoi ? Quel est le problème ? Arrête de prendre le rôle de la femme plaintive. Cela ne sert à rien.

– Je ne me lamente pas, mais je déteste le changement ! J'adore mon travail, même si ces dernières années ont été plus difficiles avec la fusion. Je ne maîtrise que ça ! J'aime que tout soit parfait. Je sais que je me mets la pression, mais mes employeurs sont exigeants et je les comprends. J'ai l'impression qu'au centre Mariposa, ils veulent nous obliger à travailler moins, prendre les choses un peu plus à la légère, nous occuper beaucoup plus de nous, lâcher le besoin d'être reconnus comme de bons éléments.

– Je ne leur donne pas complètement tort, Manon. Pourquoi t'épuiser et rechercher toujours la médaille d'or ? Ne vois-tu pas toutes ces belles choses en dehors du travail ?

Ma poitrine se resserre comme un étau, mes mâchoires se contractent. Mon pied droit s'agite de mouvements de plus en plus saccadés.

– Mais Esther, je n'arriverai jamais à lâcher tout cela !

– Qui te dit de tout abandonner ? La psychologue te demande d'identifier ce qui a cloché dans ton fonctionnement pour te conduire à l'épuisement. Le but est peut-être juste de changer ton regard et ta façon d'aborder les choses.

— Tu plaisantes Esther. On parle de ce qui est vital pour moi ! J'ai construit tout mon univers grâce à ma profession !

— Ma chérie, calme-toi. Je comprends que tu as péché par excès. Tu as toujours rêvé de tout réaliser divinement, c'est le tout et le plus-que-parfait qui t'épuisaient. Chaque qualité possède son contraire, reviens dans la voie du milieu. Je te l'ai souvent conseillé, mais tu ne voulais pas m'entendre.

— Esther, je ne te téléphone pas pour que tu me rappelles les règles de morale. J'ai l'impression d'entendre ma mère. J'ai besoin de toi pour me soutenir, toute seule je n'y arriverai pas !

— Manon ! Arrête de croire que tu dois toujours tout réaliser par toi-même. Tu peux demander de l'aide. C'est très bien que tu aies pensé m'appeler. Nous allons nous calmer toutes les deux et repartir sur un bon pied. Si j'ai bien compris, tu rencontres une difficulté dans ta manière d'aborder ta vie professionnelle. Ce problème a duré trop longtemps au point de décharger tes batteries. C'est bien cela ?

— Oui !

Je lui réponds agacée, je me sens acculée au pied du mur.

— Alors, au lieu de vouloir tout changer en une fois, voyons comment ferait quelqu'un qui prendrait du recul. Attends, je réfléchis un peu… Je crois que j'ai une idée. Dis-moi, Manon, quand tu te confrontes à un problème important au travail, comment agis-tu ?

– Au travail ?

– Oui.

– J'analyse toutes les données, je les trie par ordre de priorités et je les traite l'une après l'autre.

– Eh bien, Manon, opérons de la sorte ! Ton gros souci c'est cet épuisement qui t'empêche de fonctionner correctement. Tu peux régler cela à condition de développer des comportements différents pour jouir d'une vie heureuse, détendue, performante, équilibrée et garder ton énergie. Alors, la priorité ne serait-elle pas d'arrêter de vouloir être plus que parfaite ? Tu passerais donc moins de temps à exécuter des heures supplémentaires et pourrais mieux te ressourcer.

– Mais qu'est-ce au juste ne pas être « plus que parfait » ?

Le simple fait de prononcer ces mots me met dans tous mes états. Je perds mes moyens, une chape de plomb tombe sur mes épaules, des sueurs froides parcourent mon corps, je ne peux plus avaler ma salive.

– Je crois, m'explique Esther sans se rendre compte de mon trouble, que tu dois d'abord augmenter la confiance en toi et t'aimer avec tes qualités ainsi que tes défauts. C'est cela ne pas être parfaite. Tu n'aurais plus autant besoin de courir après la reconnaissance de tes supérieurs et des collègues. Tu sais Manon, je t'ai souvent entendue dire « Quelle opinion auront-ils de moi et qu'aurai-je comme évaluation en fin d'année ? » Vivre toujours à l'affût de l'avis des autres doit être terriblement épuisant. Qu'en penses-tu ?

– …

– Manon ? Tu es encore là ?

– Je ne peux pas être imparfaite Esther, je n'y arriverai pas, c'est au-dessus de mes forces. J'étouffe, tu comprends !

– Arrête de te dévaloriser Manon ! Tu sais que je n'aime pas cela. C'est impossible de réussir sans commettre d'erreurs. D'ailleurs, je déteste ce mot « erreur », je ne connais que des apprentissages, des essais concluants ou non. Tu es, comme tout le monde, une personne formidable et aimable, tu possèdes des capacités, certaines, à l'état de graines, demandent du temps pour pousser, d'autres sont déjà arrivées à maturation. Choisis tes plantes préférées, prends plaisir à les faire croître. Développe l'estime de toi Manon, aime-toi de tout cœur, reconnais tes compétences et tes limites, équilibre ta vie dans tous les domaines. Le travail n'est pas la seule source d'existence ! Expérimente l'amour, les relations, la famille, la santé, les loisirs et bien des choses. Accepte que Rome ne se soit pas construite en un jour. Qui t'ordonne de courir pour changer ? Tu vas encore plus t'épuiser ! Donne-toi du temps. Et puis tu n'es pas seule, je suis là et ta famille aussi, même si elle vit loin de toi. Tu te trouves dans ce centre aujourd'hui avec la psychologue qui te demande de réfléchir à ce que tu pourrais modifier pour améliorer la qualité de ta vie.

Elle n'attend pas de toi de tout résoudre par un tour de magie. As-tu vraiment le choix de continuer comme avant ?

– Non, ce n'est plus possible. Je vais droit dans le mur.

– Et en persévérant comme cela, pourras-tu atteindre la perfection dans ton travail en étant épuisée et déprimée ?

– Mais non !

– Donc, peut-être est-il temps d'essayer autre chose. Et c'est ce dont tu t'occupes. Aie confiance en toi Manon, aie foi dans la vie. Cette épreuve dépassée t'amènera plus que tu ne peux le soupçonner aujourd'hui. Je comprends que ce n'est pas facile, mais ce n'est pas irréalisable. Ne dit-on pas que le possible se situe juste un peu après l'impossible ? D'autres sont déjà passés par là et ont réussi, pourquoi pas toi ?

– Oui, je sais Esther. Mais est-ce que vous vous imaginez tous qu'il suffit d'énoncer : « Change, fournis des efforts » ? C'est bien plus compliqué que cela. C'est comme lancer à quelqu'un qui déprime : « Cela va aller, tu dois juste le vouloir ! » Si je te dis que je ne me sens pas capable de changer, c'est que je ne sais vraiment pas comment faire ni où chercher la force de bouger. Améliorer quoi d'ailleurs ? Quand je pense à tout cela, j'ai un énorme trou noir à la place du cerveau, mon électroencéphalogramme affiche un plat total, comme si les neurones ne pouvaient plus se connecter.

– Personne ne te demande de changer immédiatement. On te pose juste certaines questions. Tu me donnes l'impression d'être complètement noyée dans tes émotions. Pendant des années, tu n'as pas bien fonctionné. Tu as eu la chance de passer entre les gouttes puis, sans t'en rendre compte, tu es tombée dans cette histoire de burn-out. Tout cela est nouveau pour toi, ce sont des résistances normales Manon. C'est pour cela que je t'ai conseillé de partir pour cette cure aux Canaries et de t'entourer de professionnels. Ces gens ont de l'expérience, tu n'es pas leur première cliente qui passe par ces moments de remise en question, ils trouveront les moyens pour t'accompagner. Profite au maximum des soins, fais-toi dorloter, suis leur programme, et à ton retour, nous continuerons ensemble si tu veux. Arrête de stresser, lâche prise et laisse-toi porter par le courant. Moi j'ai confiance en toi, tu vas t'en sortir et ta vie va s'améliorer. Je t'aime Manon, tu sais que tu peux compter sur moi, tu n'es pas seule. Si c'est trop difficile, arrête de te montrer forte, pleure quand tu en ressens le besoin.

Cela m'a fait du bien d'entendre ces paroles pour ouvrir la vanne de mes émotions refoulées. Longtemps, j'ai versé des larmes, la présence bienveillante d'Esther me protégeait. Lorsque nous avons enfin raccroché, épuisée, je me suis allongée sur mon lit et j'ai dormi tout l'après-midi comme une marmotte. Quand j'ai ouvert les paupières, le soleil se couchait sur un ciel orangé, une grande traînée dorée scintillait sur l'océan.

8

N'est-il pas plus étrange de nous voir défendre plus farouchement nos échecs que nos valeurs ?

Khalil Gibran

J'ai décidé d'écouter les précieux conseils d'Esther et de suivre les règles du jeu du centre Mariposa. J'apprends à lâcher prise à mes résistances, j'accepte de me laisser le temps d'avancer.

Réveillée ce matin par le bruit des vagues et des oiseaux, j'apprécie la routine qui rythme les premières journées de ma cure.

Après un déjeuner frugal, j'ai pris l'habitude de m'installer seule sous la palmeraie qui jouxte le bâtiment face à la mer. Cette grande place d'accès à la plage possède un paysage de cartes postales qui s'étale sur un écran panoramique. Des dizaines de palmiers se dessinent sur le ciel bleu azur et dévoilent l'océan à cinquante mètres. De temps à autre, des mouettes effectuent de grands cercles au-dessus de l'eau pour pêcher des poissons qui se risquent à la surface. Les passants s'installent sur les bancs et profitent de l'ombre des palmiers. Pendant que le ressac des vagues me berce, je savoure ce moment rien qu'à moi, la nature me ressource, un véritable cadeau de l'univers.

Je m'approche de mon banc comme de coutume, et je vois qu'un homme a pris ma place. Cela m'irrite au plus haut point, je n'ai pas envie de partager mon sanctuaire ! Je vais faire demi-tour…

Et puis zut, pourquoi me priver de ce que j'adore ? Je n'ai qu'à m'installer et l'ignorer !

Je m'assieds et m'abrite derrière mes lunettes de soleil sombres. J'utilise souvent cette tactique pour me protéger du monde comme dans une bulle infranchissable. Je remarque que l'homme me regarde de temps à autre, mais je ne veux pas parler ni abandonner mon espace privilégié. Je garde l'air renfrogné pour qu'il comprenne que je souhaite la paix, je n'engagerai pas la conversation. Après quinze minutes, l'individu se lève et se dirige vers la plage. Je pense en mon for intérieur : « Bon débarras ! » Je vais enfin pouvoir méditer et me perdre dans le bleu de la mer.

Mais impossible de me concentrer, trop nerveuse, je ne tiens pas en place. Je décide d'aller nager dans la piscine, cela me détendra. Je préfère cela de loin à la marche nordique. Comment peut-on éprouver du plaisir à grimper dans les montagnes comme une chèvre et manger de la poussière en plein soleil appuyée sur des bâtons ? Le bassin à débordement du centre Mariposa est tellement plus accueillant, un écrin bleu ciel d'eau fraîche posé sur une grande terrasse blanche entourée de chaises longues et de parasols. Lorsque je nage, je vois la mer dans la prolongation des bâtiments. Je m'y sens en totale sécurité, à l'abri des vagues parfois fortes dans l'océan.

Je rejoins ma chambre et attrape mon maillot dans l'armoire. Le premier jour de la cure, j'ai décidé de m'acheter un nouveau bikini tellement j'avais honte de mon costume de vieille fille. J'ai opté pour un modèle fleuri de Banana Moon avec un petit volant que je trouvais très flatteur. Je l'enfile, enroule mon paréo autour de ma poitrine, prends ma serviette de bain et me dirige vers la piscine. Par chance, peu de monde s'y baigne à cette heure de la journée.

Je n'ai plus nagé depuis longtemps, mais c'est comme pour le vélo, je retrouve les mouvements avec aisance. Je respire l'air en surface et plonge la tête sous l'eau pendant trois temps de brasse.

Compter s'avère une façon efficace pour ne pas penser, pour me vider l'esprit. À l'autre bout de la piscine, je vois une nageuse qui crowle à une vitesse que je trouve supersonique. Elle me dépasse chaque fois et cela me frustre. Je voudrais savoir nager aussi rapidement. Sur le moment, je décide que je suivrai des cours privés de crawl dès que je rentrerai en Belgique.

Bien que l'eau soit chauffée à vingt-six degrés, je ressens quelques frissons et sors pour me sécher sur une chaise longue tout en regardant avec envie la nageuse qui inlassablement continue ses aller-retour.

Je m'enduis d'huile de coco naturelle et lézarde un long moment au soleil. Quelque temps après, je consulte ma montre instinctivement et réalise que c'est l'heure de mon massage quotidien. Je suis devenue friande de la table de la kiné et ne voudrais, pour rien au monde, rater mon rendez-vous. Je savoure les moindres détails : la lumière tamisée, le parfum d'ambiance, la musique zen, la sensation agréable de l'huile chaude, les mouvements coulés qui éliminent mes tensions.

La kinésithérapeute m'a invitée à ne pas parler et à me concentrer sur chaque partie de mon corps. Au début, cela a été difficile. Des centaines d'idées me traversaient l'esprit : «Je ne peux pas oublier de prendre rendez-vous avec le chauffagiste à mon retour pour changer le chauffe-eau de l'appartement. Je dois acheter le cadeau d'anniversaire d'Esther. Cela fait longtemps que je n'ai plus appelé mes parents... » Auparavant, je n'avais jamais pris conscience du tumulte dans ma tête. En fait, je n'éprouve pas le calme en moi. Alors, comme une élève studieuse, j'ai décidé de m'appliquer à suivre les conseils. Apaiser son mental résulte d'un entraînement quotidien. Tout comme pour le sport, mieux vaut avancer par paliers, allonger le moment de pause chaque fois d'une ou deux minutes. C'est ce que j'ai fait ! Petit à petit, j'ai pu lâcher prise pendant quelques instants et apprécier les bienfaits du silence. Avec la persévérance, je dois admettre que la kiné avait bien raison. Je me sens si bien dans ce calme, sans contrainte de temps ni des obligations diverses.

Le centre met un point d'orgue à nous offrir le maximum de flexibilité dans l'horaire des soins thermaux. La première nécessité est de casser le schéma effréné qui nous a conduits à l'épuisement, sortir des habitudes pour que nous retrouvions notre rythme biologique. Cela nous permet de mieux écouter notre corps, nos envies et nos besoins. Aussitôt cette prise de conscience réalisée, retomber dans une vie chaotique devient plus difficile. Je l'ai très vite compris.

Je vis depuis quelques jours simplement, à mon rythme, en accord avec la nature et mes critères : paix, confort, santé, respect. Comment ai-je pu me laisser emporter dans le tourbillon des activités professionnelles jusqu'à oublier ce qui comptait pour moi ? Un mot me vient en tête « Liberté » ! Oui, je me sens libre d'occuper mes journées comme bon me semble, de prendre ou de refuser les soins, d'éviter la compagnie d'autres personnes du groupe, de m'enfermer dans ma solitude rassurante. Je devrais rajouter le mot liberté à la liste de mes valeurs.

Je n'ai plus ressenti ce sentiment depuis des années, moi qui désirais ne subir aucune contrainte. Esther avait peut-être raison, la cure me convient mieux que les médicaments. J'ai rencontré le médecin du centre et il m'a conseillé de ne pas tout arrêter en une fois, il a accepté de diminuer un peu les doses et je me sens déjà plus ancrée.

9

Comme le diamant brut qui est taillé, nous évoluons avec le temps et nous changeons. Nous découvrons que l'erreur n'est qu'un apprentissage.

Pile à l'heure pour mon premier entretien individuel, je frappe à la porte du bureau de Rebecca. La psychologue m'ouvre et me tend une main chaleureuse avec un grand sourire aux lèvres.

– Bonjour Manon ! Soyez la bienvenue.

– Bonjour Rebecca.

– Je vous en prie, entrez et installez-vous dans le fauteuil près de la fenêtre.

Une grande pièce lumineuse décorée comme un salon donne sur une terrasse aux plantes abondantes. Je n'imaginais pas l'espace de travail d'une psychologue comme une maison classique. Devant une large porte-fenêtre sont disposés une table basse carrée entourée de trois fauteuils confortables. Sur la droite, une table avec un ordinateur est couverte de dossiers. Mon regard parcourt rapidement la bibliothèque remplie de livres et d'objets décoratifs.

Je m'assieds sur le bord du coussin, les bras serrés. La psychologue m'intimide plus que lors des entrevues de groupe. Je remarque qu'elle prend la même position que moi.

– Vous n'avez pas bonne mine, Manon. Qu'est-ce qui ne va pas ?

La tête baissée, je hausse les épaules en soupirant. Je suis comme un serpent qui se mord la queue et je ne sais par où commencer. J'inspire profondément.

– Je décide de changer. Je suis convaincue que c'est mieux pour moi, mais un élastique me tire vers l'arrière. Christelle avait raison, c'est tellement difficile de prendre de nouvelles habitudes. Je me sens comme un éléphant dans un magasin de porcelaine. Je ne sortirai jamais de cet épuisement. Ma poitrine brûle comme un étau, ma tête est lourde, mes batteries totalement déchargées. J'en ai assez de souffrir.

Rebecca fronce les sourcils.

– Manon, êtes-vous encore en train de penser à votre travail ?

– Oui, tout le temps ! Je n'arrive pas à éteindre le son de la radio intérieure qui ressasse les difficultés que j'ai connues ces dernières années. Je suis venue au centre pour des vacances et me reposer, mais je pense au boulot tous les jours. Je me vois au bureau avec tous ces dossiers en attente et je suis débordée.

– Est-ce que vous vous endormez facilement ?

– Ah oui, je n'ai aucun souci de ce côté-là. Je suis tellement fatiguée que je n'arrive même plus à lire un roman dans mon lit.

– Et quand vous sortez du sommeil, vous sentez-vous dynamique ?

– Oh non, pas du tout. Mon travail occupe la plupart de mes rêves. Je me réveille la nuit, les mâchoires serrées et la nuque raide, je ne parviens plus à me rendormir et le matin, je me retrouve encore plus épuisée que la veille.

– Pensez-vous que ces tensions nocturnes pourraient expliquer les douleurs que vous ressentez dans votre corps ?

– Je n'en sais rien, c'est aux médecins que je devrais poser cette question. En tout cas, j'en ai assez de souffrir physiquement et moralement. Ma vie est devenue un enfer, comme si je me consumais. Je veux que cela cesse.

– Manon, réfléchissez un instant : avez-vous noté un moment de la journée où vous n'avez pas mal dans votre corps ? Par exemple, qu'observez-vous lorsque vous recevez un massage ?

– Au début, je ne pouvais pas rester dans le silence. J'avais toujours envie de parler ou une multitude d'idées me venaient en tête. Maintenant, je commence à pouvoir me laisser aller et créer le vide en moi.

— Et lorsque vous êtes calme, comment se manifestent vos tensions musculaires ?

— Je n'y ai jamais fait attention.

— Faites un effort. Prenez votre dernière séance de massage, rembobinez le film de ce moment. Ressentiez-vous des douleurs ?

Je ferme les yeux pour me souvenir et me revois dans la pénombre de la salle. La musique douce qui me détend, ma respiration profonde suit le mouvement des mains de la kinésithérapeute.

— Non, je ne sentais rien. J'étais bien, dans la légèreté. Vous avez raison, je ne pensais à rien et je ne souffrais plus.

— Très bien Manon. Voyons si vous avez encore expérimenté dernièrement ce soulagement dans un autre contexte. Si nécessaire, fermez les yeux, prenez tout votre temps.

Je me concentre et j'examine différents moments de mon séjour. Je recherche cette sensation de détente parfaite. Je me revois dans l'eau et je revis instantanément le bien-être.

— En y réfléchissant bien, je crois que je ne ressens aucune douleur lorsque je nage à mon rythme. Oui, je n'ai plus l'ombre d'aucun doute maintenant ! Quand je me coule dans l'eau sans effort, mon corps est souple et détendu.

— Manon, quelle conclusion pouvez-vous tirer de cette situation ?

– Que je suis bien mieux quand je calme mon mental et que je ne m'accroche pas à mes pensées négatives !

– Tout à fait, et je vais vous expliquer pourquoi. Votre cerveau agit comme une bande velcro pour les pensées négatives. Ces ruminations pessimistes créent du stress, car vous avez l'impression que vous n'êtes pas capable d'affronter la situation. Puisque vous vous sentez en danger, votre corps enclenche des réactions automatiques de fuite ou de combat. Ce stress physique empêche la circulation d'énergie et le bon flux sanguin. Vos organes sont comprimés, comme asphyxiés. Tout cela génère de la fatigue. Vous devez casser ces réactions mécaniques. Cela se produit inconsciemment lorsque vous nagez ou pendant que vous recevez un massage. Voyez-vous Manon, à la minute où des personnes se retrouvent dans des périodes de vie où elles manquent de temps, elles ont tendance à éliminer les espaces de ressourcement et de détente. C'est une erreur, car ce sont ces moments qui permettent de recharger les batteries avec efficacité. Et c'est cela que vous souhaitez, j'imagine.

– Oui, bien évidemment.

– Notre cure prévoit de commencer par créer à nouveau ces plages de loisir. Nous voulons que vous expérimentiez les bienfaits de ces pauses dans votre vie pour que vous puissiez ensuite accepter de vous réorganiser.

– Je vous avoue que l'épuisement physique et psychique est devenu tellement inconfortable que je sais à quel point je dois changer. Lorsque je vois une personne joyeuse et insouciante, je l'envie. Mon problème réside dans la transformation qui demande de l'énergie, et je n'en ai malheureusement plus.

– Fermez les yeux Manon. Centrez-vous sur ce que vous m'expliquez. Qu'observez-vous ?

Je suis le conseil de Rebecca et porte l'attention à l'intérieur de moi. Je ne réfléchis pas, je laisse venir ce qui se présente à moi.

– Je me sens lourde, je coule, je vais toucher le fond, m'asphyxier, me noyer. Je n'ai plus la force de remonter à la surface et d'affronter la tempête de la vie. Les vagues m'éloignent de la rive. J'espère qu'un jour elles me ramèneront sur la plage même si je suis épuisée, les poumons encrassés, salés. Alors peut-être pourrais-je expulser la vase, respirer, renaître, et laisser le nénuphar s'épanouir.

Je devine que Rebecca sourit.

– C'est très beau ce que vous dites Manon.

J'ouvre les yeux. Sa remarque m'étonne.

– Vous trouvez ?

– Oui, vous utilisez des images puissantes. Avez-vous pu identifier ce qui vous a conduite à l'épuisement professionnel ?

– J'ai écrit ce qui me semblait important et j'ai pris mes notes pour vous les montrer.

Je lui tends les quelques feuilles. Elle les prend et les pose sur la table à sa droite.

— Très bien Manon, merci. Mais avant d'analyser vos résultats, j'ai envie de vous poser une question. Imaginez que vous viviez dans un monde sans contraintes. Tout est possible ! Vous émettez un désir et il se réalise sans vous soucier de la mise en place. Vous détenez des pouvoirs magiques comme la sorcière bien-aimée. Connaissez-vous cette série télévisée où Samantha remuait le nez pour exaucer son vœu ? Aussitôt, sa demande se matérialisait.

— Oui. J'adore ce personnage. J'ai toujours envié la facilité de sa vie.

— Eh bien, aujourd'hui vous êtes la sœur de Samantha et vous possédez les mêmes pouvoirs qu'elle. Par exemple, vous souhaitez réussir votre carrière en toute sérénité, vous n'avez aucun doute, vous y arrivez. Quel serait votre objectif le plus précieux ?

— Je ne sais pas. Je ne comprends pas bien votre question.

— Que changeriez-vous pour ne plus vous laisser aspirer par la tempête et vous épuiser ? À ce stade-ci, ne cherchez pas si c'est possible ni comment vous y parviendrez. Rêvez simplement votre vie professionnelle idéale. Je vais vous accompagner pour éclaircir ce que vous ne voulez plus et ce que vous souhaitez expérimenter afin d'améliorer la qualité de vos jours. Rappelez-vous, définir un objectif que vous pourrez atteindre en fonction de votre potentiel vous aidera à parvenir à destination. Voyez-vous Manon, dans la vie, les vents peuvent vous faire perdre le contrôle de votre embarcation, ce qui ne s'avère pas toujours agréable. Ou bien vous pouvez guider votre barque jusqu'au cap que vous avez choisi au préalable. Cela vous permet de gagner du temps, de l'énergie et d'augmenter votre capital de bonheur. Bien se connaître, préciser ses valeurs et les suivre comme une boussole est une partie du chemin du bien-être. Alors, Manon, imaginez que nous nous rencontrions par hasard dans plusieurs mois et je vous trouve radieuse. Je suis étonnée et je vous demande ce qui a bien pu se passer pour que vous soyez aussi heureuse. Vous avez utilisé vos pouvoirs magiques et réalisé votre rêve.

Je respire profondément, me cale au fond du fauteuil, ferme à nouveau les yeux et me prends à son jeu.

– J'imagine que vous attendez de moi que je réponde que j'aime continuer mon travail avec moins de stress.

– Et si vous subissez moins de tensions, quelles sont vos conditions d'emploi ?

– Je peux gérer les projets avec des délais plus longs et des chefs moins stricts.

– Est-ce vous ou les responsables qui avez baissé un peu la barre des exigences ?

– Peut-être les deux.

Ma raison prend le dessus, je n'arrive pas à rester dans le rêve. Pourtant j'aimerais bien. Je me sens comme une gamine attrapée la main dans le sac et je déteste ce sentiment. J'ouvre les yeux, me redresse dans le fauteuil, le regard bienveillant de Rebecca me rassure un peu.

– Manon, imaginez que vous acceptez un tout petit pourcentage d'erreurs et donc des résultats un rien moins exigeants.

– Tout dépend des conséquences desdites imperfections !

– Bien entendu ! Mais pensez-vous que vous puissiez un jour concevoir que le sans-faute n'existe pas, que le vouloir à tout prix requiert des efforts harassants ? Éviter toutes les failles est quasi impossible Manon. La plupart des gens qui souffrent de l'épuisement professionnel exigent la perfection dans tout ce qu'ils entreprennent. C'est ainsi qu'elles deviennent victimes d'elles-mêmes.

– Je n'ai jamais aimé la médiocrité Rebecca, je ne vais pas commencer maintenant. Impossible de me contenter d'obtenir la moyenne ! Vous imaginez, si je n'avais recueilli que des notes de six sur dix dans mes études, je n'aurais jamais maîtrisé les matières. Je n'aurais jamais été capable d'effectuer un bon travail.

– Qui parle de réussir par le chas de l'aiguille ? Non, non. Je pensais à quelque chose comme se contenter d'obtenir des notes de quatre-vingts pour cent, et non pas de viser cent pour cent ou cent cinquante. Quel pourcentage d'erreurs pourriez-vous accepter Manon si cela vous permettait de relâcher la pression du stress et d'être plus efficace ?

Ma poitrine se resserre en un nœud. En fait, je n'ose pas l'avouer à Rebecca, mais je veux cent cinquante pour cent de perfection.

Par son hochement de tête, je comprends que Rebecca connaît bien le problème et calibre ma résistance. Timidement, je dis.

– Je ne sais pas, deux ou trois pour cent peut-être.

– Accepter deux ou trois pour cent d'erreur serait un bon début Manon ! Je sais à quel point vous rencontrez des difficultés à admettre de ne pas être parfaite. C'est toujours ainsi au début lorsque je suggère aux participants de lâcher un peu de leur excellence vitale. Vouloir bien réaliser les choses atteste d'une conscience professionnelle, avoir l'intention de les exécuter d'une façon divine et impeccable fait preuve d'excès. La démesure nuit en tout, c'est bien connu n'est-ce pas ? Diriez-vous qu'une personne réussit si elle ne commet jamais d'erreur dans son travail, mais que par contre elle échoue complètement dans sa vie privée ? Et imaginez qu'au bout du compte, elle ne peut plus exercer correctement son métier à cause des problèmes de santé. L'admireriez-vous ?

– Non, probablement pas. Peut-être que je pourrais accepter de baisser l'une ou l'autre exigence. Mais comment faire ?

– Rassurez-vous Manon, vous ne devrez pas tout changer. Peut-être est-ce un peu plus simple que vous l'imaginez. Rappelez-vous que le point de départ de toute véritable réussite tient dans un objectif bien défini. Notre cortex est conçu de façon phénoménale. Il a les capacités de nous guider pour atteindre nos buts, quels qu'ils soient. Mais il a besoin d'une direction ciblée et de consignes précises. Si je commande à mon cerveau la réalisation de tâches concrètes dans un délai bien défini, en toute sérénité et en gardant du temps pour m'occuper de moi, huit fois sur dix j'atteindrai cet objectif. Me comprenez-vous ?

– Oui, je vois. Disons alors que dans un monde idéal, j'aimerais reprendre mon travail avec des résultats satisfaisants, pendant les heures pour lesquelles je suis payée et je développerais en parallèle une excellente hygiène de vie.

– Bravo, Manon, vous êtes sur la bonne voie ! Quel bel objectif pour sortir de votre épuisement !

– Oui, mais je ne vis pas dans ce monde idéal. Mon univers est bien plus compliqué. Je ne sais pas comment réaliser ce tour de magie. J'ai l'impression que je me heurte à tellement de freins.

– N'ayez crainte, Manon, nous trouverons toutes les pistes de solutions dans ces notes que vous m'avez apportées. Vous en découvrirez aussi dans votre cure. Si une personne rencontre des obstacles, des palliatifs existent pour chacun d'eux. Savez-vous Manon qu'un éléphant se mange… en tranches ?

Je souris à cette image amusante et explicite, beaucoup plus abordable qu'une montagne à déplacer avec une cuillère à café.

— Alors Manon, en quoi consiste votre énorme problème ?

— La plus grosse difficulté que je rencontre réside dans ma lenteur et mon besoin du double de temps pour boucler une tâche. Si je ne suis pas admirée pour ce que je réalise, je me sens nulle et je redoute d'être rejetée. Donc la perfection me permet d'exister aux yeux des autres. Mais je stresse face à l'incertitude de savoir si j'agis bien et si j'effectue mon travail comme il se doit. Je vis en permanence avec une épée de Damoclès au-dessus de la tête. Vais-je conserver mon emploi, subvenir à mes besoins et rembourser mes emprunts ?

— Tout ceci constitue effectivement un problème de la taille d'un éléphant. Je vous comprends Manon, c'est assez inconfortable et fatigant. Imaginez que vous ayez plus confiance en vous et dans vos capacités. Seriez-vous moins stressée ?

Je me projette dans mon travail avec plus d'assurance. Je ressens de la légèreté dans le buste.

— Oui, je le crois.

— Manon, aimeriez-vous avoir plus de cran ?

— C'est évident !

— Très bien. Je vais vous accompagner pour un petit exercice qui vous permettra de commencer à avoir plus de certitudes. Ce sera facile pour vous, je guiderai. Vous êtes prête ?

Je me sens un peu mal à l'aise et maladroite, mais je fais confiance à Rebecca.

– Euh, oui.

– Installez-vous confortablement Manon. Fermez les yeux et imaginez-vous sûre de vous. Vous êtes au bureau et vous terminez un gros dossier. Vous savez que tout va bien se passer. Pouvez-vous vous représenter la scène mentalement ?

Je hoche la tête plusieurs fois pour confirmer que je vis cette scène intérieure.

– Très bien Manon. Vous avez la certitude absolue de réaliser votre travail, décrivez-moi ce que vous ressentez. Qu'apercevez-vous ? Que vous dites-vous ? Où êtes-vous en ce moment dans votre film ?

Je suis surprise de voir apparaître dans ma tête l'image exacte de mon bureau.

– Je suis assise face à mon ordinateur et je complète mon dossier. Un tas d'idées me viennent en tête. Je souris.

– Qu'éprouvez-vous quand les choses semblent faciles ?

– Je me sens vraiment bien, libre. J'éprouve de la légèreté, j'avance les pieds bien ancrés dans le sol. En fait, je fonce !

– Parfait Manon. Continuez ! Entendez-vous des bruits ?

Les yeux toujours fermés, j'entends ma voix intérieure.

— Je me dis que je défendrai ce dossier en béton quoiqu'il arrive. Rien ne pourra m'arrêter. C'est passionnant.

— Comment se manifeste votre respiration en ce moment ?

— Ma respiration ?

— Oui, répond Rebecca. Est-elle aisée ?

— Tout est dégagé et…

J'écarte les bras comme pour prendre mon envol, mon visage s'illumine et mon corps se redresse.

— Et… me demande Rebecca.

— Je me sens solide, dynamique, sûre de moi. Étrangement, je suis aussi détendue.

— Formidable Manon. Centrez-vous bien sur cette sensation et effectuez un petit geste de la main que vous pourrez répéter discrètement. Ce geste s'appelle un ancrage et vous allez l'associer à votre état de confiance. L'ancrage est largement employé dans le monde du sport afin de se connecter avec ses ressources. Vous pouvez par exemple fermer le poing ou croiser les doigts.

Le geste m'apparaît avec évidence et je lance avec enthousiasme.

— Je vais serrer la main gauche.

— Allez-y. Serrez-la !

J'exécute le mouvement et je souris jusqu'aux oreilles. Rebecca attend quelques secondes.

– Très bien Manon. Vous pouvez ouvrir les yeux quand c'est bon pour vous.

Je respire profondément, cligne des paupières et fixe Rebecca.

– C'est magique votre truc ! J'avais vraiment l'impression d'évoluer au travail et d'être une autre personne.

Rebecca me tend un petit miroir et m'invite à me regarder.

– Vous êtes une femme différente de celle qui est entrée dans mon bureau tout à l'heure.

Je découvre un visage détendu, rayonnant, lumineux, celui d'un être affirmé.

– Oui, vous avez raison ! Je suis plus sûre de moi et… je ne sais pas comment dire cela, j'ai retrouvé l'assurance que j'avais dans ma jeunesse. J'avais oublié tous ces moments.

– Pourtant Manon, vous les avez vécus, donc vous avez déjà eu confiance en vous. N'est-ce pas ?

– Oui, effectivement.

– Nous avons tous les capacités de reproduire ce qu'on a déjà vécu, soit dans le même contexte, soit dans un contexte différent.

– Dans ce film, c'était tellement agréable d'avancer sans toujours avoir peur. Quand je me regarde à cet instant, je trouve que je ressemble plus à une femme d'affaires. Cela me plaît.

Rebecca poursuit…

– Eh bien ! Voici peut-être la première tranche de l'éléphant que nous allons découper en morceaux !

Vous prendrez comme objectif prioritaire de retrouver la confiance dans vos capacités professionnelles. Ne vous préoccupez pas à ce jour de savoir comment vous y arriverez. Dites-vous que vous souhaitez plus que tout pouvoir développer cette confiance en vous. Vous avez déjà réussi cela dans votre vie, donc c'est possible. Vous pourrez vous reconnecter aux sensations internes de l'assurance que vous venez de vivre dans l'exercice. Plusieurs fois par jour, repassez le film que vous avez vu. Quand vous vibrerez à fond ces émotions de réussite et de sérénité, serrez le poing gauche. Votre cerveau créera une association entre la confiance en vous et le ressenti de votre main fermée. C'est cela l'ancrage, le principe du fameux réflexe de Pavlov ou de la madeleine de Proust. Plus vous le répéterez, plus il deviendra puissant.

– C'est tout ce que je dois faire ?

– Dans un premier temps, oui. Je vous propose de vous centrer sur cet objectif et de le reformuler souvent. Vous rappelez-vous encore votre objectif Manon ?

– Oui, oui. J'ai confiance en moi et dans mes capacités de réaliser mon travail avec sérénité.

– Bravo Manon. Restez centrée sur le plaisir et la confiance en vous. Croyez plus à votre bonne étoile et suivez-la, elle vous indiquera le chemin. C'est une des premières étapes pour sortir du burn-out.

Rebecca se lève pour me signifier que la séance est terminée. Elle me raccompagne et me félicite encore pour cet excellent travail. Je pars le cœur plus léger. J'ai redouté l'inconnu de la psychothérapie, je me suis créé tout un cinéma… « Si je ne savais pas quoi dire ni répondre aux questions de la psychologue, j'aurais l'air bien idiote. Et si tout cela ne servait à rien. » En fin de compte, je me suis sentie à la hauteur ! J'aurais pu encore parler avec Rebecca pendant des heures. Avec elle, tout semble si facile.

10

Rire installe une grande complicité avec
l'autre, permet de voir le positif des choses
et de tout traiter.

Aujourd'hui, une excursion est prévue à la découverte des dauphins. Les eaux canariennes regorgent de cétacés et leur observation est l'une des activités incontournables pour les touristes. Rebecca nous a donné rendez-vous à la réception à neuf heures, nous sommes tous présents, très motivés. Un minibus s'arrête devant l'entrée, nous y montons et nous prenons place. Je suis assise à côté de Valérie qui m'explique qu'elle a pris des comprimés hier soir, car elle craint le mal de mer. Le bus prend la route qui enlace la corniche et nous conduit jusqu'au port de Puerto Rico. La vue est magnifique. Quelques voiliers blancs ont pris le large sur l'océan bleu à perte de vue.

Nous arrivons rapidement sur le quai où le chauffeur nous débarque devant un catamaran bleu et blanc au nom de Dionysos. Une personne installée sous un parasol accueille les clients. Rebecca se place en tête de notre groupe et lui tend les tickets pour le contrôle. Nous devons attendre devant le bateau, car nous sommes un peu en avance. Certains touristes arrivent en taxi, d'autres à pied. Au bout d'un quart d'heure, deux marins abaissent la passerelle, nous embarquons. Rebecca nous indique de prendre place sur les banquettes et de déposer nos sacs en dessous. Mélangés au bruit des moteurs du bateau, les cris perçants des mouettes qui survolent le port créent une ambiance énergique. J'aime moins les odeurs du carburant, heureusement qu'une brise légère les dissipe assez rapidement. Après une quinzaine de minutes, tout le monde a pris place à bord, les marins relèvent la passerelle, nous voilà prêts pour prendre le large.

Le capitaine entame les manœuvres pour quitter les quais. Un matelot nous explique les consignes de sécurité que Rebecca traduit. Le bateau peut accueillir une trentaine de personnes, possède une grande stabilité dans les vagues et permet un contact étroit, intense avec les mammifères marins. À la sortie du port, le catamaran longe tout d'abord les rochers volcaniques puis prend le large vers le sud. Le guide nous rappelle que l'océan n'est pas un zoo avec des emplacements pour les différents animaux. Rebecca continue la traduction.

– Dans cette partie du globe, nous pouvons observer une vingtaine d'espèces de dauphins et de baleines qui se déplacent librement. Heureusement pour eux et malheureusement pour nous les humains, aucun groupe de cétacés ne réside dans un endroit précis. Nous partons aujourd'hui à leur recherche, nous ne savons pas à l'avance où ni quand nous les rencontrerons. Mais je vous rassure, dans quatre-vingt-dix pour cent des sorties nous croisons des dauphins et parfois nous avons la surprise d'admirer des baleines-pilotes. Je vous conseille de porter vos lunettes de soleil pour ne pas abîmer vos yeux et de balayer les eaux de long en large. Nous rencontrerons aussi des tortues et des poissons volants. Si vous observez de nombreuses mouettes au-dessus d'une vague, peut-être y aura-t-il un banc de dauphins en train de se nourrir.

Le guide continue ses explications en montrant un tableau des espèces les plus courantes observées du bateau. Nous faisons la connaissance du dauphin tacheté de l'Atlantique d'une taille de deux mètres et un poids de cent quarante kilos, le Grand Dauphin pouvant atteindre quatre mètres et quatre cents kilos, la baleine-pilote sept mètres et quatre tonnes. Il précise que la baleine-pilote fait partie de la famille des dauphins.

Le bateau navigue depuis plus de trente minutes quand soudain le capitaine annonce :

– Dauphins à droite !

D'emblée, je balaie les vagues du regard, inquiète à l'idée de ne pas les voir, et en même temps toute excitée. Tout le monde s'agite.

Rebecca sourit très fière d'elle. Elle a trouvé la solution infaillible pour créer des liens entre les participants du groupe. Les dauphins joyeux et sociables ont le don de dégeler les plus récalcitrants.

Après deux minutes, le capitaine lance :

– Et voici nos amis les dauphins de l'Atlantique !

Aussitôt, sortis de nulle part, des dizaines de mammifères commencent à nager autour du bateau. Daniel et Christelle m'entourent, me mettent la main sur l'épaule pour attirer mon attention et pointent du doigt les cétacés. Je me penche au-dessus du parapet et les vois surgir à la surface pour disparaître d'un seul coup. Un cri me sort du cœur !

– Oh mon dieu ! Ils sont magnifiques !

Leur corps musclé brille, ils fendent l'eau avec une facilité surprenante. Je ne trouve pas les mots pour décrire cette beauté ! Quelles émotions multiples et intenses ! Je ris et pleure en même temps. Fous de joie, les dauphins frôlent le bateau, sautent, plongent, précèdent la proue, reviennent sous la coque, dans une danse riche de grâce et de puissance. Mon cœur explose d'amour, je peux presque les toucher, les larmes coulent sans que je puisse les contrôler. Les dauphins m'ont toujours fascinée, et aujourd'hui je sais pourquoi. Ils représentent la vie, la joie, la force, la souplesse, la générosité, le pur bonheur. Daniel me taquine du coude.

– Tu n'as pas envie de plonger et de nager avec eux ?

– Non, tu es fou ! J'aurais bien trop peur qu'ils m'engloutissent dans les vagues.

– Mais Manon, n'as-tu jamais entendu parler des centaines de récits qui relatent le sauvetage d'humains par les dauphins ? Ce sont des animaux foncièrement bons. Tu redoutes peut-être l'inconnu et la perte de contrôle. Rassure-toi, tu ne crains rien sur le bateau.

Bien qu'hypnotisée par ces animaux, je préfère les observer du catamaran. Le guide parle à nouveau.

– Profitez du spectacle. Vous avez de la chance pour votre première rencontre, ce sont des dauphins fougueux, ils sont nombreux, probablement une trentaine, leur spectacle est impressionnant.

Les appareils photo ne chôment pas, le mien non plus. Je veux immortaliser tous ces souvenirs. Le capitaine tend le bras pour nous montrer trois spécimens qui surfent sur la vague de proue.

– Regardez au centre, le jeune avec sa mère ! Elle le surveille tout en lui laissant le plaisir de découvrir le bateau, elle ne s'éloigne jamais de lui.

Valérie crie.

– Où ça ? Je veux voir le petit.

Daniel s'écarte un peu de moi et tire Valérie par le bras.

– Viens près de nous !

Tous les membres du groupe sourient, se touchent, font des photos, prennent soin les uns des autres. Leurs visages s'illuminent et la vie colore à nouveau leurs joues. Rebecca exulte, son plan a marché.

Malheureusement, après vingt minutes, la loi de protection des cétacés oblige le capitaine à quitter l'endroit. La séparation me déchire, j'aurais encore voulu rester. Combien de temps les dauphins seraient-ils demeurés avec nous sans ce délai à respecter ? Émerveillée, éprouvant une grande joie face à leur beauté et leur sociabilité, je n'ai qu'une envie, revenir encore et toujours pour apprendre à les connaître. Quelques mammifères suivent le navire pendant que le bateau fait demi-tour. Ce dernier prend doucement de la puissance, les dauphins continuent à sauter devant la proue, puis ils comprennent que le jeu est fini, je les regarde avec tristesse, ils deviennent de plus en plus petits, puis je ne vois plus rien d'autre que les vagues.

La mer un peu plus agitée pour le retour bouscule mes pensées. Le banc de dauphins a éveillé en moi beaucoup d'émotions, allumé une flamme dans mon cœur, une petite étincelle d'âme que j'avais perdue depuis tant d'années. Ils m'ont redonné l'envie de VIVRE.

Rebecca a décidé de nous tutoyer. Pendant que les dauphins nous hypnotisaient, elle aussi a pris des photos de notre groupe. Elle s'approche et me montre un cliché.

– Ces animaux sont les meilleurs thérapeutes que tu puisses rencontrer Manon ! Quelle incroyable transformation ! Regarde comme tu es pétillante, sereine et radieuse.

Probablement a-t-elle vu tout à l'heure mes larmes de joie, celles qui réchauffaient mon cœur. En me penchant sur la tablette, je découvre un visage lumineux, je me tourne vers Rebecca et lui souris.

– C'est vrai que je suis différente sur cette photo. J'ai retrouvé l'expression qu'avait mon visage quand je riais avec mon frère et mes cousins. Mais, Rebecca, c'est bien normal que je sois légère et joyeuse sur ce bateau de loisirs, sans aucune responsabilité à assumer.

– Est-ce qu'endosser ses devoirs d'adulte implique automatiquement trop de sévérité et de sérieux ? As-tu vu ces dauphins ? Ce sont des adultes avec des jeunes dont ils garantissent la sécurité. Cela ne les a pas empêchés de rire et de jouer avec nous.

– Ils sont tellement extraordinaires. J'adore ces vraies merveilles de la nature, comme j'aimerais leur ressembler ! Tout semble si simple pour eux alors que je me complique inutilement l'existence et stresse pour un oui et pour un non. Ils m'attirent tout en me faisant peur. Je n'aurais pas voulu me retrouver dans l'eau avec eux. Pourquoi avoir toujours ces craintes ? J'envie les personnes qui se lancent vers l'inconnu avec force et plaisir, avec l'ambition de se dépasser. Elles ne se posent pas tant de questions et avancent. Moi j'ai besoin de beaucoup de temps, je m'épuise à vouloir anticiper le moindre pas de travers.

– Tu es tout simplement différente, prudente. Craindre l'inconnu n'est pas anormal, Manon. La peur est compréhensible, elle nous maintient en vie. Ce n'est que son excès qui nous paralyse. Si tu avais rencontré ces dauphins dès leur naissance et les avais accompagnés pendant des années, tu les connaîtrais, tu te sentirais très à l'aise parmi eux. Nous avons tous besoin de nous apprivoiser, certains y réussissent plus rapidement que d'autres.

Je souffle timidement.

– Tu penses que je ne suis pas trop peureuse.

– Non pas du tout. Manon, tu n'es pas remplie de défauts. Ta crainte n'est pas une tare et tu n'es pas moins bonne que les autres.

– Je n'avais jamais envisagé le problème ainsi.

– Manon, n'es-tu pas encore en train de vouloir être parfaite, sans imperfection ? Crois-tu qu'éviter la moindre erreur soit possible ? Je pense que tu fais fausse route. Tu me donnes l'impression d'exiger trop de toi et des autres. Quelle dépense d'énergie inutile ! La vie est belle Manon, nous devons l'expérimenter, essayer, nous tromper, recommencer, aller chaque fois plus loin, c'est le chemin qui compte le plus. Connais-tu quelqu'un qui a appris à marcher sans tomber ?

– Non.

– As-tu entendu parler de l'histoire du porteur d'eau ? Veux-tu que je te la raconte ?

– Oui.

Rebecca sourit et scrute l'horizon. Elle s'éclaircit la voix.

« Dans un village de montagne, un homme était chargé de remonter l'eau de source chaque jour. Le joug bien posé sur les épaules, une cruche pendait à gauche, une autre à droite. Le porteur effectuait le trajet plusieurs fois dans la journée. La jarre droite était fêlée et perdait la moitié de son contenu, ce qui la rendait très triste. Elle savait à quel point la tâche du porteur était difficile, elle regrettait de lui causer autant de gaspillage. Un jour où elle pleurait, l'homme lui demanda quelle pouvait bien être la raison de son chagrin. La cruche renifla et répondit.

– Tu te donnes tant de mal pour apporter l'eau aux villageois. Je ne t'aide pas avec la moitié de mon contenu que je perds en chemin. J'aimerais tellement ressembler à l'autre cruche que tu remplis à la source et qui reste pleine à l'arrivée.

Le porteur rassuré lui dit.

– Ne t'inquiète pas pour moi. Je sais que tu perds une partie de l'eau, j'en ai conscience depuis bien longtemps.

La cruche étonnée s'essuie les yeux et demande.

– Alors pourquoi ne me remplaces-tu pas ?

– Demain, lorsque nous irons à la source, tu comprendras. Repose-toi, nous avons passé une rude journée, arrête de pleureur, tout va bien.

Le matin suivant, le porteur se rend au point d'eau, remplit les deux récipients et se dirige vers le village. Impatiente, la cruche le regarde du coin de l'œil et attend les explications. L'homme tend la main vers la droite.

– As-tu observé le bord du chemin sur ta droite ? N'as-tu rien remarqué ?

– Non, je ne vois que des pierres et des fleurs.

– As-tu vu que les fleurs poussent seulement de ce côté, celui où je te porte ?

La cruche ouvre de grands yeux, balaie à nouveau le chemin du regard et aperçoit la rivière de fleurs sur sa droite, le chemin rocailleux à gauche. Son visage s'illumine.

– Oh oui, tu as raison.

– Eh bien, depuis le début, je sais que tu perds de l'eau. J'en ai profité pour semer des graines sur cet accotement. Vois-tu comme tu m'aides en les arrosant ? Grâce à toi, chaque jour est devenu un plaisir, j'observe les fleurs qui grandissent et pendant ce temps, je ne pense pas à la charge de mon travail. Je t'avais bien dit que tout était parfait.

La cruche plonge son regard dans celui du porteur d'eau et le remercie pour son réconfort. Elle comprend que l'homme l'aime avec ses défauts et ses qualités. De plus, une imperfection peut devenir un tremplin vers l'excellence. Plus jamais elle ne doutera, elle n'a plus besoin d'être impeccable pour se sentir utile. »

Des larmes lentes coulent sur mes joues. Rebecca s'en aperçoit. Elle met la main sur mon épaule, comme pour me murmurer : « Bravo ! Tu as compris le message ».

Je pleure sur toutes les années où j'ai souffert de ne jamais me voir à la hauteur, redoublant d'efforts pour réussir. Je saisis mieux pourquoi mon amie Esther est fâchée lorsqu'elle me surprend à dire que je me trouve nulle. Elle s'écrie aussi vite que ce n'est pas vrai, je ne suis pas incompétente ! Selon elle, je suis aimable et capable d'aboutir dans ce que j'entreprends grâce à ma persévérance. Depuis des années, elle me répète que je suis un diamant dans un écrin. Elle conclut furieuse qu'elle ne veut plus jamais m'entendre me traiter de nullité !

Alors, je reprends confiance en moi jusqu'à la crise suivante, et Esther se fâche à nouveau.

Pendant que le bateau arrive au port et manœuvre pour accoster, je réalise que je ne sais pas encore comment relever le nouveau défi d'utiliser mes fêlures comme des forces, mais je suis convaincue que je désire plus que tout fleurir mon chemin de vie. Je grave à jamais dans ma mémoire ce moment magique des dauphins et du porteur d'eau.

Dans le minibus qui nous a amenés ce matin, l'ambiance est totalement différente, tout le monde parle, rit et bouge. Cette excursion était magique, les dauphins nous ont transformés ! Je pense à eux et revois des flashs de leur apparition. J'ai envie de dire merci encore et encore à la nature, elle m'a permis de me reconnecter à mon étincelle de vie. Dès que je les ai vus, j'ai ressenti l'amour et la passion. Je me promets de prolonger ce sentiment qui me donne une nouvelle vitalité. Je ne peux pas expliquer pourquoi, mais je sais au plus profond de moi que cet événement va créer un tournant dans ma vie.

11

N'attendez pas le coup de baguette magique que vous donnera une fée. Vous êtes la fée. Vous tenez la baguette dans vos mains. Agitez-la !

Le réveil affiche sept heures, tout est calme dans le centre Mariposa. Les rayons du soleil pénètrent dans ma chambre, me réchauffent la tête enfoncée dans l'oreiller. Depuis la sortie en mer, je rêve chaque nuit des dauphins. Encore à moitié endormie, je ferme les yeux et me remémore mon aventure nocturne.

J'aime nager dans l'océan, surtout quand je suis maussade et en colère contre la vie. Je plonge et me dirige vers le large, j'avance à vive allure et expulse ma hargne à chaque mouvement. Le rivage s'éloigne de plus en plus. Comme un métronome, je compte mes mouvements et les respirations « un, deux, un, deux, trois... » Obnubilée, je ne réalise pas que le temps devient capricieux, sans crier gare, le vent se lève et fait grossir les vagues, le courant de la marée descendante augmente et me pousse vers le large. Mes problèmes m'obsèdent et les tourbillons de la vie me noient.

Soudain, une lame de plusieurs mètres me hisse en haut des montagnes russes. Je réalise alors que je me débats et me fatigue. Un moment, dans le creux d'une vague, je panique, car je n'aperçois plus la plage. Une seconde vague me soulève et, très loin, je vois la côte. Je dois continuer à nager si je ne veux pas mourir, je tends les bras et les ramène le long du corps avec force. Pourtant, j'ai l'impression de ne pas avancer. Les lèvres bleues, je grelotte, jamais je ne réussirai à regagner la rive, le temps s'écoule, je manque de souffle. Je commence à délirer.

Un faisceau lumineux doré plonge au fond de la mer, mille feux scintillent. Le visage de ma grand-mère me sourit et m'invite à la retrouver. Je l'entends me murmurer : «Viens Manon, arrête de lutter. Rejoins-moi, tout est si doux et si facile ici. Je t'attends depuis longtemps.»

Mamy ouvre les bras, m'aspire dans son giron. Légère, le corps indolore, je me laisse couler, j'attrape la main de ma grand-mère qui m'emmène sur le sable. Elle me berce comme une enfant, me murmure une comptine.

Au loin, le chant des dauphins m'appelle de manière irrésistible. Je remarque une grande cheminée tout en haut de la maison de grand-mère. Je décide de m'engager dans le *conduit pour sortir de la bulle, je monte, me hisse encore et encore. Le tuyau rétrécit dangereusement, les parois risquent de m'écraser. Tout devient sombre, je manque d'espace, je ne peux plus bouger. Au secours, j'étouffe ! Je me débats, je ne veux pas mourir ici…*

Des ombres tournent autour de moi, ondulent quand soudain, je réalise que ce sont des dauphins. Ils sont dix, quinze peut-être, ils plaquent leur ventre contre la cheminée, une lumière dorée irradie d'eux et la fait fondre. Un dauphin me prend sur son aileron et me ramène sur la plage.

J'ouvre les yeux, déglutis puis m'étire comme un chat… J'ai besoin d'un instant pour me rassurer et réaliser que ce n'était qu'un rêve. Je m'assieds sur le bord du lit pour sentir la chaleur du soleil. Je souris à la vie. Les dauphins sont apparus pour me sauver, il faut que je retourne en mer pour les revoir. C'est décidé, j'irai cet après-midi.

Je passe la matinée à flâner et à m'occuper de moi. Après un déjeuner très sain, je me prépare pour l'excursion.

Un taxi me dépose au port près du ponton du Dionysos. Il reste quelques places et j'achète mon billet du bonheur. Le bateau exécute les mêmes manœuvres que la veille, direction le large. Après environ quarante-cinq minutes, il ralentit. Le capitaine crie : «Voici vos amis les dauphins !»

Toute une famille de cétacés entoure le navire et la visite est tout aussi excitante que la première fois. Ce sont des Grands Dauphins, plus lents, mais également gracieux, joyeux et sociables. Ils allument à nouveau l'étincelle dans mon cœur, l'appel à la vie que j'ai perdue depuis trop longtemps. J'ai eu raison de suivre mon intuition. J'en profite pour recharger mes batteries.

Après vingt minutes, le capitaine annonce que nous devons laisser nos amis à leur milieu naturel. Il manœuvre une grande boucle lente, mais cette fois, les dauphins ne suivent pas l'embarcation.

J'ai envie de me dégourdir les jambes et de découvrir le bateau. Lorsque je passe devant la cabine de pilotage, le capitaine me salue.

— N'étiez-vous pas avec nous il y a quelques jours ?

— Oui, je suis venue dimanche avec mon groupe.

— Apparemment, cela vous a plu.

Il me sourit, je le trouve sympathique. C'est rare de rencontrer aux Canaries des personnes francophones, alors je profite un peu de la conversation.

— Je crois que je suis devenue accro, je rêve des dauphins chaque nuit.

— Vous aussi ? Bienvenue dans le club.

— Que voulez-vous dire ?

— Je suis arrivé ici il y a des années pour observer les cétacés et je ne les ai jamais plus quittés. Je vous ai regardée tout à l'heure quand les dauphins se sont approchés du bateau.

— Ah bon !

Il hoche la tête.

— Ce n'est pas coutumier de voir le même client plusieurs fois dans la semaine. J'ai remarqué votre regard et votre visage qui changeaient à leur contact. Vous aviez cette étincelle des gens passionnés. Ils sont merveilleux, n'est-ce pas ?

— Oh oui ! Ils m'intriguent, j'aimerais découvrir comment ils vivent, ce qu'ils pensent de nous, pourquoi nous les admirons autant.

— Peut-être parce qu'ils sont des humains transformés en dauphin.

— Vous plaisantez !

— Non, pas du tout. Pourquoi pensez-vous que le bateau s'appelle le Dionysos ?

— Je ne sais pas, je ne connais pas bien la mythologie.

— Ce dieu grec du vin et du plaisir embarqua un jour sur un navire où il prit l'aspect d'un jeune homme pour ne pas attirer l'attention de l'équipage. En cours de traversée, Dionysos se rendit compte que les marins projetaient de le vendre comme esclave. Fou de rage, il usa de son pouvoir divin pour les effrayer. Ils n'eurent pas d'autre issue que de se jeter à la mer. Heureusement pour eux, le dieu de la mer, Poséidon, les sauva en les transformant en dauphins. En échange, il leur donna la mission de venir en aide aux hommes en danger dans les eaux. Ceci peut expliquer le lien ténu qui nous associe à eux.

— C'est peut-être aussi à cause de cette légende que j'aurais peur de tomber à la mer parmi eux.

— Je n'ai jamais été témoin d'accident arrivé à un homme à cause des dauphins. Comme tout animal, nous devons nous méfier de leurs réactions s'ils se sentent menacés et apprendre à les respecter. Je ne suis pas convaincu que nourrir les dauphins pour les attirer et nager parmi eux soit excellent pour l'espèce. Ici aux Canaries, comme dans de nombreuses parties du globe, nous avons dû voter des lois de protection des cétacés à cause du danger du tourisme et de la pêche de masse.

— C'est pour cela que vous insistez autant sur l'appartenance de votre bateau à l'association « Barco Azul » ?

— Oui, tout à fait. Nous respectons les normes de la Régulation Canarienne et nous formons aussi une plateforme pour la recherche scientifique ainsi que le sauvetage des animaux blessés. Nous recueillons les données des observations de chaque excursion et les transmettons au département maritime. Cela vous intéresserait-il de nous accompagner vendredi ? Nous emmenons une équipe de spécialistes de l'université de Las Palmas.

Surprise par sa proposition, j'hésite un moment, je me sens rougir.

– Je dois voir avec le centre s'ils n'ont rien prévu ce jour-là.

– Pas de souci, me lance-t-il avec un large sourire charmeur. Prenez tout le temps pour vous organiser. Je vous garde une place de toute façon. Appelez-moi au plus tard jeudi après-midi.

Il me tend sa carte de visite.

– Je m'appelle Cyril.

– Merci, moi c'est Manon.

– Si cela peut vous décider, sachez que lors des sorties avec les scientifiques, nous restons beaucoup plus longtemps près des dauphins. Parfois, les biologistes plongent pour les filmer, vous aurez peut-être cette chance. Je serais ravi que vous veniez.

– C'est vraiment très tentant. Je ferai mon possible.

– Parfait ! Je vais devoir vous laisser maintenant, car nous arrivons au port et je dois manœuvrer. À tout bientôt !

– Au revoir.

Au moment de le saluer et de m'éloigner, une pulsion me pousse à accepter.

– Dites-moi, à quelle heure est le rendez-vous ?

– Le bateau part à neuf heures trente précises, me répond-il le visage radieux.

En rejoignant un siège sur le bateau, je me dis qu'une bonne étoile a décidé de me suivre depuis quelques jours, je ne peux pas refuser le coup de baguette magique. Puis ma raison reprend le dessus. Je ne sais pas comment j'ai pu accepter aussi vite son invitation, il y a dans cette attitude quelque chose qui n'est pas moi, mes mots précèdent mes pensées. Que va penser cet homme de moi ? Que je suis une fille facile ? Oui, mais, comme je le rappelais à Esther, pourquoi toujours envisager une histoire d'amour dès qu'un homme et une femme se côtoient ? Et puis, qu'est-ce que je risque en le revoyant ? Sortir du centre me fera le plus grand bien. Je vais saisir la balle au bond, car j'ai besoin de me changer les idées. Il n'y a pas que le burn-out après tout !

12

Par ses qualités, l'autre est un modèle pour moi. Il représente certains de mes désirs. Il me montre le chemin vers ce qui me fait vibrer. Par ses défauts, il m'indique ce qui ne me convient pas.

Une tempête a secoué l'île durant la nuit. Ce matin, les eaux sont déchaînées, des vagues de quasi deux mètres battent la plage, elles me font penser à la chanson de Renaud : « Ce n'est pas l'homme qui prend la mer, c'est la mer qui prend l'homme ». L'océan de la vie m'a emportée dans des eaux insoupçonnées où je suis incapable de résister à la marée.

De ma terrasse, j'observe un nageur qui peine à se rapprocher de la plage, il nage sur place à cause des grands courants. Soudain, il arrête ses mouvements, il semble épuisé, renonce-t-il à s'en sortir ? Il se laisse emporter par une grande vague. Oui, je comprends sa tactique ! Elle est vraiment intéressante, je n'y aurais jamais pensé. Il attend une vague haute, plonge en plein cœur, elle le soulève dans son roulis et il avance beaucoup plus vite. Et voilà, qu'en deux temps trois mouvements, il se retrouve avec l'eau aux genoux. Il est sorti en laissant la mer le charrier alors qu'il se perdait quand il offrait de la résistance.

Prise dans les vagues de la vie, je me demande comment je vais garder le cap. Quel sera le signe qui me prodiguera plus de force pour suivre le courant du changement ? La nature me donne une magnifique leçon de prudence et de foi.

Les yeux fermés, je réfléchis. Ma grand-mère revient habiter mes pensées. J'ai douze ans, je revois mon aïeule qui me sourit. Veuve depuis des années, elle vit dans une grande maison à la campagne et s'occupe de tout. En été, mon frère et moi passons les vacances chez elle. Nous adorons manger ses bonnes confitures aux fruits du verger. Un jour, grand-mère se retrouve gravement malade et hospitalisée pour un mois. Quand elle rentre chez elle, elle constate qu'elle n'est plus capable de s'assumer seule, elle tombe régulièrement, les voisins la retrouvent sur le carrelage de la cuisine, le corps frigorifié. Son médecin traitant parle longuement avec elle, il lui fait comprendre qu'elle se retrouvera bien plus en sécurité dans une maison de repos. D'ailleurs, elle y rencontrera des amies d'enfance et profitera d'une vie sociale plus équilibrée.

La famille organise une grande réunion. Grand-mère demande que nous l'aidions à dénicher l'endroit où elle pourra finir ses vieux jours en se sentant bien entourée. Maman pleure, elle pense qu'après tant d'années, quitter sa maison déchirera Mamy. Vous savez quoi ? Le plus fou dans cette histoire, c'est Mamy qui console sa fille alors que c'est elle qui va vivre un grand changement. Trois semaines plus tard, mes parents trouvent la résidence idéale. Par chance, une chambre est disponible et Mamy l'aime sans l'avoir visitée. Le sourire aux lèvres, elle raconte comment elle voit sa nouvelle existence, celle qui la conduira sur le chemin de la lumière. Selon elle, la vieillesse fait partie de la vie. Je l'entends encore marteler sa devise de toujours : « Face aux difficultés, nous avons deux choix, celui de nous plaindre ou celui de nous adapter. Je n'ai jamais été une victime et je m'accommoderai avec souplesse à ce que le destin m'offre. »

Je repense aussi à mes parents et à mon frère Anthony de onze mois mon aîné. Nous avons reçu l'éducation de faux jumeaux et pourtant une différence fondamentale existe entre nous. Anthony possède un tempérament optimiste, par contre, je suis de nature pessimiste. Je n'ai aucune idée de l'origine de nos attitudes opposées, mais j'ai toujours eu l'impression que le destin avait jeté les dés à notre naissance. Avec ma sensibilité d'écorchée vive, j'ai souvent fait d'une mouche un éléphant et je souffrais sans motif valable. À l'opposé, mon frère plaisantait et taquinait la vie au quotidien. C'est la raison pour laquelle je l'adore depuis toujours. J'ai connu beaucoup de peurs et d'angoisses, mais je ne garde de ma jeunesse que les souvenirs remplis de rires et de bonne humeur. Nos parents ayant de nombreux frères et sœurs, nous nous retrouvions avec nos cousins lors des réunions familiales. Nous nous installions sur le sol, comme dans un petit théâtre de quartier, mon frère Anthony montait sur scène et jouait son solo. Il nous faisait tellement rire que nous avions peur de faire pipi dans nos culottes. J'ai encore une autre photo merveilleuse dans ma boîte aux trésors : celle du moment du goûter après l'école. Avec notre mère, nous prenions une collation à la table de la cuisine. Anthony faisait le pitre et nos visages s'illuminaient.

Grâce à ma grand-mère, ces agréables souvenirs refont surface, quel beau rappel de sagesse ! J'ai envie de l'honorer, de la prendre en modèle de courage, de surfer sur les vagues de la vie et de m'adapter avec confiance à ce que le destin m'offrira.

Sans changements, la vie n'est pas possible.

13

Quand je suis allé à l'école, ils m'ont demandé ce que je voulais être quand je serai grand. J'ai répondu « Heureux ». Ils m'ont dit que je n'avais pas compris la question. J'ai répondu qu'ils n'avaient pas compris la vie.

John Lennon

Huit heures du matin, j'ai le moral au beau fixe. Je saute du lit comme un marsupilami et je fonce me doucher. Cyril, le capitaine du Dionysos, m'a donné rendez-vous sur le port à neuf heures trente précises. Peut-être que je tire des plans sur la comète, mais je pense qu'il n'est pas indifférent à mon charme. Si Esther me voyait aujourd'hui, elle bondirait de joie. J'enfile un short, un T-shirt, un pull chaud et des baskets. Je glisse les doigts dans mes cheveux pour les coiffer. La journée s'annonce radieuse et la météo favorable, mais sur le bateau, le vent souffle fort.

Lorsque je sors du taxi, l'équipe scientifique est déjà à bord. Cyril me présente à tous. Jonathan, le skipper, ressemble à un vieux loup de mer avec sa barbe grise et sa peau burinée par le soleil. Nul doute que c'est un bon vivant avec son franc sourire et sa corpulence bedonnante. David, plus jeune, est vétérinaire et éthologue. Il me fait penser à un surfer dynamique : longs cheveux châtains attachés en queue de cheval, short hawaïen et T-shirt rouge, dos en trapèze. Cyril me présente aussi la seule femme à bord du bateau, Florence, chimiste et biologiste marine : grande, sportive, blonde aux yeux bleus, le style de femme qui ne laisse pas un homme indifférent. Ma confiance commence à s'évaporer comme la rosée du matin, mais je ne laisse rien paraître.

Cyril n'hésite pas à me tutoyer comme il le fait avec toute l'équipe. Je pose une quantité de questions, tout est nouveau pour moi. David m'explique l'éthologie, la science du comportement. Il étudie l'impact des humains et du tourisme sur les mammifères marins ainsi que les modifications du milieu aquatique causées par la pollution, la diminution de nourriture des cétacés et la variation de température dans l'océan. Avec Florence, ils ont passé un nombre incalculable d'heures à recueillir des données pour mieux comprendre l'environnement et la manière dont les organismes marins fonctionnent. Ils veulent prévoir comment les écosystèmes réagiront à des changements majeurs tels que le réchauffement de la planète, la pêche excessive et la pollution. Ils analysent aussi les réactions du plancton à l'origine de la chaîne alimentaire de nombreuses espèces marines.

Cyril me montre tout le matériel qui transforme le Dionysos en véritable laboratoire scientifique : jumelles, appareils photo, téléobjectifs, caméras sous-marines, microscopes, accessoires de prélèvements et d'analyse de l'eau, ainsi que toute une série de fiches et de livrets d'identification des dauphins et des baleines.

Après une trentaine de minutes de navigation sous un vent favorable, nous ralentissons et Cyril m'explique comment ils détectent les cétacés.
– Le bateau est équipé d'un sonar qui capte leur chant incroyablement puissant. Nous scrutons alors l'horizon avec les jumelles et repérons le jet d'écume d'une baleine. Même si ces mammifères peuvent rester en apnée plus de deux heures, ils doivent remonter à l'air pour vider leurs poumons. Les dauphins s'activent en surface lorsqu'ils chassent ou jouent. Souvent, la présence d'oiseaux marins indique un banc de poissons dont le dauphin raffole.

Jonathan branche le haut-parleur du sonar, nous attendons en silence. Au bout de quelques instants, un sifflement répétitif émet. Jonathan affiche un large sourire victorieux.

– Ce sont des dauphins, nombreux, peut-être une trentaine, pas loin de nous à tribord.

Florence ajuste les jumelles qu'elle porte autour du cou et parcourt les vagues.

– Je les vois !

Elle affiche un grand sourire et lance un regard profond à Cyril tout en le taquinant de l'épaule.

– Nous sommes les meilleurs ! Nous formons une excellente équipe, n'est-ce pas Cyril !

– Absolument Florence, et ce depuis le début.

Je remarque une grande complicité entre eux deux, cela me dérange. Suis-je jalouse ? Florence est jeune, dynamique, joyeuse, vivante, féminine et jolie. Cyril semble apprécier ces qualités alors que moi je suis complètement éteinte.

Le bateau se rapproche du groupe de dauphins à lente allure et s'arrête. J'aperçois au loin surgir une ombre furtive, puis deux, trois. Subitement, une abondance de nageoires dorsales fend les flots. Mon cœur bat à vive allure, une émotion de joie explose ma poitrine. Mère Nature m'offre à nouveau une des plus grandes merveilles de la planète. Plusieurs cétacés nagent à hauteur de la quille du bateau, ils accélèrent et entament une chorégraphie parfaitement répétée. La nage fait place à un envol et une démonstration de loopings. Pendant que les scientifiques s'affairent à leurs tâches, je me régale. Ils prennent des photos, filment, comptent la population du groupe et prélèvent des échantillons d'eau de mer pour les analyses. Certains dauphins ralentissent leur rythme. Je me centre sur l'un d'entre eux et ne le lâche pas des yeux, j'observe son corps tacheté et musclé, l'énorme melon de son front bombé et l'extrémité de l'aileron dorsal.

Cyril tend le bras vers le plus grand des spécimens et me fait signe.

– Regarde celui-là, Manon. Remarque l'orifice sur le haut de sa tête, c'est un évent. Ce petit trou lui permet d'aspirer l'air dans ses poumons dès qu'il met le museau hors de l'eau.

Le dauphin nage si près de nous que je pourrais le toucher de la main. Cyril poursuit.

– Écoute, son rythme est lent et régulier, une à trois inspirations par minute. Il est en train de se ventiler avant de plonger en immersion. Sais-tu que chez nous la respiration est un réflexe, alors que pour le dauphin, c'est un acte volontaire ? Il contrôle totalement cette fonction. Passionnant, n'est-ce pas !

– Oh oui ! Cyril, je ne te remercierai jamais assez pour ce beau cadeau.

– J'aurais été égoïste de ne pas partager cette richesse avec quelqu'un qui peut l'apprécier. Merci à toi de l'accepter.

Cyril se retourne vers David et vérifie qu'il a bien relevé toutes les données nécessaires. Tout a l'air en ordre. Il propose à l'équipe de pousser le bateau plus loin pour poursuivre les recherches. Il m'invite à le suivre dans la cabine de pilotage. Émue par son attention, je me sens importante. Florence paraît contrariée et me lance un regard noir. Je ris sous cape et triomphe de la voir ainsi. Au même instant, j'entends la voix de ma mère qui serine qu'on ne peut pas se réjouir du malheur des autres. Mais non maman, je ne suis pas une sainte !

Pendant que le bateau prend de la vitesse, je regarde la mer et j'attends que Cyril prononce une parole. Je l'observe à la dérobée, il fixe aussi le large. Au bout d'une minute, il rompt le silence, tourne la tête vers moi et cherche à capter mon attention. Une sérénité émane de sa personne. Il parle doucement et affiche un sourire charismatique.

— Si ce n'est pas indiscret, séjournes-tu aux Canaries pour des vacances ?

— Non, pour une cure de santé. Je suis au centre Mariposa pour un surmenage professionnel. Mon travail m'a joué de mauvais tours et je n'ai pas résisté au stress.

— Je les connais, ce sont des professionnels très réputés dans la région. Tu as choisi l'endroit idéal.

— Oui, j'apprécie beaucoup même si j'aurais préféré être ici uniquement pour des vacances. Mais aujourd'hui, j'ai surtout besoin de calme et de détente.

– Nous partageons les mêmes goûts, peut-être même certaines similitudes dans nos parcours. J'aime aussi les lieux et les moments propices au ressourcement. C'est important de s'isoler dans un monde qui nous sollicite en permanence par des milliers d'informations. Tu verras, on devient vite amoureux de cette île. Ici, c'est impossible de tomber dans le stress. Le rythme de vie et la mentalité des gens incitent à se détendre, à se sentir presque en vacances toute l'année. Très souvent, quand on retourne à la civilisation, on aborde l'existence autrement.

Son expression m'interpelle, il éveille en moi la curiosité. Avec un zeste de provocation, je lui lance.

– En vacances toute l'année ! Je m'ennuierais vite si je ne travaillais pas !

Cyril éclate de rire.

– Je n'ai pas voulu dire que je suis inactif. Disons que j'organise bien ma vie professionnelle, ce qui me laisse beaucoup de temps libre. Je n'ai pas toujours été ainsi. Avant, j'étais carriériste, égoïste et un véritable Don Juan ! Je ne pensais qu'à briller, réussir, être admiré. J'ai fait beaucoup de mal autour de moi, je le regrette.

Je crois percevoir une petite émotion dans la voix de cet homme. Je fais semblant de ne rien remarquer. Cyril continue.

– Heureusement un jour la vie m'a bousculé pour que je comprenne que je faisais fausse route. On ne nous demande jamais de relever un défi sans nous donner les armes pour en venir à bout. Mais j'espère que je ne t'ennuie pas, je suis très bavard.

– Non, non, au contraire ça m'intéresse beaucoup.

Croiser un inconnu qui se confie sur sa vie personnelle me subjugue. Il poursuit l'air rassuré.

– J'ai fait une rencontre qui m'a permis de renaître de mes cendres, plus fort, plus grand, plus humain. J'étais à l'hôpital où j'avais subi une opération pour me sauver d'une balle de révolver prise en pleine poitrine.

En dépit de la conviction avec laquelle il parle, je ne peux cacher mon étonnement, je fronce les sourcils. Ai-je affaire à un affabulateur ? Je ne peux m'empêcher de m'esclaffer tant la situation paraît énorme.

– Là, tu n'étais pas du tout en vacances !

Cyril semble contrarié. Je m'excuse aussitôt en portant la main à la bouche. J'inspire profondément pour stopper mon rire.

– Avoue que ce n'est pas commun comme histoire. Mais continue, je t'écoute.

– Ce n'est pas la première fois que les gens réagissent comme toi, poursuit-il l'air sérieux. Je travaillais dans mon agence bancaire. Un soir, des voleurs m'ont attaqué. J'ai pris peur, j'ai eu le mauvais réflexe. Dans un moment de panique, un des malfaiteurs a tiré. J'ai eu beaucoup de chance, car la balle n'a pas touché le cœur. Je m'en suis sorti avec une belle cicatrice. À la suite du choc, je suis tombé dans une forte dépression. Je ne supportais pas bien les médicaments, j'étais en permanence fatigué, je n'arrivais plus à me concentrer. L'allopathie ne me convenait pas, j'avais peur de devenir dépendant de ces drogues. J'ai cherché une autre façon de me soigner. C'est une des raisons de ma présence ici. Un de mes clients m'a parlé des bienfaits de la méditation. Il connaissait un excellent professeur. Je me suis inscrit à ses cours sans réfléchir.

Cyril sent à nouveau toute l'excitation que lui a procurée ce changement de vie. Il me confie comment il a rencontré maître Lobsang. Ce dernier avait vécu deux ans au Tibet puis en Inde. Il avait suivi les enseignements d'un lama. Il n'aimait pas l'aspect religieux du bouddhisme tibétain, mais la philosophie de vie correspondait à ce qu'il avait recherché depuis son adolescence. Lorsqu'il est revenu en France, il a décidé d'ouvrir son école de méditation et de prendre un nom tibétain.

— À l'époque, j'étais un cartésien pur et dur, me livre Cyril. J'avais besoin de preuves par rapport à tout ce que Lobsang nous enseignait. Je pense que je faisais partie de ses élèves les plus récalcitrants. Il a fait montre de patience avec moi. Il disait que j'avais bien raison de ne pas accepter d'emblée les idées des autres. C'était d'ailleurs un des grands principes du bouddhisme : toujours veiller à développer son esprit critique, expérimenter et retirer un enseignement avant d'adhérer à un concept. Les cours s'organisaient autour d'un mélange d'apprentissage de techniques et de sagesse orientale. Cette époque est incontestablement la plus mémorable de ma vie.

— N'est-ce pas une mode de plus en plus répandue ? Les gens parlent beaucoup du Dalaï-Lama, de la méditation en pleine conscience et de toutes ces coutumes venues d'Orient.

— C'est plus qu'une tendance, Manon, c'est un besoin de réunifier notre corps et notre esprit. Pendant des années, les Européens n'ont juré que par la raison, le matérialisme et la science. Maintenant, l'Orient et l'Occident se rejoignent. Les Orientaux ont reçu une transmission millénaire sur la conscience, ils nous enseignent ce que nos chercheurs ne réussissent pas encore à démontrer. Méditer est simple pour un Oriental qui a appris depuis son plus jeune âge à installer le silence en lui. Pour nous, Européens, c'est un parcours ardu pour lequel nous avons besoin de persévérance. Au début, je m'énervais très souvent. Je n'arrivais pas à calmer mon esprit, je m'ennuyais et je m'endormais. Parfois même, je ronflais à tel point que Maître Lobsang m'interdisait la salle de méditation. Il m'envoyait m'entraîner dans le couloir avec obligation de m'asseoir à même le sol parce que, disait-il, la méditation n'est pas une simple sieste sous un cocotier. Le carrelage froid m'empêchait de somnoler. Après des mois de pratique, je suis devenu un de ses meilleurs élèves. Il répétait souvent qu'en suivant le fleuve, on parvient à la mer. Il avait mille fois raison.

Je comprends la difficulté qu'a rencontrée Cyril à méditer. Cela me donne un sentiment de complicité que j'ai envie de partager avec lui.

– Oh oui, notre mental peut se montrer redoutable lorsqu'il parle tout le temps. J'ai vécu la même expérience que toi au début. C'était tellement difficile de n'avoir aucune pensée pendant plus d'une minute ! Je ne m'endormais pas, j'étais plutôt énervée, les muscles tendus, je n'arrivais pas à me concentrer. Laura, la kinésithérapeute du centre, m'a beaucoup aidée avec ses encouragements. Je réussis à ne plus parler pendant les soins. Cela me fait beaucoup de bien.

– Bravo, Manon, tu es douée. Je t'admire, tu es beaucoup plus rapide que moi. Lobsang aurait aimé être ton professeur. La méditation a été mon sauveur, ma dépression a totalement disparu, poursuit Cyril loquace. J'ai retrouvé la santé, je dormais mieux, mon énergie me permettait de reprendre une existence normale. Pourtant, il me manquait une chose à laquelle je n'avais jamais pensé avant mon accident. Je possédais des biens matériels pour mener une vie confortable, je vivais seul, sans la moindre contrainte, personne ne m'attendait à la maison. Certains de mes copains m'enviaient d'ailleurs. Je n'avais de comptes à rendre à personne. Mais je ne me contentais plus de mon existence superficielle. Après la perte de ma famille, j'étais plein aux as, mais malheureux comme les pierres. Je me posais mille questions, je voulais connaître le sens de la vie, la raison pour laquelle j'étais venu au monde, comment fonctionnait l'univers. Toutes ces notions ne nous intéressent pas dans la jeunesse.

Je suis étonnée par les propos de Cyril. Jamais je n'ai pensé à toutes ces choses.

— J'ai quarante-deux ans et je ne me suis jamais préoccupée de cela !

— Attends Manon, avoir quarante-deux ans c'est jeune. Tu as toute la vie devant toi. Moi j'affichais la cinquantaine quand j'ai commencé, l'âge de la sagesse paraît-il. J'ai parlé à Lobsang de ma quête, il m'a aussitôt dit : « Enfin la bonne question Cyril ! Je me demandais pourquoi tu tardais autant à te la poser. Tu ne crois quand même pas que ce hold-up dans ton agence est survenu sans raison ! Quel message a voulu t'enseigner la vie ? »

Tout en parlant, Cyril semble troublé. Peut-être n'a-t-il jamais ouvert son cœur à quelqu'un de cette façon.

— J'étais un banquier matérialiste un peu abîmé par la vie. Je ne connaissais pas la machine universelle et, en même temps, je savais que

Lobsang n'avait pas tort. La profondeur de ses paroles me troublait. Ne dit-on pas que quand l'élève est prêt, le maître apparaît ? J'avais quand même besoin de preuves. Lobsang était un excellent guide, il me les a données.

Cyril me raconte comment Lobsang lui a expliqué que les bouddhistes sont convaincus que notre âme est immortelle. Elle revient des centaines de fois dans le but d'expérimenter la relation à l'autre et à la vie, avec l'objectif ultime de toujours s'améliorer. Ils appellent cela le karma. Bien évidemment, Cyril restait méfiant par rapport à cette idée de réincarnation. Lobsang lui a alors montré des enregistrements d'émissions télévisées qui racontaient comment on reconnaissait les moines dès leur plus jeune âge. Les lamas sont les enseignants religieux du bouddhisme tibétain, le Dalaï-Lama en fait partie. La découverte de leur incarnation fait appel à la mémoire des vies antérieures. Avant leur mort, des informations sont dévoilées sur leur future corporification, par exemple l'endroit où le jeune moine vivra. Des messagers vont parcourir le pays à la recherche des candidats. Lorsque les religieux trouvent l'enfant qui semble le plus correspondre aux prédictions, ils le soumettent au test de la reconnaissance.

– Manon, tu n'imagines pas à quel point tout cela est interpellant ! Les lamas disposent sur une table les objets du défunt et les mélangent à d'autres. Ils demandent à l'enfant de choisir ceux qui lui appartenaient dans son incarnation précédente. L'enfant subit encore d'autres épreuves dont je ne me souviens plus. Celle-là m'a fortement marqué et a fini par me convaincre de la possibilité de la réincarnation.

Cyril continue à parler de sa métamorphose. Il m'étonne, m'amuse, m'intrigue. Il a une façon singulière de sourire et de parler. Je bois ses paroles, je ne vois pas le temps passer, je ne me suis plus sentie aussi bien depuis des années. Tout en l'écoutant, j'éprouve quelque chose, mais je ne sais pas quoi ? J'ai envie de mieux le connaître.

— Et toi, Cyril, comment as-tu atterri capitaine du Dionysos ?

— Grâce à une magnifique coïncidence qui a croisé ma route une fois de plus. Quand j'ai repris mon travail à l'agence, je me suis vite rendu compte que je n'y étais plus à ma place. J'étais séparé de ma femme, mes enfants ne voulaient plus me voir. Un ami qui partait en vacances dans sa villa aux Canaries m'a proposé de l'accompagner. J'ai accepté. Il connaissait beaucoup de monde ici, il m'a présenté à un couple de vétérinaires qui allaient prendre leur retraite. Ils s'occupaient du Dionysos et cherchaient un acquéreur. Un jour, ils nous ont emmenés sur le bateau pour observer les cétacés, et comme toi, j'ai eu le coup de foudre. Sans réfléchir, j'ai écouté mon cœur, je leur ai proposé une offre qu'ils ne pouvaient pas refuser. Je leur ai demandé de me laisser le temps de mettre de l'ordre dans ma vie en France. Ils ont accepté de me former sur le bateau. Un an plus tard, je me suis retrouvé à la barre du Dionysos et depuis, je mène l'existence la plus exaltante que je ne lâcherai pour rien au monde. Après six années, je peux t'assurer que je ne me suis pas trompé en opérant ce revirement. Tu me vois heureux comme au premier jour où je suis devenu capitaine de ma destinée. Et toi, Manon, aimes-tu ton métier ?

– J'avoue que je ne sais plus très bien où j'en suis. J'ai toujours adoré travailler, mais depuis cet épuisement professionnel, dès que je pense à mon entreprise, j'ai une boule dans la gorge. Je pense à tous ces dossiers qui s'accumulent pendant mon séjour. Jamais je n'arriverai à rattraper le retard.

Je sens les larmes poindre au creux des yeux, je les refoule en inspirant profondément.

Ma métamorphose surprend Cyril, mais il ne dit rien. Plus tard, il m'avouera que quand je m'extasiais devant les dauphins, toute ma personne rayonnait de dynamisme. Ici, il m'observait. La position de mon corps lui montrait à quel point j'avais changé en quelques minutes : épaules voûtées, tête baissée, regard balayant le sol de gauche à droite. Il était convaincu que je me disais des choses désagréables qui me faisaient souffrir. Je me comportais comme les personnes déprimées et mal dans leur peau.

– Je te comprends Manon. J'imagine que tu vis dans un monde professionnel de performance et de compétitivité où beaucoup d'entreprises oublient l'importance de l'humain. J'ai aussi connu cela ! Je ressassais les problèmes à longueur de journées et je ne voyais pas comment sortir de là. Grâce à Lobsang, j'ai compris que les soucis en attirent encore plus. En anticipant le pire, nous diminuons nos chances de réussite. Nous finissons par sentir nos pieds cloués au sol alors que nous souhaitons nous faire pousser des ailes. Si nous utilisons mieux notre potentiel, nous devenons bien plus performants. J'ai assisté hier à une scène sur la plage qui illustre fort bien cela. L'océan était fort, j'observais deux enfants qui jouaient dans les vagues. C'était très intéressant. Ce n'est pas le divertissement qui est parlant, c'est l'attitude des enfants et de leur mère. De grandes vagues déferlaient, pourtant il n'y avait pas de danger, le garde-côte avait hissé le drapeau jaune. Mais dès que les enfants se sont approchés de l'eau, la mère a crié avec beaucoup de peur dans la voix : « Attention, les enfants ! » Je les ai observés. Sais-tu comment ils ont réagi ? La fille s'est mise à pleurer, l'eau lui arrivait aux chevilles et elle semblait paralysée. Le frère, lui, a plongé dans la première vague comme un surfeur à Hawaï, il arborait un sourire de champion. Étonnant non ?

— Insinues-tu que les filles sont des poules mouillées ?

— Non ! Loin de moi cette pensée sexiste ! Je veux seulement te montrer que les événements sont neutres en soi et que nous les colorons avec nos croyances. Le frère et la sœur plongeaient dans la même vague, mais ils l'ont abordée avec un état d'esprit différent. L'un, comme un buvard, absorbait les idées de peur de sa maman et l'autre, plus centré sur soi-même, s'éclatait. Ce sont leurs pensées qui ont créé leurs émotions et leurs réactions. Comprends-tu ?

– Pas vraiment…

– Peut-être que la fille a considéré que la vague allait l'engloutir et qu'elle allait se noyer, continue Cyril, c'est pour cela qu'elle a pleuré. Par contre, cela coule de source que le garçon croyait être un surfeur qui prenait le rouleau pour un jeu.

– Ou bien, peut-être que la fille a plus capté les peurs de sa mère parce qu'elle a toujours voulu lui plaire et lui ressembler. Et puis après tout, cette femme a tout simplement manifesté une réaction normale de protection !

– Non Manon. J'observais la plage et tous les parents n'étaient pas en train de crier attention lorsque leurs enfants nageaient. Voici ce qui s'est passé : la mère avait des croyances enfouies en elle, des sentiments de danger associés à la mer. Dans sa jeunesse, elle a peut-être reçu trop de messages de prévoyance, de manque de confiance en soi. Par conséquent, elle ne peut pas imaginer ses enfants capables d'aborder les vagues en toute sérénité. Je ne dis pas que la prudence n'est pas de mise ! Mais je t'assure qu'en projetant le pire sur sa fille, elle ne lui a pas permis de bien vivre cette aventure. Je te le répète, ce sont nos pensées et nos croyances limitatives qui entravent notre capacité d'agir.

Mes yeux s'illuminent, je commence à comprendre le message de Cyril. Je ne peux pas l'expliquer, mais je sais qu'il a raison.

— Si je comprends bien, tu veux dire qu'à mon retour au travail, si je me centre sur les difficultés et que je crois que les choses vont mal se passer, je ne pourrai pas faire face à mes responsabilités ?

En fait, je crée les liens entre mes problèmes de santé et mes pensées. Depuis le début de ma carrière de juriste, j'ai toujours prévu le pire afin de m'assurer la perfection dans mon travail. Je dois reconnaître que j'ai souvent passé des heures à échafauder les scénarios les plus incroyables. Je me revois penchée sur mes dossiers en me disant des centaines de fois : « et si…, oui, mais…, comment réagira untel… ? » Dans ces moments, j'étais tendue, mon estomac se nouait et je perdais mon énergie.

Cyril semble lire en moi comme dans un livre ouvert.

— Peut-être seras-tu capable d'agir, mais tu limiteras tes ressources. Je vois que tu commences à comprendre maintenant. Est-ce que je me trompe ?

— Non, tu as raison.

– Avoir frôlé la mort, Manon, a changé mon regard. Je vois tellement de choses formidables qui méritent de m'y plonger avec bonheur, j'aime tout cela aujourd'hui. On peut vivre sa vie au rabais, dans la peur, les limitations, l'obscurité d'une grotte, ou bien on peut choisir de l'aborder avec optimisme, à la lumière du soleil, dans la joie d'anticiper toutes les bonnes choses que chaque journée nous réserve.

Cyril illustre ses mots en embrassant la mer du regard.

– Pour me transformer, j'ai commencé par utiliser des lunettes virtuelles que j'enfilais chaque matin. Elles contenaient des pouvoirs magiques, elles me permettaient d'effacer de ma mémoire les difficultés passées et les ruminations pessimistes. Parfois, je portais mes lunettes de soleil réelles pour me souvenir de regarder le monde autrement. Elles représentaient un symbole. Je les touchais ou je les contemplais et, aussitôt, je savais qu'elles agissaient comme par magie. Je m'étais aussi préparé quelques antidotes. Quoi qu'il m'arrive, je savais que je m'en sortirais toujours. Je pensais souvent à Hannibal, général et homme politique carthaginois, considéré comme l'un des plus grands tacticiens militaires de l'histoire. Lorsqu'il voulait traverser les Alpes avec ses troupes alors que cela paraissait impossible, il avait pour devise : « Ou nous trouverons une solution, ou nous en inventerons une ». Cela m'a souvent aidé. Je me forçais à penser à moi de façon positive en me focalisant sur mes qualités, mes talents, mes désirs. Je me répétais que les erreurs n'existent pas, ce ne sont que des retours d'informations. Mes lunettes pouvaient aussi détecter tous les plus infimes plaisirs quotidiens. Elles opéraient comme un satellite programmé sur le positif. Dès que mon radar repérait un petit bonheur, il le mettait sous la loupe pour que je puisse l'observer dans ses moindres détails. Je vivais comme dans un film ou un dessin animé. Je manipulais les choses pour les rendre amusantes. J'ai aussi voulu développer la gratitude, cette capacité de reconnaître la valeur de ce que nous possédons et expérimentons. Dire merci à la vie permet d'en apprécier chaque moment et crée en nous des émotions puissantes d'amour et de joie. C'est ce que nous enseignent les dauphins dans leur relation affectueuse.

Tout en parlant, Cyril manœuvre le bateau dans l'entrée du port. Pendant qu'il accoste, les scientifiques terminent de ranger leur matériel. Jonathan abaisse la passerelle et saute sur le quai pour amarrer le bateau. Florence et David lui passent les caisses des instruments et des échantillons récoltés.

Avant que je quitte la cabine, Cyril pose la main sur mon bras et me demande.

– J'ai beaucoup aimé nos partages. Accepterais-tu que nous nous revoyions ? J'ai bien conscience que ma demande peut paraître un peu hardie, mais je t'assure que c'est en toute amitié.

Il rit avant d'ajouter.

— Ne crois pas que je joue au joli cœur, j'aime tout simplement parler avec toi.

La simplicité immédiate de notre relation et l'intimité facile qui éclot entre nous me plaisent aussi. Je suis troublée par son regard. Je m'entends lui dire.

— Oui, bien sûr, pourquoi pas, avec plaisir.

— Parfait, je t'appellerai au centre Mariposa.

Après avoir rejoint le groupe à terre, David et Jonathan me saluent. Florence me tend la main.

— Au revoir Manon. Bon retour dans ton pays.

Je perçois une pointe de jalousie dans sa voix. Son regard lancinant trahit des sentiments pour le beau capitaine. Peut-être apprécie-t-elle aussi ses échanges sur la vie. Peut-être aborde-t-il souvent les touristes solitaires. Elle se retourne vers Cyril et l'embrasse.

— A demain Cyril. Veux-tu que je passe te prendre à ton appartement ?

— Non merci Florence. J'ai prévu quelque chose avant la sortie du bateau. À demain.

Tout le monde se dirige vers le parking.

Dans le taxi qui me ramène au centre Mariposa, je réalise à quel point l'air marin des îles Canaries me grise. Je me sens légère comme ces dauphins qui jouent. J'apprécie cette facilité d'échange que j'éprouve avec Cyril, cette façon d'entrer sans détour dans le vif du sujet. Je ne le savais pas, mais j'aime parler des choses essentielles. Les gens qui posent les bonnes questions se font rares.

14

L'univers est comme un buffet varié et abondant. Il contient ce que nous aimons et détestons, nos désirs et leurs manques. Nous n'avons pas besoin d'éliminer ce que nous n'apprécions pas. Focalisons-nous uniquement sur ce qui nous fait du bien.

Les séances de thérapie et les soins des thermes rythment ma vie au centre Mariposa. La psychologue Rebecca nous a réunis à nouveau et insiste sur la nécessité de nous créer un environnement sain, régénérateur et positif.

– Certaines personnes sortent de l'épuisement après leur métamorphose. Malheureusement, lorsqu'elles retournent dans le cadre toxique qui a contribué à les exténuer, elles rechutent rapidement. Vous allez donc évaluer ce dont vous bénéficierez le plus : soit changer de contexte professionnel ou privé, soit agir sur votre manière d'aborder tout ce qui vous entoure. Nous possédons un potentiel illimité pour transformer nos tempêtes biochimiques internes. C'est par notre centre de commandes, le cerveau, que passent nos pensées. Celles-ci influenceront nos états émotionnels ainsi que ce qui en découle. Tout cela se manifeste sous forme d'énergie avec des taux vibratoires variables d'un moment à l'autre. Les émotions positives telles que la joie, l'amour, la sérénité possèdent des ondes très élevées. À l'opposé, la peur, la tristesse, la culpabilité se manifestent sous des vibrations très basses. C'est la raison pour laquelle une personne éprouve un certain mal-être quand elle se noie dans ces émotions.

Je comprends ce que Rebecca explique, pourtant une question me taraude. Je lève la main pour recevoir la boule de parole.

– Mais comment changer nos sentiments ?

– Excellente question Manon. La voie la plus rapide passe par la modification de tes pensées et de tes actions. Imagine que tu te sentes mal, probablement es-tu en train de te centrer sur tout ce qui ne fonctionne pas bien et ce que tu n'aimes pas. Pour remonter ton taux vibratoire, tu peux changer d'environnement pour te retrouver dans ce que tu apprécies. Toutefois, tu pourrais parfois ne pas réussir à cause de tes émotions négatives qui, comme un aimant, risquent d'attirer d'autres problèmes.

— Et alors, comment me conseilles-tu de m'y prendre ?

— Concentre-toi sur les meilleures choses dans l'endroit où tu es. Par exemple, quand tu t'allonges sur la plage et que le bruit des personnes à côté de toi t'incommode, ne pourrait-on pas dire que l'environnement est désagréable ?

— Ah oui, je déteste les gens qui crient et qui fument en plus. J'aime la nature et la tranquillité.

— Eh bien, dis-moi Manon, où trouves-tu cette tranquillité à la plage ?

— Quand je nage en mer et que j'observe les poissons de toutes les couleurs.

— Dans ce cas, si tu veux vivre un meilleur environnement, va nager et centre-toi sur la faune sous-marine. Ton taux vibratoire va remonter aussi vite et, quand tu reviendras sur la plage, tu ne verras plus le monde de la même manière.

Je repense aux propos de Cyril qui rejoignent en tous points ceux de Rebecca. J'adore cette découverte du fonctionnement de l'individu. La psychologie positive, tel que Rebecca l'aborde, m'intéresse beaucoup. Pourquoi ne nous a-t-on pas enseigné à l'école, dès notre plus jeune âge, tous ces moyens simples et pratiques pour maîtriser nos émotions, et mieux vivre les situations de la vie ?

Souvent, je revois aussi l'image de Cyril sur le bateau avec les dauphins. Aussitôt, je me retrouve dans une joie pétillante. Rebecca m'a dit qu'ils sont devenus un ancrage d'excellence pour moi, un peu comme un symbole qui s'adresse directement à mon inconscient. J'ai vu un très beau dauphin en porte-clés dans une boutique du port, j'irai l'acheter pour l'emporter avec moi en Belgique. Je pourrai aussi afficher dans mon bureau une photo de dauphins afin de me remémorer l'attitude zen.

Rebecca termine la réunion sur quelques recommandations pour gérer notre stress. Elle nous invite à choisir un conseil qui nous plaît et à l'appliquer chaque jour. Je sais que je vais utiliser mon ancrage d'excellence, rien qu'à y penser, je me sens bien.

Je meurs d'envie d'appeler Esther pour la tenir au courant de mon séjour et lui demander son avis. C'est quand même grâce à elle que je vis aujourd'hui cette expérience. Je m'isole dans la palmeraie et m'installe sur mon banc face à la mer. Je compose le numéro d'Esther en Belgique. À la troisième sonnerie, elle décroche.

— Allo ?

— Bonjour, Esther, c'est Manon !

— Manon ? Je pensais justement à toi. C'est gentil de m'appeler.

— Esther, cela me fait tellement plaisir de t'entendre ! Mais dis-moi d'abord, comment vas-tu ?

— Bien. Rien de spécial à signaler. Je peins beaucoup et j'avance pour ma prochaine exposition.

J'ai hâte d'avoir ton avis sur mes toiles quand tu rentreras. Et toi, retrouves-tu ton énergie ? Dors-tu mieux ? Comment se passe cette cure ? Raconte-moi tout !

– Les jours se suivent, mais ne se ressemblent pas. Parfois, je me sens en meilleure forme, et à d'autres moments, je repars dans l'humeur grise, une véritable girouette. Par contre, je peux t'affirmer que l'endroit me plaît. J'adore la côte, elle est magnifique avec son mélange de montagnes arides, sauvages, les îlots de palmiers des hôtels en bord de mer. C'est calme et cela me fait le plus grand bien. La nourriture est bonne, je retrouve petit à petit le plaisir de manger aux heures normales.

– Je me réjouis pour toi. Enfin, tu te reprends en mains Manon. Tu n'étais plus que l'ombre de toi-même. Je pense que de temps à autre, nous devons accepter d'avoir besoin d'aide extérieure, c'est parfois difficile de s'en sortir tout seul. As-tu remarqué ce qui peut causer ces jours où tu n'as pas le moral ?

– Non… enfin peut-être. Je ne suis pas certaine. Quoi que…

Je me surprends à hésiter comme une gamine.

– Manon, que se passe-t-il ? Je te connais bien. Quand tu tâtonnes ainsi, tu vis quelque chose d'important. Es-tu sûre que tu me dis tout ?

La voix d'Esther me paraît douce et rassurante, j'ai envie de me confier, d'être réconfortée. J'inspire profondément.

– En fait, j'ai lié connaissance avec un homme…

– Mais c'est génial ma belle, lance Esther ! Est-ce qu'il te plaît ? Comment est-il ?

Je me sens quelque peu agacée.

– Arrête Esther ! Je n'ai pas dit que j'étais sortie avec un homme !

– Mais Manon, pourquoi te fâches-tu ainsi ?

– Je n'aime pas tes insinuations ! Pourquoi dois-tu toujours tout ramener au sexe ? Nous sommes allés en excursion avec la psychologue du centre pour observer les cétacés dans l'océan. Cela m'a plu et j'ai décidé de retourner quelques jours plus tard pour une sortie en mer, je voulais revoir les dauphins.

– Et ?

– Un grand groupe de cétacés se sont approchés du bateau et ont joué pendant longtemps. C'était absolument magnifique !

– Et quel rapport existe-t-il entre les dauphins et l'homme que tu as connu ?

– C'est le capitaine du navire. Il a engagé la conversation parce que c'est rare qu'une touriste revienne plusieurs fois à la même excursion.

– Je le comprends Manon, tu n'es pas une femme quelconque ! De quoi avez-vous parlé ? J'espère ne pas me montrer trop indiscrète.

– En fait, il m'a proposé de l'accompagner avec l'équipe des scientifiques pour voir comment ils mènent leurs études des cétacés.

– Non ? Mais c'est génial ! Absolument unique. Quelle chance pour toi !

– Oui, c'était vraiment intéressant. Nous avons entendu le chant des dauphins, il m'a expliqué leur comportement et l'incidence des humains sur l'écosystème.

– Vous n'avez pas discuté seulement des dauphins ! me taquine Esther.

– Je lui ai parlé de ma cure et il m'a raconté une partie de son histoire, pourquoi il a changé de carrière et comment il s'est retrouvé capitaine de bateau. Il a beaucoup vécu, tu sais. Il a eu des soucis avec sa femme, ses enfants, il travaillait trop et n'avait aucune vie de famille. J'ai cru comprendre aussi qu'il la trompait. Il dit avoir retiré de nombreux enseignements de ses expériences et il veut tout simplement m'en faire profiter. C'est la première fois que je rencontre un homme avec qui j'aime communiquer. Il est différent des autres.

– Des autres ? Comme si tu en avais connu tant que ça ! Tu t'es mariée il y a quinze ans, et depuis tu t'astreins à l'abstinence.

– Arrête de te moquer de moi Esther. Je suis convaincue que dénicher l'homme idéal est plus dur que transformer le plomb en or. Et puis tu sais que j'ai beaucoup souffert de mon couple raté. Je n'ai jamais ressenti une solitude aussi profonde, j'avais le sentiment d'être abandonnée. Pierre m'avait placée numéro un au hit-parade de son cœur et du jour au lendemain, c'était comme si je n'existais plus. Nous avions une vie calme en apparence, pourtant nous vivions comme des étrangers. Je le voyais prendre son plaisir ailleurs et je ne le supportais pas. Je n'arrivais plus à me rapprocher de lui et que je doutais de mon amour, j'étais jalouse qu'il soit heureux sans moi, j'enviais le bonheur qu'il vivait au travail. Plus j'en prenais conscience, plus le gouffre entre nous se creusait. J'aurais dû agir plus tôt, trouver des solutions dès les premiers symptômes. J'ai cru que les choses s'arrangeraient d'elles-mêmes. Quelle innocente j'étais !

— Mais vous étiez deux dans cette liaison, Manon. Tu ne portais pas l'entière responsabilité de la réussite de votre mariage. Vous auriez dû pouvoir en parler, la communication prime dans un couple.

— Oui, tu as raison, une relation grandit et se nourrit de part et d'autre. Seulement, lui n'était pas en attente.

— Peux-tu l'affirmer, Manon ? Peut-être était-il malheureux lui aussi et n'arrivait-il pas à le dire ? Il attendait un signe de toi et ne voyant rien venir, il s'est retranché dans sa caverne. Il n'aurait pas dû agir ainsi, mais les hommes sont parfois impatients et lâches.

— Peut-être bien, je n'en sais rien et je m'en moque aujourd'hui ! Le passé est révolu ! Je n'ai pas envie de laisser l'ombre d'hier assombrir la lumière de demain.

— À l'unique condition que tu aies analysé, compris et réglé ces expériences, rétorque Esther, sinon tu risques de reproduire les mêmes erreurs. Mais puisque tu as si bien utilisé ton histoire pour te protéger, pourquoi crains-tu les hommes ?

– Je n'ai pas peur DES hommes ! Je n'ai tout simplement plus envie de m'engager dans ce qui est d'avance voué à l'échec.

– D'accord Manon. Alors, revenons à ce capitaine intéressant que tu as rencontré uniquement pour discuter. Est-il beau au moins ?

– Esther !

– Quoi ? Qu'y a-t-il de mal à s'interroger sur le physique d'une personne ?

Je sais qu'Esther adore me taquiner, je souris et je rentre dans son jeu. Nous ne nous disputons jamais plus de cinq minutes.

– Il est pas mal, oui. Du genre sportif, mais pas monsieur muscles, jeans noir et T-shirt moulant, un beau visage avec des yeux d'un bleu acier profond. Il me fait un peu penser à Giorgio Armani. Te voilà contente !

– Ouah, j'aimerais le voir. Ne pourrais-tu pas m'envoyer une photo ?

– Esther, si tu continues, je raccroche !

– Je plaisante !

– Moi je suis sérieuse. Ce qui me plaît le plus chez lui, c'est sa façon de penser, ses centres d'intérêt, ses questions. Il est bienveillant et un peu protecteur. C'est quelqu'un de bien.

– Toi, mon amie, tu ne le sais pas, mais tu es en train de refouler tes sentiments.

– Ce n'est pas vrai ! Je suis tout simplement très agréablement surprise de fréquenter un homme plaisant, qui ne s'intéresse pas à la gent féminine uniquement pour son physique. Pourquoi envisagez-vous toujours des histoires de sexe dès qu'un homme et une femme se côtoient ? C'est agaçant à la fin ! Si je te dis que je refuse de tomber amoureuse aujourd'hui, c'est justement parce que j'ai compris que ces souffrances sont insupportables. Cela ne me convient pas ! Je ne suis pas taillée dans le roc, alors je me protège de mon mieux.

– Et quoi ? Tu vas terminer ta vie comme une vieille fille ! Tu n'en as pas assez d'être une taupe de bureau, toujours à fouiner dans tes dossiers ou à te cacher dans l'ombre de ton appartement ? Comment peut-on préférer vivre seule et peut-être malheureuse plutôt que de prendre le risque de s'attacher ! Je n'arrive pas à croire cela ! Tu parles ainsi parce que tu es épuisée et que tu as perdu beaucoup d'énergie. Manon, ressaisis-toi bon sang ! Des milliers de couples sont heureux sur terre, tu mérites aussi d'être chérie et désirée. Tu es une femme formidable et je suis convaincue qu'il existe une chaussure à ton pied, quelqu'un qui possède les mêmes attentes que toi.

– Moi je suis persuadée que l'amour s'apparente à une loterie. Je n'ai jamais gagné aux jeux de hasard !

– Ce n'est pas parce que tu as vécu une désillusion dans le mariage que tu dois jeter le bébé avec l'eau du bain ! Et puis, une hirondelle ne fait pas le printemps.

– Non, mais elle l'annonce souvent ! Je n'ai plus envie de voir le miroir aux alouettes et d'y laisser des plumes ! Je suis autonome, capable de subvenir à mes besoins, je n'ai de comptes à rendre à personne. Que vouloir de plus ?

– Un équilibre dans l'existence Manon ! Être épanouie c'est vivre les domaines personnels, relationnels et professionnels. Je ne cherche pas à te juger, mais je constate que le travail est ton seul univers, c'est dangereux Manon. Ce n'est pas cela la vraie vie ! Tu ne peux pas te protéger en permanence derrière un plexiglas.

– Mais je détiens cet équilibre Esther ! Ce n'est pas parce que je suis un peu fatiguée que j'ai tout raté. Dorénavant, je vais plus m'occuper de moi et me bichonner. Pour les relations, notre amitié me comble. Et j'exerce un travail que beaucoup de personnes envient. Je possède tout Esther et je m'en contente.

– Alors Manon, pourquoi passes-tu par ces moments de déprime ?

– Hm mm… Je ne le sais pas moi-même.

— Tu disais que... comment s'appelle-t-il cet homme ?

— Cyril.

— Quelles sont les choses fondamentales que ce Cyril aborde avec toi ?

— Nous avons échangé sur les événements qui surviennent et qui ne sont peut-être pas liés au hasard. Il m'a aussi parlé du karma qui donne du sens à l'existence.

— Ouah ! Tu as raison, il doit être bien cet homme, il s'intéresse à la vie en profondeur. C'est rare. Arrête Manon, je t'entends souffler ! Je ne suis plus du tout en train de te taquiner. Je comprends pourquoi tu disais qu'il est fascinant et je soupçonne aussi que ce sont des questions difficiles. Tu en connais toi beaucoup de personnes qui peuvent te préciser leur mission sur terre ? Ce type de question désorienterait plus d'un. Est-ce vraiment bon pour toi en ce moment de grande fragilité ?

— Oh, Esther, tout est si confus en moi. Pourtant, je ressens que je n'échapperai pas à cette introspection, je crois que c'est une traversée obligée. Peut-être que je commence à voir ma vie sous un autre angle. Peut-être ai-je un peu l'impression d'avoir perdu des années ou d'être passée à côté du plus important.

— Laisse-toi un peu de temps. Nul doute que ton mode de vie ne devait pas te convenir à merveille puisqu'il t'a mise dans cet état d'épuisement. Maintenant, quant à dire que tout était mauvais, je crois que plus de nuances s'imposent. Tu vis déjà une légère amélioration physique qui résulte sans doute de changements intérieurs. Et de plus, tu expérimentes à nouveau une vie sociale normale. Je savais que tu devais aller dans ce centre. Et quand comptes-tu revoir ce capitaine aux yeux bleus ?

— Il m'a proposé de m'appeler ce week-end.

— Je me réjouis vraiment pour toi, Manon, tu es une femme formidable, ne l'oublie jamais.

— Merci Esther, tu es toujours là pour me donner confiance, ton amitié est la plus belle chose qui me soit arrivée dans la vie.

— Je trouve ta voix meilleure maintenant, je suis rassurée. Promets-moi quand même de m'appeler pour me donner de tes nouvelles.

— Tu peux compter sur moi Esther. Je t'embrasse. À bientôt.

— Prends bien soin de toi Manon. Je suis curieuse de connaître la suite de tes aventures. Au revoir.

Je raccroche et je réalise que pendant les vingt années passées, j'ai joui d'un port d'ancrage grâce à la véritable solidarité qui s'est tissée entre Esther et moi. Nous avons traversé les bonheurs et les difficultés main dans la main. Nos âmes se sont reconnues de suite… comme si nous avions toujours existé dans le même plan.

La sonnerie de mon téléphone me sort de mes pensées. La petite enveloppe affichée sur l'écran m'informe que j'ai reçu un message. Pourvu qu'il soit de Cyril. Je l'ouvre.

« J'espère que tu es bien rentrée. À tout bientôt. Cyril. »

Un sourire radieux illumine mes traits. Pour la première fois depuis longtemps, je retrouve la sensation d'être à nouveau une femme.

15

Que la force soit avec toi.

Maître Yoda

Rebecca a donné rendez-vous au groupe au bord de la piscine et nous a demandé de porter notre maillot de bain. Elle discute avec un jeune homme d'une vingtaine d'années à côté du grand plongeoir.

– Je vous ai tous et toutes convoqués ici pour aborder le plus considérable des freins qui vous empêche d'être heureux : celui de vos croyances et de l'impact qu'elles ont sur votre vie. Mais avant de vous donner de la théorie et des méthodes, je propose que nous participions à une petite expérience. S'il y a parmi vous quelqu'un qui ne sait pas nager, levez la main.

Personne ne bouge.

– C'est donc parfait pour l'expérience. Je vous demande de monter en haut du plongeoir et de sauter dans la piscine. Comme vous savez tous nager, il n'y a donc aucun problème. Qui veut commencer ?

Nous nous regardons tous avec étonnement, nous ne comprenons pas pourquoi Rebecca nous impose cela. Transformée en commandant de Marines américains, nous ne la reconnaissons pas.

– Allons, crie-t-elle avec autorité ! Ne perdons pas de temps. L'ordre du jour de notre séance est copieux. Que le premier ou la première monte et saute à l'eau !

Daniel se lève et suit les instructions. Le plongeoir se situe à environ deux mètres au-dessus de l'eau, il se positionne et pique la tête la première.

– Bravo, s'exclame Rebecca ! Au suivant, dépêchez-vous !

Valérie prend courageusement la suite de Daniel, mais dès qu'elle se retrouve au-dessus de l'eau, elle n'ose pas plonger la tête. Elle se bouche le nez, ferme les yeux et s'élance les pieds joints.

– Très bien, crie Rebecca en frappant la cadence, au suivant !

Nous passons tous l'épreuve, la plupart d'entre nous ne rient pas. Finalement, le jeune homme qui accompagne Rebecca se place sur le plongeoir et s'élance dans un saut roulé magnifique. Nous tombons en extase devant cet athlète.

– Parfait, poursuit Rebecca. Séchez-vous bien et venez vous installer dans les fauteuils près du bar.

La journée bien ensoleillée contraste avec nos mines fermées.

– Vous vous demandez peut-être pourquoi je vous ai obligés à plonger dans la piscine. Mon but est de vous faire prendre conscience de ce qui se passe en vous quand vous êtes confrontés à une situation stressante. Posez-vous la question suivante : que vous disiez-vous à la minute où je vous ai donné la consigne et surtout, lorsque vous étiez en haut du plongeoir ? Trouviez-vous cela amusant, excitant, inattendu ? Pensiez-vous plutôt « Mon dieu, quelle horreur, je ne vais jamais y arriver » ? Ce dialogue intérieur que vous aviez probablement tous, comporte ce que nous appelons des croyances. Ne prenez pas ce terme au sens mystique, les croyances se composent de phrases que nous nous répétons comme des mantras, elles influencent nos actes ainsi que nos émotions. Vous avez vu le jeune athlète dans un double salto. Il croit que sauter dans l'eau tête première est un pur bonheur, il se sent comme un oiseau ou un dauphin, il est enthousiaste et réussit souvent ses prouesses. C'est pourquoi cela semble si facile quand vous le regardez. Qui parmi vous avait peur ?

Nous sommes quatre à lever la main.

– Quelle était votre croyance pour réaliser cet exercice ? Je soupçonne qu'elle était limitative.

Nous hochons tous la tête. Rebecca poursuit.

– Enfants, vous avez reçu toutes sortes de messages des adultes qui vous entouraient. Ceux-ci ont influencé votre vision du monde, de vous-mêmes et des autres. Avec vos expériences, bonnes ou mauvaises, ils ont façonné votre système de croyances. Les opinions et les jugements que vous portez sur vous-mêmes et votre environnement en ont découlé. Ces croyances ont structuré votre personnalité et votre manière d'être, elles sont inscrites dans votre subconscient. Ce passé vous amène en quelque sorte à agir conformément à ce que vous pensez. Donc si vous croyez que plonger dans une piscine est dangereux ou difficile, vous limiterez vos capacités à sauter. Par contre, si vous êtes convaincus que c'est un pur bonheur, vous vous lancerez avec légèreté et aurez envie de recommencer jusqu'à maîtriser l'exercice. C'est pareil dans tous les domaines de votre vie.

Je remarque l'exacte similitude du discours de Rebecca et de Cyril. Je me dis que cette redondance n'arrive pas dans ma vie par hasard. Rebecca poursuit.

— Vous souffrez du burn-out parce que vos croyances ont généré du stress en vous. Je pense entre autres à la conviction que vous n'êtes pas à la hauteur pour assumer ce que la vie vous présente. Je suis désolée de vous avoir provoqués en vous faisant plonger dans la piscine, mais très souvent un exemple concret vaut des milliers de mots. Imaginez qu'une fois en haut du plongeoir, vous ayez pensé que vous étiez tout à fait capables de sauter, c'était tellement facile pour vous, que vous aviez le droit de relever le défi en fonction de votre personnalité, que peu importait le résultat. C'est ce que vous entendiez depuis votre plus jeune enfance, ces messages ont forgé en vous des croyances de réussite dans le plaisir. Ne pensez-vous pas que l'expérience aurait été toute autre ? Heureusement, votre esprit est comme l'argile et vous pouvez le façonner

Rebecca fait une pause et nous regarde avec compassion. Elle nous invite ensuite à prendre un bloc-notes sur la table, et à répondre par écrit aux questions qu'elle désire nous poser.

– Qu'avez-vous reçu comme messages dans votre jeunesse, et plus tard aussi dans votre vie ? Qu'entendiez-vous souvent autour de vous ? Inscrivez ce qui vous vient à l'esprit, vous pourrez compléter vos réflexions par la suite lorsque vous serez seuls. Ne vous inquiétez pas si vous ne trouvez pas ce que je vous demande, cela peut parfois prendre quelques jours. Soyez bienveillants et confiants, avec le temps vous identifierez les freins. Si vous relevez une seule réponse, c'est amplement suffisant pour démarrer votre nouvelle vie. Donc, quelles phrases entendiez-vous souvent dans le passé ?

Je sais immédiatement quoi écrire. On m'a tellement chanté ces phrases oppressantes sur tous les tons : « Tu peux faire mieux. La vie est une dure lutte ». Je me souviens aussi que j'ai toujours eu le sentiment de devoir être parfaite pour éviter les problèmes et être reconnue comme une personne de valeur. Rebecca poursuit.

– Comment ces messages, et donc ces croyances, ont-ils modelé votre vision du monde ? Quel a été leur impact ? Que pensiez-vous de vous-mêmes et des autres ?

J'ai souvent trouvé que la vie n'était pas facile. Maintenant, je comprends pourquoi au travers de l'exercice. Je luttais toujours et j'envisageais l'école, le sport, le travail comme une compétition. Je devais me battre, étudier beaucoup et être sérieuse. Je me méfiais de tout le monde, considérais que je ne pouvais compter que sur moi-même.

– Reconnaissez-vous l'impact de ces croyances sur la vision que vous avez toujours eue de vous-même ? Que pensiez-vous de vous lorsque vous étiez jeune ? Cela a-t-il évolué depuis l'âge adulte ?

Encore une fois, j'ai envie de pleurer, mais je retiens mes larmes. Je prends conscience de l'ampleur de ces messages, je me vois souvent me dire que je ne mérite pas le bonheur. Si je n'obtiens pas l'évaluation maximale pour une épreuve, je suis honteuse et en colère, je trouve toujours les autres mieux que moi, plus intelligents, plus beaux, plus riches, plus… Je me souviens aussi que je pensais que je ne valais pas grand-chose lorsque mon ex-mari se consacrait cent pour cent à sa carrière et me négligeait. Tout cela m'attristait. Comment ai-je pu me flageller autant ? Rebecca reprend la parole.

– Ce que je vous demande n'est pas facile, mais c'est nécessaire si vous voulez sortir du burn-out. Vous êtes en train d'identifier les plus gros freins qui vous ont poussés à bout. La bonne nouvelle, c'est que ces croyances limitatives peuvent se modifier, nous pouvons prendre conscience de notre mode de pensées et de nos opinions. Nous devons trier nos croyances limitatives et les remplacer par d'autres jugements porteurs d'optimisme et de bonheur. Alors seulement, nous pourrons installer de nouveaux comportements. Je vous invite donc maintenant à identifier votre plus grand frein. Quelle conviction pourrait s'y substituer pour vous permettre d'augmenter l'estime de vous-même ? Qui souhaite partager son exemple ? Cela aidera peut-être les autres.

Je lève la main. Je veux changer de suite et en finir avec ce fardeau que j'ai porté trop longtemps dans mon inconscient.

– Oui Manon, nous t'écoutons.

– Je me trouve nulle et la vie difficile, c'est mon grand frein.

– Tu as très bien identifié ton frein, je ne pense pas que ce soit très agréable.

Tout le monde me regarde l'air sérieux, cela m'encourage. Rebecca poursuit.

– Quelle serait la croyance plus optimiste pour toi, Manon ?

Je me sens rougir de honte. J'ai quarante-deux ans, je suis juriste, adulte, pourtant je me vois toute petite et fragile comme une biche.

— Je ne sais pas si j'oserai le dire.

— Bien sûr que si ! Jette-toi à l'eau ! Bienvenue au club !

— J'aimerais affirmer que j'ai de la valeur et que la vie est belle aussi pour moi.

— Oui, c'est bien Manon. Et c'est normal que tu sois gênée de prononcer cela, puisque tu as souvent entendu des messages dévalorisants que tu as pris pour toi. Mais tu as raison, comme tout être humain, tu as de la valeur, une formidable richesse, tu as droit au bonheur et le soleil brille pour toi aussi. Visualise ton futur avec cette nouvelle croyance. Qu'est-ce qui changerait pour toi ?

— J'imagine que j'ai de la valeur, je me sens déjà plus légère, plus dynamique. Je peux mieux apprécier les bonnes choses et voir l'aspect positif en tout. Je pense que j'ai aussi envie de prendre du temps pour moi, de me consacrer à ce que j'aime.

— Bravo Manon, merci pour ton partage, je te trouve très courageuse. Vous pourrez tous repérer une croyance qui vous donnera plus d'énergie et de potentiel, j'en suis convaincue.

Chacun se met à écrire et on peut sentir la force du groupe qui se décuple. Rebecca a découvert le moyen de nous motiver et de nous insuffler l'espoir.

– Je vais vous demander encore un petit effort, le dernier pour aujourd'hui, je vous le promets. Imaginez que vous ayez installé votre nouvelle croyance, rien ne peut vous faire douter. Choisissez une action qui vous plaît beaucoup et que vous accomplirez dans le futur. Qu'aimeriez-vous pratiquer chaque jour, qui vous procurerait du plaisir ? Je vous donne quelques idées : vous pourriez vous accorder le matin vingt minutes de calme pour manger et boire votre tasse de café ou de thé, prendre votre pause déjeuner dans un endroit agréable, vous offrir le plaisir d'écouter de la musique, lire un roman, méditer, pratiquer un sport, vous détendre dans un bain chaud. Libérez votre imagination et choisissez une activité pour votre bien-être. Cet espace vous sera entièrement dédié. Dès que vous aurez identifié votre activité, engagez-vous à réaliser cette action pendant vingt et un jours d'affilée. Parfois, vous n'y consacrerez que cinq minutes, à d'autres moments beaucoup plus, mais vous devez répéter cette habitude pendant vingt et un jours. C'est le temps nécessaire pour installer un nouvel automatisme dans votre subconscient. Si vous vous surprenez un jour à oublier votre engagement, par exemple le jour huit de la série de vingt et un, vous devrez recommencer au premier jour. Dans la régularité réside le secret pour tracer un sillon. En psychologie positive, on parle de se trouver dans le « flow », dans le courant. C'est le moment où nous agissons en pleine possession de

185

nos moyens, nous ne nous posons plus de questions, nous savons être capables de relever le défi, nous éprouvons un plaisir immense à développer nos atouts. Nous nous sentons tellement bien que nous ne voyons pas le temps passer. Il n'existe plus aucun stress bien sûr, juste le pur bonheur de nous sentir vivant et de fusionner avec notre environnement.

En écoutant Rebecca, je visualise la rencontre des dauphins, certains moments où je nage, les soirées chez Esther au coin du feu. Rebecca a raison, je dois plus me placer dans cette énergie du courant de la vie. Je suis attentive à chacun de ses mots.

– J'ai rencontré un surfer professionnel l'an dernier, poursuit Rebecca, son partage d'expérience m'a beaucoup plu. Il m'expliquait que ce qu'il adorait, c'était se trouver face à l'océan et prendre les vagues. Après un temps d'échauffement, il devenait la vague et l'océan, il ne formait plus qu'un avec la nature et il surfait dans le flow. Ce n'était pas venu par hasard, il s'était entraîné des heures et des heures avec régularité, il avait appris en observant les vagues et les marées. Après des milliers de répétitions, il agissait avec la plus haute performance, sans avoir à penser ni à fournir d'effort. La passion permet d'installer cette régularité, tout comme un maître des arts martiaux reproduit un mouvement des milliers de fois. Si vous aimez ce que vous faites, vous êtes motivés et vous n'envisagez jamais la possibilité d'abandonner, vous vous engagez à fond dans la vie avec un esprit confiant. Pour surfer sur les vagues de la vie, mieux vaut ne pas laisser votre humeur dépendre des circonstances. Lorsque la tempête se lève en mer, le dauphin plonge à quelques mètres et retrouve le calme. Les humains aussi attendent que l'orage passe, ou changent d'environnement pour nager dans des eaux paisibles. La nature nous enseigne tant de sagesse. Après la pluie vient toujours le beau temps, surtout lorsque nous développons la patience.

Rebecca se retourne face à la mer et tend le bras.

– Regardez ce matin, l'océan était agité et nous n'avons pas pu sortir. Maintenant, le vent est tombé et vous pouvez admirer la mer d'huile. La joie et la tristesse représentent les deux faces d'une même pièce, c'est la dualité. Le soleil brille toujours au-dessus des nuages. Le bonheur intérieur est une question d'attitude. Ne laissez pas votre félicité dépendre des circonstances. Inventez un moyen pour rendre votre esprit lisse comme un étang, comme un miroir dont vous pourriez toujours voir le fond.

Rebecca se tourne vers moi.

– Pour trouver la paix intérieure Manon, décide que tu seras à tout instant maître de tes émotions. Je parle à Manon, mais cela s'adresse à vous tous. Gérer ses sentiments ne signifie pas les étouffer, bien au contraire, nous devons les accueillir et les reconnaître pour ce qu'ils sont : la résultante de pensées positives ou négatives ainsi que le regard que nous portons sur la vie. Lorsque vous rencontrerez une difficulté, que vous en comprendrez la raison et que vous saurez comment dépasser cet obstacle, vous ressentirez plus le calme.

Rebecca entoure tout le groupe du regard.

— Je pense que vous avez saisi le principe. Je compte sur vous pour vous livrer au jeu, vous avez toutes les cartes en mains. Rappelez-vous que l'optimiste voit la tristesse ou la difficulté comme une occasion de pivoter et d'évoluer pour obtenir la paix de l'esprit. Il ne vit pas dans l'équanimité chaque fois que la mer s'agite. Par contre, il reste bien moins longtemps troublé, son humeur ne joue plus les montagnes russes. Grâce à la persévérance, il descend moins bas et il monte moins haut.

Rebecca termine la séance en nous rappelant que c'est un beau challenge. Elle nous conseille de l'attaquer le jour même.

— Certains d'entre vous découvriront peut-être que vous êtes la personne la plus importante au monde, je vous le souhaite de tout cœur.

Elle nous remercie et nous félicite.

16

Les licornes évitent de fréquenter les humains aussi longtemps qu'elles n'ont pas la certitude d'être accueillies favorablement.

J'ai fait plusieurs fois un rêve inachevé et je pressens que mon inconscient veut m'envoyer un message. Je suis une minuscule licorne dans un orage. Les grosses gouttes de pluie vont m'écraser… Cette fois, le songe se développe…

Je veux me faufiler entre les gouttes d'eau, mais n'y arrive pas. Je lève ma corne vers le ciel pour demander de l'aide. Aussitôt, elle se transforme en bulle et me protège de l'averse. J'avance avec prudence, atteins le bout du nuage orageux et me retrouve au soleil en sécurité. Tout est si calme que je m'ennuie au point de décider de m'envoler pour découvrir de nouveaux horizons plus passionnants. J'en ai vraiment besoin.

Je me métamorphose en une grande licorne blanche, lumineuse, très belle et forte. Après plusieurs heures de voyage, j'arrive au-dessus d'un village indien, je plane et survole les tipis. L'endroit me fascine, m'intrigue, je n'ai jamais rien vu de semblable dans mon pays. Soudain, j'aperçois un Indien à la peau cuivrée et aux cheveux noir brillant. Il m'attire de façon irrésistible, je descends vers lui, je sais dans mon for intérieur que cet homme pourra m'aider. Mon cheval très particulier trouble l'Indien, quelle est cette monture blanche, lumineuse, puissante d'apparence, avec une immense corne sur le front et des ailes le long du corps ?

L'Indien décide de monter sur mon dos, j'ai peur et je me cabre. L'homme patient n'abandonne pas son désir. Etrangement, je ne m'enfuis pas, j'ai l'intuition que quelque chose de bon m'arrivera. Nous échangeons par télépathie. Je lui dis qu'il ne peut pas me brusquer, il doit apprendre à me connaître, me parler et ensuite je me laisserai dompter. Les jours s'écoulent paisiblement dans mon nouvel environnement.

Une nuit de pleine lune, la magie opère et je me métamorphose en jument que l'Indien peut chevaucher, nous parcourons des étendues immenses. Le matin, à la lumière du jour, je redeviens licorne. Les nuits suivantes, la transformation survient à nouveau et tout s'arrête quand la pleine lune disparaît. Dommage pour nous deux, nous aimons tellement flotter au vent.

L'indien décide de m'emmener voir le sage du village pour lui demander conseil. Il veut que je demeure un cheval et que nous puissions continuer à explorer la région. Le maître nous explique que nous devons partir en direction du Sud afin de trouver l'endroit des immenses perles de mer. Il donne à l'Indien une potion magique qui lui permettra de me chevaucher sans plus avoir besoin que je me transforme en cheval.

Après plusieurs jours de voyage où nous volons en plein bonheur, nous arrivons au-dessus d'un océan bleu. Dans son fond limpide, une gigantesque bulle de cristal recouvre une cité dont la place principale est tapissée de perles précieuses. Je veux plonger pour aller les cueillir, mais l'Indien s'y oppose, c'est trop dangereux, nous devons être prudents. Il préfère rejoindre une île flottante loin de la cité et analyser la situation.

Je ne l'écoute pas, je m'enfonce sous l'eau. Sans encombre, je pénètre dans la bulle et prends des perles dans mes ailes. Lorsque j'estime ma récolte suffisante, je veux rejoindre mon Indien, je m'élance vers le haut, mais impossible de traverser le dôme en sens inverse. J'ai beau cogner contre les parois, la bulle reste imperméable.

Comme dans le rêve que j'avais fait avec ma grand-mère, des dizaines de dauphins apparaissent et plaquent leur ventre contre le dôme pour me sauver. La lumière qui irradie de leur corps fait fondre la paroi, je suis libérée. Un dauphin me remonte à la surface et me porte sur l'île flottante auprès de l'Indien. Avec fierté, je dépose mon butin aux pieds de l'homme qui ne daigne même pas me regarder. Je ne l'intéresse plus, car j'ai plongé malgré son interdiction et les conseils qu'il m'a prodigués. Accablée d'une grande tristesse, je ne peux pas tolérer qu'il ne veuille plus de moi, je me transforme en dauphin et plonge parmi les cétacés pour attirer son attention…

Je me réveille avec une sensation nouvelle au centre de la poitrine. Une ouverture s'est produite en moi. Grâce à l'Indien et aux dauphins, je comprends que ma solitude ne me convient plus. Je veux m'éveiller au monde, continuer mon développement personnel, vivre libre, heureuse tout en restant connectée aux autres, ce n'est pas incompatible. Je sais que j'ai aussi besoin d'amour pour me sentir femme à part entière. Cyril pourra me donner cet amour et me respecter. Mais est-ce que je l'intéresse vraiment ? Comment puis-je l'aborder et avoir l'assurance qu'il est épris de moi ? Je ne veux pas me rendre ridicule, il y a tellement longtemps que je n'ai plus cherché à plaire à un homme, je ne sais plus comment faire. Je pourrais demander conseil à Esther, mais elle va me taquiner et se moquer de moi. Je n'apprécie pas cela du tout.

Je vais plutôt adopter la philosophie de Cyril : la vie m'apportera ce qu'il existe de mieux pour moi. Je vais faire confiance aux événements sans chercher à les provoquer. J'ai retrouvé l'envie de vivre, m'amuser, me faire du bien, être tout simplement.

17

Si vous vibrez l'amour, la joie, le positif, que croyez-vous que vous attirerez dans votre vie ?

Cyril souhaite partager avec moi l'importance de vivre en pleine conscience le moment présent. Il m'a demandé ce que j'adore manger. Bien qu'étonnée par sa question, je lui ai répondu sans hésiter que j'aime les gâteaux accompagnés d'une excellente boisson chaude. Il m'a donné rendez-vous dans un salon de thé sur le port. L'endroit accueillant est aménagé avec raffinement comme une pâtisserie à l'ancienne. Un long comptoir de bois blanc cérusé, surplombé d'une vitrine dorée, renferme un trésor de gourmandises : tartelettes aux fruits, meringues, éclairs au chocolat, babas au rhum, millefeuilles caramélisés, gâteaux au chocolat. Des pots de miel et de confitures, des sachets dorés remplis de thés dénichés aux quatre coins du monde tapissent une immense étagère murale. À cette heure de la journée, peu de monde fréquente l'établissement, nous avons toute la place pour nous.

Nous commandons des moelleux aux trois chocolats avec un thé vert Sencha, amandes, cardamone et jasmin. La serveuse dépose sur la table la vaisselle décorée de roses anglaises. Je prends mes couverts et Cyril me touche le bras.

— Attends avant de manger, Manon, prends le temps de savourer ton dessert du regard, observe, analyse, imagine le goût. Qu'est-ce que cette merveille t'inspire ?

Je soupçonne une base en biscuit légèrement croquante. La première couche du fondant est une mousse onctueuse et brillante, surmontée d'une feuille épaisse de moelleux au chocolat blanc, mon préféré. Elle contraste avec la ganache de cacao amer couleur ébène. Vais-je manger le gâteau en découpant de fines lamelles afin de goûter les trois parfums simultanément en bouche ou les découvrir chacun séparément ? Je me dis que je pourrais alterner les deux possibilités pour varier les saveurs à l'infini.

— N'aimes-tu pas faire durer le plaisir ? me demande Cyril fier de lui.

— Oui. En temps normal, j'aurais écouté ma gourmandise et je mangerais déjà ma part. C'est amusant, je n'ai encore rien dans la bouche et pourtant je sens le chocolat sur mon palais.

– Allons-y alors. Voyons si le pâtissier mérite vraiment sa réputation.

Cyril prend une bouchée, ferme les yeux et sourit.

– Mmhhh, c'est délicieux, savoureux, onctueux. J'adore les gâteaux quand ils ne sont pas trop sucrés.

– Moi aussi, j'apprécie bien plus les goûts des aliments. Ce chocolat blanc est une pure merveille.

Je bois un peu de thé chaud et me régale.

– Prends maintenant une bouchée Manon et ferme les yeux. Centre-toi sur toutes les sensations du palais.

La proposition de Cyril est une idée formidable. Les yeux fermés, je laisse fondre le chocolat doucement sur la langue, quel bonheur.

– Manon, ne regarde pas encore. Je vais te donner d'autres morceaux du gâteau. Continue de te centrer sur tous tes sens, prends bien le temps de vivre tous ces ressentis.

Cyril fixe la bouche de Manon et la nouvelle femme qu'il découvre le trouble. Ses lèvres dessinent un sourire d'ange marqué de deux petites fossettes à chaque coin. Son visage se détend et s'illumine, elle est si belle et sensuelle. Il devine chez elle un épicurisme incroyable, une capacité au plaisir charnel que Manon ne soupçonne probablement pas. Elle ne s'est certainement jamais autorisée à éprouver cela. Pourquoi se cache-t-elle derrière cette apparence de garçon manqué ? Pourquoi veut-elle mettre autant de distance entre elle et les gens qu'elle côtoie ? Il ne comprend pas comment Manon a pu

rester seule pendant plus de dix ans. De quoi a-t-elle peur ?
Désire-t-elle comme lui éviter la souffrance ? Il ne peut pas
s'attacher à elle, il doit se cantonner à lui transmettre ce qu'il
a appris de Lobsang. Il se ressaisit avant qu'elle n'ouvre les
yeux.

— C'est cela vivre le moment présent Manon. Tu
ne manges pas en pensant à mille et une choses, tu
te concentres uniquement sur l'acte de la
dégustation. Ce chocolatier nous offre une
harmonie de chocolat réalisé à partir d'excellentes
fèves de cacao et des ingrédients adéquats. Nous
devrions plus souvent prendre exemple sur lui,
arrêter de nous farcir la tête d'éléments
incompatibles. Imagine que tu te retrouves au sauna
avec ta meilleure amie dans le but de vous détendre.
Vous discutez et tu ne peux t'empêcher de penser à
ta déclaration fiscale à remplir, au rendez-vous
divers que tu dois fixer, au terrible accident que tu
as vu à la télévision la veille au soir. Crois-tu que
vous passerez un bon moment et que tu ne sentiras
plus de tension dans ton corps ?

— Peut-être pas, mais, en même temps, les amies
ne partagent pas uniquement des instants agréables.
Ce sont justement nos connaissances sincères et
profondes qui peuvent nous comprendre, nous
rassurer, compatir à nos difficultés. Sinon ce ne
serait pas des proches !

— Tu as mille fois raison pour l'amitié Manon.
Cependant, tes pensées du futur ou du passé

t'empêcheront de vivre ce sauna dans un instant d'énergie positive. Pourtant, la vie précieuse ne s'écoule qu'au moment présent, nous devons la protéger. Lorsqu'on interroge des personnes en fin d'existence, la plupart disent qu'elles regrettent de n'avoir pas plus profité des gens qu'elles aimaient. Pourquoi ? Parce qu'elles ne savouraient pas assez les moments qu'elles partageaient avec les êtres importants. Le temps d'une vie s'écoule vite, le seul moyen de jouir au maximum de notre existence, c'est de vivre en pleine conscience. Si tu souhaites passer un bon instant en mangeant du chocolat, tu t'installes dans un endroit confortable et tu savoures ce plaisir. Tu peux développer cette attitude pour toutes les petites choses agréables de la vie, je t'assure qu'on en croise beaucoup dans une journée.

– Attends Cyril ! Prétends-tu qu'il faille faire comme l'autruche, se mettre la tête dans le sable et ne voir que le positif de la vie ? Quand on rencontre des problèmes, c'est normal qu'ils nous préoccupent et que nous nous en occupions ! Crois-tu que les gens atteints de graves maladies y voient du positif ?

– C'est vrai, c'est plus difficile, pourtant changer notre regard sur les choses ne dépend que de nous. Quel que soit notre état de santé ou notre environnement, le soleil brille toujours au-dessus des nuages, la montagne s'impose en permanence, la mer nous fascine et nous entendons les oiseaux chanter si nous prenons le temps de les écouter. Crois-moi Manon, nous avons le choix dans la vie de nous centrer sur l'agréable ou sur le désagréable. Je ne conseille pas de mettre la tête dans le sable ni de nier la réalité, je pense plutôt que face à une difficulté, nous pouvons en retirer un enseignement, et pivoter le plus rapidement possible vers les solutions pour redresser la situation. Tu viens de savourer tous les plaisirs du gâteau et du thé que tu aimes. Tu étais aux anges, non ?

– Oui, pendant cette dégustation je me suis concentrée sur mon bien-être, je me suis sentie joyeuse.

– Agis de la sorte avec tes pensées et tes sentiments heureux. Lorsque tu expérimentes un moment agréable, arrête le temps et vis-en tous les détails en pleine conscience. Si tu rencontres une difficulté, retires-en l'enseignement. Sur-le-champ, tu peux modifier ta réflexion en te rappelant un souvenir clément et tu amplifies ce qui te rend heureuse.

– C'est effectivement ce qu'ils nous conseillent au centre Mariposa. Mais pour moi, ce n'est pas aussi évident. J'avoue pourtant que vivre des moments simples et agréables comme maintenant me fait tellement de bien. J'apprécie ta compagnie Cyril.

– Je dois aussi reconnaître Manon que, au temps de mon inconscience, la vie me semblait très compliquée. Grâce aux apprentissages de l'orient, j'ai choisi de suivre une meilleure étoile, celle de l'optimisme. Pour moi, chaque nouveau jour est extraordinaire, je suis comme l'enfant qui s'émerveille et l'adulte humble face à la somptuosité de la nature. Je regarde le beau côté des choses, je te souhaite de suivre le même chemin, tu mérites le bonheur Manon, c'est notre droit de naissance. Ne l'oublie jamais.

– C'est gentil ce que tu dis, mais cela me ressemble tellement peu. J'ai l'impression que quand je me laisse aller à rêver de bonheur, un tsunami me ramène aussi vite dans la dure réalité des choses.

– Ta vie est-elle si compliquée, Manon ? Ce burn-out t'offre peut-être une vie meilleure Manon. Derrière toute difficulté se cache une opportunité. Le problème c'est que dans ces moments pénibles, nous avons tous l'impression que nous ne franchirons jamais la montagne. Pourquoi ne pas alors chercher à la contourner ?

– Je vis ce burn-out comme un enfer ! Il m'oblige à muer et j'ai peur de sortir de ma chrysalide.

– Je comprends que ce soit difficile Manon. La vie s'organise comme une grande spirale montante. Chaque plateau représente une partie de notre évolution. Tu te situes aujourd'hui à la conjonction d'une ancienne spire et tu n'as malheureusement pas encore trouvé le moyen d'accéder au niveau supérieur. Ce moment charnière paraît difficile, car nous avons peur de l'inconnu. Mais…

Le regard de Cyril se perd au loin. J'attends suspendue à ses lèvres.

– Mais ?

— Nous n'avons pas le choix Manon, la vie nous oblige à passer sur la spire supérieure, sinon nous ressentirons un grand vide en nous et serons condamnés à stagner. Cette vacuité s'est manifestée à toi. Est-ce que je me trompe ?

— Non, tu as raison. Je la vis depuis que je me raconte des histoires. J'en ai assez ! Je veux utiliser ce moment de ma vie pour me relever, pour retrouver le plaisir de travailler. J'aspire à plus respecter tous les domaines de ma vie et exister pleinement. Je ne suis pas qu'une juriste, je suis une femme, une amie, une personne curieuse de voyager et désireuse de s'amuser.

— Manon, quand quitteras-tu le centre Mariposa ?

— Il me reste dix jours.

— Ah, tant mieux, cela nous permettra de nous revoir. Si tu n'y vois pas d'inconvénient bien sûr. J'aimerais te faire découvrir le nord de l'île. C'est très différent, tu sais.

— Je ne voudrais pas abuser de ton hospitalité.

— Si je te le propose, c'est parce que j'en ai vraiment envie. Je termine parfois à treize heures. Je pourrais passer te prendre au centre un après-midi où tu seras libre. En une heure, nous arriverons dans la montagne. Nous pourrions visiter l'un ou l'autre village typique, manger en début de soirée quelques tapas et je te ramènerais vers vingt et une heures chez toi. Je dois te donner envie de revenir aux Canaries !

– N'as-tu pas dit que nous devions vivre le moment présent ? Demain est un autre jour.

– Tu apprends vite ! Peut-être devrions-nous rentrer ?

Cyril appelle la serveuse pour régler l'addition. Le ciel est magnifique lorsque nous prenons le chemin du retour, la mer calme scintille et porte les bateaux de plaisance vers le port. Nous arrivons devant le centre, Cyril s'arrête, me sourit. Je le remercie pour l'invitation.

Rentrée dans ma chambre, je m'allonge sur le lit et demeure sous l'influence de l'échange du salon de thé. Cet homme exerce sur moi une emprise douce et troublante. Je n'arrive pas à expliquer comment notre relation s'est développée si rapidement. Serait-ce une affaire d'étincelle, de déclic ? J'ai déjà envie de le revoir.

18

Peu importe nos origines et croyances, notre âme se fond dans la masse d'énergie d'amour et de joie lorsqu'elle retourne dans l'au-delà.

J'entends mon âme à nouveau. Elle me recommande la prudence avant de m'attacher…

« Tu ne connais pas cet homme, tu ne sais rien de ses attentes et de ce qu'il peut partager. N'oublie pas que tu demeures loin de chez toi et que cet amour semble impossible. En même temps, si tu analyses les événements, tu pourras repérer des indices pour comprendre ta mission de vie.

Tu es tombée amoureuse, mariée jeune, tu ne vivais que pour ton couple. Cette relation est rapidement devenue décevante parce que tu en attendais trop. Avais-tu choisi ton partenaire en fonction de tes critères et de tes valeurs ? Non ! Tu ne t'étais fiée qu'au monde des apparences, il était un jeune cadre dynamique, obsédé par sa réussite professionnelle. Mais très vite, tu t'es rendu compte que tout ce qui brillait n'était pas or. Quand tu as gratté le vernis de cet homme, tu as compris qu'il était dénué de scrupules, prêt à tout pour se distinguer, même à faire beaucoup de mal autour de lui pour prendre la première place. N'étais-tu pas son jouet, une magnifique poupée qu'il exhibait dans les soirées mondaines ? Il avait besoin de toi dans son plan, tu le valorisais par ta beauté et ta classe. Très rapidement, vous vous êtes retrouvés en tête à tête comme deux étrangers qui ne partageaient plus rien. Tu t'éteignais jour après jour, car tu ne te sentais plus aimée. Tu as voulu la séparation et tu l'as obtenue.

Malheureusement, tu n'as pas cherché à retirer des enseignements de cette aventure. Au contraire, comme ton ex-mari, tu as fui en te plongeant dans le travail, devenue accro à ta carrière et aux honneurs. Tu as cru réussir en abandonnant complètement ta vie amoureuse et en privilégiant uniquement ton travail, tu as vécu plusieurs années dans l'illusion d'une existence satisfaisante. Mais à nouveau, c'était un leurre dans lequel tu agitais beaucoup les bras pour maintenir la tête hors de l'eau et tu perdais toutes tes forces en vain.

Et si ton bonheur se situait à la frontière des deux mondes ? Et si tu pouvais te réaliser dans un couple différent et dans un travail épanouissant ? Avoue que la solitude finit par te peser, que tes nuits deviennent froides lorsque tu es seule dans ta chambre vide. Comprends l'éphémérité des honneurs de ton travail, ils ne t'empêchent pas de t'inquiéter pour l'avenir. Tu sais très bien que cette place est précaire, que tu comptes peu aux yeux de tes supérieurs. Ce qu'ils attendent de toi ce sont les résultats, les chiffres, les gains. Dès que tu perdras ta rentabilité, tu n'existeras plus pour eux.

Est-ce de cela que tu rêvais quand tu étais petite fille ? Réveille-toi Manon.

N'oublie jamais qu'un travail épanouissant correspond à notre personnalité profonde. Découvre-toi dans ton authenticité, arrête de n'exister qu'au travers de l'approbation des autres, elle n'est pas prioritaire. Donne-toi de plus en plus de valeur.

Comprends que tu as raté ton couple, non parce que la vie commune ne te convenait pas, mais bien parce que tu avais mal choisi ton partenaire. Tu es une femme aimable et capable de donner en retour, tu recèles de nombreuses richesses à offrir, ne gaspilles plus tes talents. Aie confiance, la vie peut te proposer plus, à condition de puiser à sa source avec abondance. Cyril ne s'est pas mis sur ton chemin par hasard. Tu ne sais pas encore aujourd'hui ce qu'il t'apportera, mais tu ne peux pas nier l'attirance qu'il réveille en toi. Il a aussi vécu une ancienne vie dans le paraître à la poursuite des valeurs matérialistes. Un jour, il a compris que ce n'était pas suffisant pour combler un homme, il avait besoin de plus de profondeur, de chaleur et d'amour. Peut-être recherche-t-il aussi l'âme sœur avec qui partager la beauté de la vie ? »

La nuit, je rêve que je marche sur la plage avec Cyril main dans la main. La marée montante a mouillé le sable. Les traces de nos pieds évoquent nos chemins de vie qui se rencontrent. Vont-elles s'effacer lors de la prochaine marée ? Reviendront-elles à nouveau nourrir notre amour naissant ?

19

Gérer nos émotions, c'est pouvoir les vivre sans qu'elles nous noient.

Le grand plongeon dans le creux de la vague !

Peut-être y a-t-il eu un avertissement, je ne me suis rendu compte de rien. Je ne réalise pas que je vis des hauts et des bas. Je viens de passer quelques jours où j'ai profité avec bonheur des thermes du centre. Une seule nuit d'enfer a suffi à tout effacer.

La peau moite de sueur, je me réveille, mon cœur tambourine dans les oreilles. Une fois encore j'ai fait un cauchemar. J'ai tellement serré les mâchoires en dormant que je suis tendue comme un arc. Je me sens si faible, ma nuque et mon dos sont endoloris, ma tête cogne, explose. J'ai besoin de respirer, d'ouvrir grand les poumons pour expulser ces angoisses qui m'étouffent encore.

Je connais bien le phénomène pour l'avoir vécu si souvent depuis un an. La première fois, c'était le matin de la réunion préliminaire à l'assemblée générale. J'ai pensé que j'avais fait un faux mouvement et m'étais bloqué un nerf. J'espérais qu'après une bonne douche chaude, je serais à nouveau sur pied. J'ai préparé le petit déjeuner et me suis forcée à manger une tranche de pain. La journée s'annonçait longue, j'avais besoin de forces. Je terminais de me maquiller quand j'ai senti mon estomac se soulever. Je me suis précipitée vers les toilettes et j'ai vomi tout ce que j'avais avalé. Peut-être avais-je eu une indigestion. Je devais tenir le coup, me rendre au bureau et parvenir au bout de la journée. Je passerais chez le médecin après le travail, il tenait une consultation tous les mercredis soir.

Lorsque je suis arrivée dans l'entreprise, mes collègues me regardaient bizarrement. Probablement que mon maquillage ne pouvait pas camoufler mes cernes. Avec l'envie de ne parler à personne, je me suis faufilée dans mon bureau et m'y suis enfermée. Comme il me restait une heure avant la réunion, j'ai ouvert mon ordinateur pour consulter mes mails et vérifier les notes que j'avais préparées la veille. Cela m'a pris le double du temps habituel, je n'arrivais pas à me concentrer et j'avais toujours le cœur au bord des lèvres.

À dix heures précises, je me suis rendue dans la salle de réunion, toute l'équipe était installée, j'ai rapidement salué tout le monde de la tête. J'avais l'impression de rentrer dans la fosse aux lions. Mon patron m'a fait remarquer que j'avais une mine de papier et j'ai vu aussitôt le sourire narquois de quelques collègues. J'ai répondu que j'avais dû prendre froid, mais que tout allait bien. J'écoutais chacun s'exprimer et je ne retenais rien, comme si les neurones de mon cerveau ne se connectaient plus. Cela ne m'était jamais arrivé auparavant. J'ai quand même réussi à faire diversion jusqu'à la fin.

De retour dans mon bureau, j'ai fondu en larmes. Je ne comprenais pas la situation. Je souffrais depuis quelque temps d'angines à répétition, et cette fois je me sentais totalement vidée de ma substance. J'avais besoin de me coucher, mais ce n'était pas le moment de m'absenter. L'estomac noué, je n'ai rien pu avaler de la journée. À dix-sept heures, je me suis rendue chez mon médecin. J'avais trente-neuf de fièvre et la tension beaucoup trop basse. Cela pouvait expliquer les sueurs et les vomissements. Le docteur et moi avons mis cela sur le dos du stress lié à cette grosse réunion. Il m'a prescrit un antiémétique ainsi que des comprimés pour l'hypotension et m'a proposé de le revoir si les symptômes ne disparaissaient pas dans les trois jours. C'est beaucoup plus tard que j'ai compris que ces signaux apparaissent fréquemment chez les personnes en surmenage.

Ce matin, les douleurs me rappellent à quel point j'ai malmené mon corps. C'en est assez, je veux que cela cesse ! Je souhaite retrouver une bonne santé et une vie normale. Cet épuisement m'énerve. J'ai besoin de repos, mais puis-je me payer ce luxe ? Je n'ai pas eu le temps de clôturer mes dossiers la veille de mon arrêt maladie. J'angoisse en sachant qu'à mon retour au travail, une pile de cas se sera accumulée sur mon bureau. Je n'y arriverai jamais ! Quelle idiotie d'avoir écouté mon médecin et mon amie Esther ! Venir aux Canaries pour me reposer n'est rien d'autre qu'ouvrir une parenthèse sur un moment artificiel. Ce n'est pas la vraie vie ! Je ne suis pas riche et j'ai besoin de mon gagne-pain pour payer les échéances des crédits. Je suis seule, je ne peux pas compter sur un partenaire pour partager les charges. Esther aurait dû me mettre en garde et réfléchir aux conséquences matérielles.

Je suis jalouse et fâchée contre tous ceux que je vois heureux alors que je souffre depuis toutes ces années !

Une partie de moi se rebelle, peut-être celle qui ne souhaite pas que je change. Ce centre Mariposa m'ennuie avec toutes les activités de groupe ! Je n'ai plus l'âge des colonies de vacances et j'ai toujours détesté le Club Méditerranée. Je veux retrouver le calme de mon appartement, mon travail, ma vie réglée comme une horloge. J'en ai assez d'écouter les membres du groupe ressasser leurs misères. C'est décidé ! Je m'isolerai jusqu'à la fin du séjour et je ne ferai que ce dont j'ai envie. J'ai quarante-deux ans, je ne subirai plus les désirs des autres !

Pourquoi suis-je aussi faible ? Comment ai-je pu tomber dans le stress au point de me rendre malade ? Je hais ce que je suis devenue. Qui suis-je d'ailleurs ? Je ne le sais plus. Je ne supporte plus les migraines et les maux de dos. Cela m'épuise.

20

Nous possédons des talents et des capacités uniques pour accomplir notre but et répondre à l'appel de la vie.

Toutes ces questions que je me pose et pour lesquelles je ne trouve pas de solutions m'épuisent. J'ai l'impression de tourner en rond, je n'arrive pas à me concentrer, mon esprit part dans tous les sens. Il me faut de l'aide, peut-être auprès de Rebecca. Je me dirige vers son bureau et frappe à la porte.

– Oui, entrez !

J'entrouvre la porte et passe la tête. Rebecca est assise à sa table.

– Bonjour Manon.

– Bonjour Rebecca. Est-ce que je peux te voir ?

– Oui bien sûr. Entre Manon. Installe-toi.

Elle se lève et m'indique le fauteuil près du guéridon.

— Désires-tu une boisson chaude ? J'allais justement me préparer un bon thé.

— Oui, merci. Mais es-tu sûre que je ne te dérange pas ?

— Non, pas du tout. Je suis contente de te voir. Donne-moi deux minutes et je serai toute à ton écoute.

La chaleur et la luminosité du bureau de Rebecca me font du bien.

— Tu prends du sucre ou du miel avec ton thé ?

— Rien, merci. Je le bois toujours nature.

Rebecca revient avec un plateau et les tasses, me tend la boisson et s'installe dans le fauteuil face à moi.

— Que veux-tu, Manon ? Je t'écoute.

Son regard bienveillant me met aussitôt à l'aise.

— Je me pose beaucoup de questions sur qui je suis sur le sens que je veux donner à ma vie.

— C'est très bien ! Je me réjouis que tu utilises au mieux ton séjour parmi nous. En quoi puis-je t'aider, Manon ?

— Mon esprit est trop agité. J'ai l'impression que si je partage mes réflexions avec quelqu'un de neutre, je pourrai plus facilement me concentrer et laisser émerger les réponses.

— Peut-être est-ce tout simplement dû à la façon de te poser des questions. Si comme toi, je me demandais pour la première fois qui je suis et quel est le sens de ma vie, probablement aurais-je des difficultés à trouver mes réponses ?

– Oui, c'est justement cela mon problème. Le vaste sujet me place face à un gouffre.

– Manon, si tu désires bien te connaître et te définir, plusieurs pistes s'offrent à toi. Par exemple, la première consiste à découvrir tes critères, c'est ce qui est important pour une personne dans les différents domaines de sa vie. Nous détectons cela au travers de nos expériences, de notre éducation, de la société dans laquelle nous vivons. Nous aborderons un secteur de ta vie à la fois. Je conseille souvent de prendre des notes, cela nous donne le temps pour trouver les réponses et nous permet de ne rien oublier. Tiens, prends ce carnet de notes. Je vais te poser la première question et tu pourras y inscrire tes solutions. Tu trouveras un stylo sur la petite table à côté de toi.

Rebecca me montre le guéridon et attend que je m'installe.

– Manon, j'ai cru comprendre que ton travail est fondamental pour toi. Alors je te propose de commencer par ce domaine. D'accord ?

– Oui.

– Très bien. Qu'est-ce qui est important pour toi dans le travail Manon ?

– Tout !

– Disons-le autrement. Qu'aimes-tu le plus dans ta vie professionnelle ? Que recherches-tu principalement ?

– Je veux me sentir utile, me rendre compte que j'apporte aux gens ce dont ils ont besoin.

– Très bien Manon, je t'invite à noter les critères dont tu me parles. Quels sont-ils d'après toi ?

– Me sentir utile.

– Oui, tout à fait. Continue Manon. Que recherches-tu encore dans le travail ?

– Je ne supporte pas l'injustice. C'est tellement important pour moi de respecter les gens de façon équitable. J'ai toujours rêvé de m'engager dans la défense d'un idéal, de participer à un monde meilleur qui offre plus d'égalités entre les peuples.

– Manon, n'oublie pas d'inscrire les critères que tu repères.

– La justice, dis-je tout en notant le mot, c'est la raison pour laquelle j'ai choisi mes études. Je vais aussi écrire le respect et l'égalité.

– Très bien. Tu comprends vite. Continue à m'expliquer tout cela en consignant tes critères.

Rebecca m'écoute et prend des notes discrètement. Je poursuis.

– Quand je choisis un travail, je me donne à fond. Je déteste la médiocrité. J'ai besoin de tout organiser et contrôler, que tout soit en ordre. Je suis heureuse d'aider les nouveaux collègues afin de faciliter leur intégration. En fait, je suis très attentionnée. En te parlant, je me rends compte que je mène une vie de célibataire solitaire alors qu'au travail j'aime les contacts humains. C'est vrai que pour l'instant je suis vite énervée et j'ai tendance à fuir tout le monde, mais je n'ai pas toujours été ainsi.

— C'est l'évidence même, dit Rebecca en hochant la tête. Ce comportement d'irritabilité est tout simplement un symptôme lié à l'épuisement. Veux-tu bien souligner les mots qui te semblent les plus importants ? J'en ai repéré beaucoup. Voyons si nous sommes sur la même longueur d'onde.

Je relis ce que j'ai écrit, entoure mes critères, prends un peu de recul, je suis fière de moi.

— J'aime me sentir utile, aider l'autre, vivre la justice, le respect, l'engagement, l'égalité, l'ordre, avoir des contacts humains.

— C'est exactement ce que j'avais relevé. Tu vois que c'est plus simple de te définir lorsque tu te poses les bonnes questions.

— C'est vrai. Je t'avoue que je me surprends. Jamais je n'aurais pensé que c'était aussi facile.

— Mais, n'as-tu rien oublié d'essentiel Manon ?

— Oh oui certainement, mais je ne vois pas... J'aurais besoin de prendre du temps pour analyser tout ceci.

— Ce à quoi je pense est quelque chose que tu n'as pas mentionné ni noté.

— Ah bon ?

— Pourtant tu l'as partagé dans nos réunions de groupe. N'aimes-tu pas le travail PARFAITEMENT réalisé ?

— Ah oui, je vois où tu veux en venir. C'est vrai que je recherche trop souvent la perfection.

— Disons cela. Peut-être même au risque de t'épuiser ?

— Oui, oui. En général, j'en fais un peu trop.

— Sais-tu pourquoi je te remémore cela Manon ?

— Parce que vouloir l'excellence nous demande beaucoup d'énergie et nous épuise jusqu'au burn-out.

— Oui ! Et penses-tu avoir déjà changé par rapport à ce critère ?

— Je ne sais pas. Je n'y ai pas pensé… j'avoue que je l'avais oublié celui-là.

— N'est-ce pas capital pour sortir du burn-out ? Écoute Manon. Je ne cherche nullement à vouloir te juger ni te mettre mal à l'aise. Je t'ai observé nager depuis plusieurs jours. D'une part, je suis ravie que tu t'occupes de ta forme, c'est important dans la cure, cela fait partie du changement. Mais d'autre part, je m'inquiète de te voir dépenser autant d'énergie. Ne penses-tu pas que tu forces un peu ? J'ai l'impression que tu cherches à battre un record de performance. Je me trompe ?

La remarque de Rebecca me fait sourire.

— Non, je n'ai pas l'intention de participer à une compétition ! En fait, j'ai découvert une passion et j'aime tellement la pratiquer. Cela fait longtemps que je n'avais plus ressenti ce plaisir de m'engager à fond.

— Une nouvelle passion, s'enquiert Rebecca ?

– Oui, je veux nager comme les dauphins. Quand nous sommes allés les observer en bateau, ils ont créé en moi un déclic. Ils sont tellement magnifiques. Quelle force, quelle vigueur, rien ne les arrête. C'est merveilleux de posséder une si belle énergie. Ils m'ont donné envie de développer ma puissance, mais…

– Mais quoi, Manon ?

– Je n'ai plus nagé depuis tellement d'années. Après quelques longueurs, je manque de souffle et de force. Je n'y arriverai jamais. Pourtant je refuse d'abandonner. Je déteste l'état dans lequel je suis. Je ne me reconnais pas. J'ai envie d'ouvrir mes ailes, de voler loin, de planer, de surfer sur les vagues. Mon corps ne suit pas, je me sens lourde et ankylosée, tout effort me semble insurmontable.

– Manon, Manon ! Tu n'as rien compris ! Les médecins t'ont déjà expliqué cent fois que ton corps est au bout du rouleau. C'est cela l'épuisement. Tu as toujours voulu donner le maximum dans tout ce que tu entreprenais. Seulement, tu es un être humain qui rencontre des limites. Rappelle-toi ce que partageait Valérie lors des présentations du groupe, tu n'es pas Wonder Woman. Apprends à repérer tes limites et à les respecter, ton corps crie stop et tu ne l'écoutes pas. En acceptant un peu de lâcher prise, ta vie ne serait-elle pas facilitée ? Ouvre tes oreilles internes et suis le mouvement de ton énergie. Les dauphins l'ont compris et leur sixième sens les guide en permanence. Ils vivent la joie et la sagesse en même temps. Prends modèle sur eux, c'est en cela qu'ils doivent t'inspirer. Nage à ton rythme sans forcer, un peu chaque jour, ne cherche pas la performance à tout prix. Poursuis l'objectif de te remettre en mouvement pour retrouver une forme saine, laisse-toi le temps de recharger les batteries. Tu ne dois rien prouver à personne. Le bébé dauphin ne parcourt pas des kilomètres dès sa naissance, il apprend à son rythme sous le regard bienveillant du groupe, il respecte ses limites, et en même temps, il sait qu'il réussira à sillonner l'océan. Il prend le temps de développer ses muscles. Comprends-tu Manon ?

Je souffle d'un air résigné…

— Oui, tu as encore raison, je dois l'admettre.

— Tu voulais mieux te connaître. Et bien, ce côté excessif relève aussi de ta personnalité. Il se révèle constructif lorsque tu déploies ta persévérance. Ne rejette donc pas tout, apprends tout simplement la voie du milieu. Ne dit-on pas « Qui va lentement va sûrement et loin » ?

— Crois-tu vraiment Rebecca que je réussirai à changer un jour ?

— Sans le moindre doute, Manon, tu as déjà modifié quelques comportements et nous sommes très satisfaits de tes progrès. Accorde-toi encore un peu de temps. Alors, revenons à ta requête. Qui es-tu au juste ? Nous avons découvert tes critères dans le travail, voyons maintenant ce qui prime dans ta vie privée. Pourquoi désires-tu tant vivre seule ?

– Cela me permet d'agir à ma guise sans rendre compte à autrui. Et aussi, je ne souffre plus jamais à cause d'une relation amoureuse décevante et…

Tout me semblait évident pour le travail, mais je me retrouve face au néant dans ma vie personnelle.

– Je cherche, mais je ne sais pas quoi te dire Rébecca.

– Je vais t'aider, Manon. Tu sembles dire que tu as opté pour ce choix de célibat afin d'éviter les tourments en amour. Mais imagine-toi convaincue à quatre-vingts pour cent de pouvoir créer un amour durable et épanouissant, préférais-tu quand même continuer en solitaire ? Pourquoi ris-tu, Manon ?

– Je trouve cela amusant parce que mon amie Esther m'a tenu un peu le même discours. Elle ne supporte pas l'idée que je passe ma vie seule, elle veut à tout prix me caser en couple. Si j'étais absolument convaincue que l'amour vrai existe, est-ce que je me risquerais dans l'aventure à nouveau ? Rien qu'à y penser je stresse.

– Pourquoi avoir si peur, Manon ?

– Parce que j'ai cru vivre le grand amour il y a bien longtemps, et cela s'est avéré un échec cuisant, très long à cicatriser. Chat échaudé craint l'eau froide !

– Oui, je comprends. Mais dis-moi Manon, comment définis-tu l'amour vrai ?

– C'est un engagement dans lequel l'homme et la femme restent authentiques, ils ne cherchent pas à se faire passer pour quelqu'un d'autre. Il est basé sur le bonheur de chacun, le respect des différences, les points de complémentarité. L'autre a de l'importance pour nous et on lui souhaite tout le bonheur du monde. C'est crucial de lui dire qu'on l'aime, qu'il est numéro un au hit-parade de notre cœur. J'admire la grande complicité des couples qui se retrouvent avec plaisir le soir pour partager leur journée.

— J'imagine aussi que tu recherches la fidélité et la confiance réciproque.

— C'est une évidence ! Je ne supporterais jamais quelqu'un qui me trompe !

— Et tu es assurément une fervente défenderesse du partage des tâches et des responsabilités.

— Mais oui bien sûr. Chacun peut détenir ses points forts, mais j'exclus de vivre encore à l'ère de la femme au foyer qui assumait tous les travaux ménagers.

— Bien évidemment, sourit Rebecca ! L'égalité des sexes prime !

— Tout à fait, c'est d'ailleurs un devoir !

— Manon, voyons si nous avons toutes les deux repéré les mêmes critères de ta vie privée. D'après ce que tu viens de partager, tu es une femme authentique, juste, engagée, généreuse, idéaliste, indépendante et sensible aux contacts humains. Tu respectes l'autre et tu attends de la considération en retour. Tu es en recherche de bonheur et d'amour, et résolument quelqu'un sur qui on peut compter. Te reconnais-tu dans ce portrait ?

– Oui, cela me correspond assez bien. Et je t'avoue que sans tes questions, jamais je n'aurais pu me définir aussi bien.

– Je te félicite encore Manon, tout le monde n'arrive pas à répondre facilement. Je te conseille de continuer l'exercice de temps à autre. Tu repères ce que tu apprécies dans tel ou tel domaine de ta vie, ce que tu ne supportes pas, bref, ce qui compte pour toi. Note tes réponses, car l'écriture aide à la concentration. Tu soulignes les mots-clés et tu les ordonnes ensuite. Ce devrait être facile pour toi puisque tu aimes que chaque chose soit à sa juste place, sourit Rebecca.

– Je trouve même que c'est passionnant de réfléchir ainsi.

– Tu verras Manon, tes valeurs deviendront la boussole de ta destinée. Lorsque tu les auras bien identifiées, tu pourras plus aisément réaliser les bons choix, tu dirigeras ta barque et t'épanouiras. Les critères donnent du sens à la vie. Rapidement, tu sauras quand tu fais fausse route, car tu reconnaîtras que tu n'es pas alignée sur ton moi profond. Tu gagneras beaucoup de temps, d'énergie et surtout, tu seras enfin authentique. Les personnes qui se brûlent de l'intérieur savent très bien qui elles sont dans leur authenticité, mais elles oublient parfois d'être indulgentes et bienveillantes, surtout envers elles-mêmes. La bienveillance envers soi-même signifie de tolérer une partie de ses imperfections. C'est pourquoi je vous mets toujours en garde par rapport au fameux besoin de perfection. Dans un monde de parents parfaits, les enfants seraient handicapés pour évoluer. Par contre, le parent bienveillant avec son nouveau-né l'aime tel qu'il est et n'en voudrait pas un autre. Il affirme à tous que son bébé est un ange, le plus beau. Tu es aussi cet ange qui ne demande qu'à être accepté dans son entièreté, avec toutes les facettes de ta personnalité. Un monde sans défauts ne serait-il pas ennuyeux et surtout inaccessible, épuisant ? Pour participer au monde, mieux vaut accepter ses qualités et ses défauts. Nous avons tous reçu des dons différents, nous disposons de toute notre vie pour tailler notre diamant et le rendre de plus en plus beau. S'il reste des impuretés dans la pierre, ce n'est pas grave, cela ne l'empêchera pas de scintiller à merveille. Lorsqu'une faille se révèle dans un rocher, elle laisse passer la lumière. Rappelle-toi l'histoire du porteur d'eau.

— Je me demande quelle est ma fracture, celle qui me rendra encore plus brillante. Je souhaite poser le masque, me montrer telle que je suis. Tout le monde n'a-t-il pas droit à l'authenticité ? Cette pureté crée le respect de part et d'autre dans toute relation. C'est bien plus facile que de jouer un rôle au prix de nombreux efforts qui nous épuisent.

— Tu as mille fois raison, Manon. Agis selon tes dires et exprime ce que tu penses. Tout ceci en respectant bien sûr chaque individu. N'as-tu jamais rencontré des personnes qui trafiquaient la réalité par peur de blesser l'autre ? En s'occupant de cette peur, elles obtenaient exactement le contraire de ce qu'elles recherchaient. En fait, elles reportaient le problème à plus tard, ce qui le compliquait encore plus. C'est vrai que l'authenticité requiert du courage pour oser se positionner et dire la vérité. Cependant, cette attitude rend les choses plus simples et libère beaucoup d'énergie. Nous avons tendance à éviter les conflits internes et extérieurs à nous.

Subjuguée, je savoure les paroles de Rebecca, je les mâche et les digère.

– Manon, je voudrais encore ajouter une chose indispensable au bonheur de tout le monde. Tu en as d'ailleurs parlé dans tes valeurs liées au travail. Nous sommes tous interconnectés, si nous faisons du mal à quelqu'un, notre acte aura un impact sur tout le système. Nous ne pouvons pas nous occuper égoïstement de notre bonheur sans nous intéresser aux autres. Nous devons faire preuve d'altruisme pour nous consacrer de façon désintéressée aux autres, cela nous permet de contribuer à un système plus grand que nous. Nous donnons alors du sens à notre vie. Avec bienveillance, nous cherchons à comprendre l'autre, nous pardonnons quand c'est nécessaire, car nous éliminons le plus possible le jugement de notre approche. Nous respectons la liberté, les opinions et l'attitude d'autrui. Aujourd'hui, notre monde manque de bienveillance, c'est pourquoi nous connaissons tant de conflits.

Pourtant, nous sommes unis comme les cinq doigts de la main et quand nous meurtrissons l'autre, nous nous blessons aussi. Voici probablement pourquoi tu te sens si mal au travail. Tu as commencé ta carrière avec la volonté de te rendre utile aux autres et de défendre l'égalité. Chaque injustice faite au nom de la rentabilité provoque une lésion à ta main et tu ne peux pas cicatriser. Avec le temps, je suis convaincue que tu trouveras un remède homéopathique.

— C'est bien dommage qu'on ne nous ait jamais enseigné cette introspection et l'importance de ces valeurs. Quel gâchis ! Toutes ces années passées à vivre des expériences qui ne nous correspondent pas.

— Je ne partage pas ton avis à cent pour cent, Manon. Bien sûr que nous devrions repérer plus rapidement ce qui est bon pour nous. Mais, un choix réalisé à l'aveuglette ne constitue en fin de compte qu'une expérimentation. Si nous en retirons un enseignement, nous avançons dans la connaissance de notre être. Rechercher la vérité uniquement de manière intellectuelle nous transformerait en philosophes de salon. Par contre, éprouver personnellement les choses nous permet de les intégrer.

— J'aime cette expression de philosophe de salon, elle m'amuse beaucoup. J'en ai déjà rencontré dans ma vie et ils ne m'inspiraient vraiment pas confiance.

Rebecca regarde sa montre pour signifier que notre échange touche à sa fin.

– Manon, je t'invite aussi à réfléchir à ce que tu as reçu de tes parents. Fais la part des choses entre leurs critères et ceux qui te correspondent sincèrement. Que souhaites-tu garder pour conduire ta barque ? Que préfères-tu leur laisser ? La famille représente nos fondations, tout arbre a besoin de bonnes racines pour résister aux tempêtes. En même temps, passer de l'adolescence à l'âge adulte, c'est s'individualiser, ne plus correspondre uniquement à ce que désirent nos parents. On élague les branches devenues inutiles, on vit sa vie en gardant les racines qui nous soutiennent, on suit son chemin et on se responsabilise. Tout cela n'est possible que grâce à l'expérimentation guidée par nos critères. Je ne m'inquiète pas pour toi, tu mèneras cette introspection de main de maître. Je te propose d'en rester là pour aujourd'hui. Nous avons réalisé un excellent travail.

Je remercie Rebecca qui a répondu bien au-delà de mes attentes et regagne ma chambre bien décidée à approfondir ces recherches sur le sens de ma vie. Je souhaite dessiner ma nouvelle identité. Je sais que pour réaliser les bons choix, je dois bien me connaître.

Je constate que je vis les choses très en profondeur depuis que je suis arrivée sur cette île.

Les questions que Rebecca me pose, les thèmes que Cyril aborde, les émotions auxquelles je me suis reconnectée dans la nature, tout cela m'invite à m'offrir le temps de la réflexion. Que d'agréables coïncidences ! Quand je travaille, je me laisse emporter par le tourbillon de la vie. Lever le nez du guidon et prendre du recul, rien de tel pour faire le point ainsi que le tri dans mon existence. Et si le burn-out s'offrait à moi comme un cadeau, une chance de rebondir et de surfer sur la vague ? Ou bien suis-je en train de vivre la crise de la quarantaine pour faire peau neuve ?

Je repense aussi souvent à mes parents et à l'éducation qu'ils m'ont donnée. La sévérité de mon père avec certains comportements violents à l'égard de mon frère m'a peut-être freiné dans mon évolution. J'ai franchi le passage de l'adolescence à l'âge adulte, enfermée dans des exigences de perfections sclérosantes. J'ai toujours trop exigé de moi pour correspondre aux attentes des autres. Mais en fin de compte, qui suis-je réellement ? Je vais peut-être devoir remettre en question mes fondations. J'ai l'impression de me retrouver face à un mur de pierres qui s'est écroulé. Qui m'empêcherait de le rebâtir autrement, d'en changer certains éléments ?

21

Quand on a que l'amour, que la force d'aimer, nous aurons dans nos mains, amis, le monde entier.

Jacques Brel

Cyril n'a pas tardé à m'inviter pour visiter l'île, il m'a téléphoné pour me dire qu'il passait me prendre au centre dès la sortie de son travail.

Nous empruntons l'autoroute en direction de la capitale et longeons la mer. De spectaculaires falaises offrent une vision de la puissance de l'océan. De temps à autre apparaît une crique avec une plage de galets. Petit à petit, le paysage aride du sud de l'île se transforme, la montagne est tapissée de buissons verts et d'euphorbes. Il pleut plus souvent dans le Nord et les plantations de bananiers en escaliers abondent sur les versants. Nous bifurquons vers l'intérieur du pays pour découvrir les ravins, des rochers et des volcans érodés. Une pinède très ancienne apparaît au détour d'un col, des palmeraies inattendues s'élèvent dans les gorges, et les coteaux pentus sont habillés de végétation colorée.

Nous faisons escale dans un village typique avec ses maisons blanches et leurs balcons ciselés de style colonial. Les habitants ont érigé une petite cathédrale en hommage à la Vierge qui, selon la légende, est apparue à un berger au sommet d'un pin. L'influence catholique est très présente dans les îles canariennes. Sur la place de l'ayuntamiento, l'hôtel de ville, on peut voir un énorme dragonnier planté au dix-septième siècle. Cette plante arborescente a formé au fil des ans un grand parasol soutenu par un réseau dense de branches enlacées.

Cyril m'explique l'histoire des premiers habitants des îles, les populations d'origine berbère nommés les Guanches. Ils vivaient dans des grottes et creusaient des silos pour stocker leurs céréales. Au XVème siècle, ils furent en grande partie exterminés par le royaume de Castille. Christophe Colomb choisit les îles Canaries comme étape de ravitaillement pour le voyage le plus important de l'histoire. À la recherche d'une route alternative vers les Indes, il découvrit le Nouveau Monde. Dès lors, les îles devinrent la zone de passage obligatoire vers les Amériques puisqu'elles étaient le dernier bastion occidental de l'Europe situé au centre des courants des alizés. C'est des îles que partirent la canne à sucre, les bananiers, le porc, la chèvre, le chien et la brebis vers les Caraïbes et les Indes. En revanche, la pomme de terre originaire d'Amérique passa par les îles où elle s'acclimata rapidement avant d'être exportée dans toute l'Europe. De nombreux habitants des Canaries s'embarquèrent aussi dans les expéditions et finirent par fonder des villes comme Buenos Aires, Caracas et La Havane.

Vers dix-huit heures, une petite faim nous prend, nous décidons de rejoindre la côte pour nous arrêter dans un village de pêcheurs à la recherche d'un restaurant typique. Nous en trouvons un qui nous plaît. Le plat du jour propose une daurade grillée avec le « mojo » canarien, sauce piquante au poivron rouge ou vert. Cyril commande une bière et moi un rosé bien frais. La température avoisine encore les trente degrés et le vin me monte à la tête. J'aime cette ambiance estivale qui me rappelle les vacances de mon enfance.

Lorsque nous sortons du restaurant, une musique joyeuse nous attire jusqu'à la place du village où nous découvrons un bal populaire. Cyril veut danser, j'hésite, cela ne m'est plus arrivé depuis si longtemps. Il est déçu. Je regrette aussitôt mon attitude égoïste alors qu'il m'a consacré toute la journée et je le suis au centre de la foule. Je bouge timidement tandis qu'il se dévoile un excellent danseur. Son enthousiasme déteint sur moi, je commence à me libérer, nous nous déchaînons sur un rock puis sur un rythme latino-américain. Quand le disc jockey lance le premier slow, je me dirige vers l'extérieur de la piste. Cyril m'attrape par la taille, m'attire à lui et me glisse à l'oreille.

– Une dernière danse avant de rentrer.

Je pose les mains sur ses épaules et tente de garder mes distances, mais le slow langoureux m'envoûte. Il appuie le menton sur mes cheveux, me guide pas à pas, il me prend la main droite, la serre avec délicatesse. Une douce sensation envahit mon être, j'ai l'impression de me réveiller à la vie. Je ferme les yeux, j'entends son souffle, je sens sa chaleur, ses muscles, son parfum grisant. La joie inonde ma poitrine. Comme c'est bon de me retrouver dans les bras d'un homme, m'abriter sous cette force protectrice, me savoir importante pour quelqu'un. Des papillons virevoltent dans mon ventre, ouvrent la chrysalide qui a sommeillé en moi pour libérer la femme sensuelle. Un agréable feu intérieur me réchauffe. J'aimerais que la chanson dure une éternité. Quand Cyril s'écarte pour me proposer de rentrer, je suis contente que l'obscurité cache mon trouble.

Pendant le retour, dans la voiture, nous ne parlons pas. De temps à autre, je l'observe du coin de l'œil. Je vois ses mains sur le volant et je suis émue. Je me remémore Cyril à la barre de son bateau, les doigts agiles glissent de gauche à droite. J'ai envie qu'il me caresse et me prenne comme le gouvernail, avec douceur, respect et détermination. Je souhaite qu'il me guide sur la vague d'une vie nouvelle, loin des tracas professionnels. J'aimerais partager sa passion des dauphins, m'épanouir au contact de la nature et des échanges intellectuels qu'il m'apporte. Mais tout ceci n'est qu'un rêve, ma véritable destinée m'attend à quatre mille cinq cents kilomètres dans la grisaille du pays de Jacques Brel.

Le regard de Cyril passe de la route au rétroviseur quand soudain, il fait demi-tour avec la voiture et me sort de mes pensées.

— Tu vas me traiter de fou Manon, mais je n'ai pas envie de te quitter maintenant. Ton séjour arrive à sa fin, profitons-en au maximum. As-tu déjà navigué de nuit ?

Je m'accroche à l'accoudoir de la portière, le cœur au bord des lèvres.

— Non.

— C'est exaltant, tu verras.

Il capte une légère inquiétude sur mon visage…

— Fais-moi confiance, tu vas aimer cela.

Une polarité s'empare de moi. D'une part la juriste rationnelle et raisonnable a peur de partir en mer la nuit. D'un autre côté, la femme qui vient de renaître à la vie ne peut pas résister à cet homme.

Lorsque nous arrivons au port devant le Dionysos, Cyril me regarde avec tendresse pour me donner du courage. Je le suis. Nous embarquons à bord du bateau, il largue les amarres et nous dirigeons vers la cabine de pilotage. Dans le calme, on n'entend que le cliquetis des mâts. Cyril démarre et manœuvre. Je m'installe à ses côtés. Après la sortie du port, il me prend par les épaules et me place devant la barre.

— Viens Manon, je vais t'apprendre à piloter.

Je suis tétanisée.

— Tu es fou, en pleine nuit, on n'y voit presque rien ! Je n'ai jamais navigué de ma vie.

— Il est grand temps que je t'initie. Qui sait, un jour j'aurai peut-être besoin de toi.

Il me sourit, son assurance est contagieuse. J'agrippe la barre de part et d'autre comme j'ai observé Cyril le faire, il se cale derrière moi et pose les mains sur les miennes. Je me sens envoûtée par son corps.

— Très bien, doucement, essaie de ressentir la quille du bateau contre l'eau. Je t'assiste, n'ai pas peur. Vire un rien à gauche, voilà. Tu te débrouilles comme un chef.

Je sens à nouveau son souffle dans la nuque, sa force rassurante et sa joie de vivre. Il me guide comme lorsque nous dansions. J'inspire l'air marin profondément et je me calme. Le bateau prend le large, je me libère de mes peurs, de mon passé, de mes barrières protectrices. Nous restons l'un contre l'autre, dans le silence feutré de l'océan, le temps s'étire comme une galaxie.

Lorsque nous nous éloignons de la côte et que nous ne voyons plus les lumières de la ville, Cyril stoppe les moteurs, se tourne vers moi et s'exclame.

– Suis-moi sur le pont. Le plus beau reste encore à venir.

Il me prend la main, sort de la cabine.

– Attends un instant.

Cyril se dirige vers l'avant du bateau, jette l'ancre, me rejoint. Il m'emmène ensuite à l'arrière, s'installe sur la grande banquette et me fait signe de m'asseoir à côté de lui.

– Regarde ce ciel étoilé. N'est-ce pas merveilleux ?

Mes yeux se posent sur l'immensité de la toile parsemée de points lumineux. Une gerbe d'étoiles scintille dans la nuit noire, le reflet de la lune recouvre l'océan d'une étoffe de lumière.

– C'est magnifique. Dans mon pays, on ne voit presque jamais les astres, trop de nuages et de pollution voilent le ciel alors qu'ici, il semble immense.

Pendant que je parle, Cyril se cale contre le dossier, m'attire à lui, enlace mes bras pour que j'appuie le dos contre sa poitrine. Je pose doucement ma tête contre la sienne. Il pointe un doigt vers le ciel.

— Sais-tu Manon qu'une légende canarienne raconte que chaque étoile est une âme désincarnée. Celles qui brillent le plus appartiennent aux pêcheurs engloutis par les flots. Écoute la mer, entends-tu ce silence épais au-delà du clapotis du bateau ? J'adore cet espace infini où seule la nature se manifeste.

L'embarcation tangue légèrement. Cyril hume le parfum de mes cheveux, il me caresse les bras comme lorsqu'il tient la barre du navire. Je retiens mon souffle. Impossible de me trouver si près de quelqu'un, de sentir sa peau, de respirer le même air, sans être déstabilisée.

— J'aime ta présence Manon. Avec toi, tout paraît calme et joyeux.

— Tu dis cela parce que tu me vois sous mon bon angle. Je ne suis pas toujours ainsi. Je me sens bien aussi avec toi. Merci pour toutes ces expériences que tu partages avec moi.

Je me tourne vers lui, mes yeux trouvent son regard, bleu et profond. Il prend mon visage entre les mains.

— Tu es belle Manon et tu ne le sais pas. Je ne parle pas uniquement de ton physique, tu possèdes une âme admirable. Ne rougis pas, c'est rare de cumuler les deux qualités.

Unie à l'immensité de la voûte céleste qui plonge dans l'océan, je pousse un soupir et je laisse ses paroles se frayer un chemin jusqu'au plus profond de moi-même. J'aimerais rester là toute la nuit, au cœur de la nature généreuse. Cyril dépose un baiser sur mes lèvres et m'embrasse. Il me dit qu'elles ont un goût de chocolat. Ses mains voyagent dans mes cheveux, sur ma gorge, mes épaules. J'adore ses doigts légers, sensibles, doux comme les plumes d'un oiseau. Mon corps vibre sous ces mouvements délicats. Je ferme les yeux pour ressentir encore mieux cet instant, ces sensations multiples. Je lui chuchote dans le creux de l'oreille…

– J'adore. Je savoure ce moment comme les gâteaux que nous avons mangés l'autre jour.

Encouragé, il me sourit et m'enveloppe d'une étreinte douce et tendre. Ses doigts glissent sous mon T-shirt, découvrent mon corps. Je retiens mon souffle.

– J'aime ta peau satinée par le soleil et la mer chaude. J'ai beaucoup rêvé de toi, Manon. Je te trouve comme je t'imaginais.

Je cligne les paupières pour lui dire que je désire plus de cet amour. Dans l'ivresse du moment, je lui demande de retirer son T-shirt. Il sourit et sans hésiter s'exécute. En même temps, je retire le mien. Il me serre contre lui, me hume, m'embrasse. Mes mains voyagent sur son torse pendant que les siennes malaxent mes seins.

– C'est bon, continue.

Sa bouche glisse le long de mon cou jusqu'à ma poitrine. Je sens le bout de sa langue qui joue avec mon sein droit et titille mon téton qui ne peut s'empêcher de durcir. Mon corps entier frémit ! J'embrasse son torse musclé et le parcours du bout de la langue. Il a un léger goût salé. J'adore son parfum, son grain de peau, ses muscles. Je sens qu'il vibre sous chacun de mes baisers. Il continue à descendre plus bas, sur mon ventre, retire mon jeans et ma culotte. Je me laisse aller et le déshabille à mon tour. Sa main frôle délicatement mon sexe. Nos corps dansent de façon langoureuse sous le clair de lune, pas un faux pas ne s'immisce entre nous. Nous avons l'impression de nous retrouver après une longue absence et de nous connaître depuis une éternité. Nos sexes brûlent, mais ni lui ni moi ne précipitons les choses, nous avons toute la nuit devant nous. Nos jambes se cherchent, nos bras s'enroulent, nos doigts se croisent. Chaque minute s'égrène en une éternité de sensualité. Nous vivons le moment présent en pleine conscience. Il me chuchote que je suis belle et désirable, pose sa large main sur ma nuque et joue avec mes cheveux. Je laisse ma tête s'incliner vers l'arrière tout en offrant mon cou, ma poitrine et le reste de mon corps à ses mains chaudes et à ses lèvres humides. Tout en pressant ma nuque, son regard perçant plonge dans mes yeux. Je frissonne sous ses doigts, il m'empoigne plus fort. Je me blottis contre lui pour sentir sa virilité, pour lui exprimer « Viens maintenant ». Je noue les jambes autour de ses reins et enserre son buste. Nos corps se rejoignent et nous ne formons plus qu'un avec l'univers. Dans un mouvement de va-et-vient, Cyril m'emmène au septième ciel ! Mes tempes éclatent. Nous restons là, longtemps.

Cyril s'allonge sur le dos, je pose la tête au creux de son épaule et me pelotonne contre lui. J'ai le sentiment qu'au contact de sa peau, je me régénère et je deviens plus forte. Nous n'éprouvons pas le besoin de parler. J'admire l'étendue du ciel bleu nuit parsemé d'étoiles, sans elles, on ne distinguerait pas le ciel de la mer. Dans le vaste silence, mon ouïe semble surdéveloppée, le clapotis des vagues frappe régulièrement sur la coque et le vent murmure dans les fanions du bateau. Je crois parfois percevoir le bruit d'une masse qui se déplace dans l'eau. J'ai un peu peur et en même temps j'aimerais que ce soit des dauphins ou une baleine. Je n'ose pas le dire à Cyril, il me trouverait ridicule. Je sens la fraîcheur des alizés me caresser la peau, ils ont recueilli l'évaporation de l'eau en journée et je perçois l'humidité de l'air. Le bateau nous berce, nous nous endormons lovés l'un contre l'autre.

Plus tard dans la nuit, Cyril est réveillé par les embruns. Il se dégage tout doucement du corps de Manon et dépose un baiser sur son épaule nue. Il va chercher une couverture dans la cabine, attrape au passage une bouteille d'eau, revient couvrir Manon, s'assied près d'elle. Il la regarde et réalise à quel point il se sent heureux. Là sur son bateau, dans l'immensité de l'océan, aux côtés d'une femme qui le comprend, il se dit que la vie le comble. Il voudrait arrêter le temps, prendre le large à bord du Dionysos et découvrir le monde avec Manon. Il s'imagine naviguer jusqu'au Brésil, descendre la pointe de l'Argentine, traverser le Pacifique. Il lui montrerait les beautés de Nouvelle-Zélande et de la Nouvelle-Guinée. Ils mettraient finalement le cap sur l'océan Indien. Mais Manon le suivrait-elle au bout du monde ? Peut-être l'accompagnera-t-elle plus tard, qui sait les surprises que la vie réserve. Il se dit qu'il aimerait avoir plus d'audace et accrocher son rêve aux étoiles.

Porté par les mouvements légers du bateau, Cyril sent le sommeil revenir, ses paupières deviennent lourdes. Il s'allonge auprès de Manon et pose un baiser sur ses lèvres. Elle se blottit contre lui. Elle respire paisiblement.

Enroulés dans une couverture, les premières lueurs du soleil me réveillent. Je n'ai jamais aussi bien dormi. Cyril me sourit, m'embrasse.

– Tu étais un ange dans les bras de Morphée. Les astres étaient alignés pour ton baptême nocturne.

Je me redresse sur le coude et appuie la tête sur ma main.

– Le large m'a ouvert l'appétit. Je pourrais manger un bœuf ! Alors capitaine, qu'avez-vous prévu pour le petit déjeuner ?

— Malheureusement, j'ai peu de victuailles sur le bateau. Mais, habillons-nous et je t'emmène au port. Dans moins de trente minutes, nous serons attablés devant des brioches et un thé fumant.

Je me lève, un peu à contrecœur, puis étire les bras au-dessus de la tête. Le regard de cet homme provoque en moi un trouble qui envahit tout mon corps. Nous enfilons nos vêtements. Cyril m'enlace par la taille.

— Viens dans la cabine, j'adore quand tu navigues avec moi à la barre.

Deux pétrels déploient leurs ailes et dessinent des cercles au-dessus du Dionysos. Ils réalisent que ce n'est pas un bateau de pêcheurs et s'envolent en rasant les vagues. Je me demande s'ils forment un couple…

22

Comme un enfant curieux, émerveillez-vous. Chaque jour est le premier et le plus beau de la vie.

En début d'après-midi, je reçois un message de Cyril… « Tes mains me manquent. Prends bien soin de toi. Merci pour cette nuit envoûtante. » Pas mécontente qu'il pense à moi, je réalise que cet homme apporte un rayon de soleil dans ma vie.

J'entends les voix de mon enfance. Je revois la plage où ma famille passait les vacances d'été, les jeux dans les vagues, ma mère qui nous transformait, mon frère et moi, en momies en nous recouvrant de sable, les parties de pêche aux crabes dans les rochers, les cousins et cousines qui venaient nous rejoindre pour deux semaines, l'ambiance de rires et de cris enrobés d'histoires racontées autour de la grande table de la terrasse.

Comment ma vie a-t-elle pu changer à ce point ? Comment puis-je supporter autant de solitude ? Sans mon amie Esther, je serais seule au monde. Que va-t-il se passer avec Cyril ? Quatre mille cinq cents kilomètres nous sépareront dans moins de deux semaines. Il voit beaucoup de touristes, une autre femme s'intéressera peut-être aux dauphins et au capitaine du Dionysos. Mieux vaut que je ne me berce pas d'illusions, sinon je risque encore de souffrir inutilement. Par contre, je pourrais garder le contact avec certaines personnes du centre Mariposa, Christelle me plaît bien, j'aime sa fraîcheur, joyeuse et spontanée.

En ce moment, je possède une seule certitude : la nature me tient compagnie et je m'y ressource souvent.

J'ai des fourmis dans les jambes. Je décide d'aller nager en mer. Peut-être aurai-je encore la chance de croiser des raies et de les observer dans leur habitat naturel. Vous n'imaginez pas l'incroyable spectacle que ces nymphes ailées sont capables de vous offrir. Superbes, suspendues dans les flots, elles ondulent leurs tutus de danseuses sensuelles et enivrantes. Ces anges des profondeurs vous hypnotisent. Puis, sans crier gare, prises d'un rythme endiablé, elles se transforment en engins volants venus d'une autre galaxie. Le plancton ruisselle sur leurs ailes et, en quelques secondes, elles disparaissent. La féérie et l'abondance des fonds marins me fascinent de plus en plus.

Un petit crochet par ma chambre, j'enfile mon maillot, je prends mes palmes, mon masque, le tuba et ma serviette de plage. Je me dirige vers le paseo maritime, descends sur le sable où j'ai repéré un coin très calme près des rochers. La mer est comme un lac aujourd'hui, un peu froide au moment de rentrer, mais, en bougeant le corps, je m'y habitue vite. Il paraît qu'une eau très fraîche est meilleure pour la santé.

Je nage cinquante mètres au large et longe les rochers volcaniques de la côte en snorkeling, les poissons jouent à cache-cache, l'eau limpide crée un véritable aquarium grandeur océanique. J'arrive au-dessus d'un immense banc de sable et scrute la surface. Bingo, ma raie magnifique se trouve là ! Elle s'est enterrée pour se protéger des prédateurs. Je la repère à la forme ovale de son corps recouvert de sable, les deux yeux ronds et noirs, la longue queue avec son dard prêt à se défendre au besoin. Seuls ses yeux bougent et surveillent l'environnement. Je m'immobilise pour ne pas l'effrayer, ainsi la raie a l'impression de maîtriser la situation.

L'extase que j'éprouve me donne cette même sensation d'ouverture, de bonheur et de fraîcheur que j'ai ressentie dans mon rêve de la licorne et de l'Indien. Me savoir en communion avec la nature, la tête et le corps tellement légers que je pourrais rester ainsi des heures, tout cela représente la sérénité. Je suis heureuse de vivre tout simplement.

Soudain, je réalise que je grelotte ! La température de l'eau avoisine les vingt degrés et j'y nage depuis quarante minutes. Je salue la raie de la main, lui dis en pensées que je reviendrai demain. Je retourne vers la plage.

Allongée sur ma serviette, j'apprécie la chaleur du soleil. Je repasse le film de la raie tapie dans le sable. Son corps imite la couleur du sable et des algues qui couvrent les rochers, elle se fond et se confond dans le paysage. L'univers a très bien conçu le tout.

Je me plais à jouer au philosophe de salon… Pour nous les humains, quel comportement de protection adoptons-nous dans un environnement hostile ? Nous pouvons nous tapir et faire le gros dos quand l'orage menace. Notre système de défense en cas d'attaque peut être physique ou verbal. Nos poings et nos pieds peuvent frapper, nos yeux révolvers assassiner, nos paroles trancher comme des couteaux. Lorsque nous évoluons dans un milieu professionnel, nous portons le costume tailleur deux ou trois pièces, nous adoptons les comportements normalisés, et sommes, en quelque sorte, des caméléons. Si nous voyons une occasion de nous démarquer de la masse, nous ajoutons quelques détails à notre habit pour paraître originaux.

Je prends conscience que mon séjour aux Canaries me donne la possibilité de vivre autrement, je m'y détends de plus en plus et installe de nouvelles habitudes. Cyril n'est pas étranger à tout cela.

La sophrologue du centre m'a appris à respirer de façon à calmer mon esprit. Je m'entraîne chaque jour et cela fonctionne. Je m'assieds en tailleur, pose le regard sur l'océan, j'observe le mouvement de ma respiration sans chercher à la modifier, j'entre en symbiose avec elle. Lorsque mes pensées s'évadent, sans le moindre jugement, je me centre à nouveau sur ma cage thoracique. Au bout de quelques minutes, je m'apaise, m'accorde sur le flux et le reflux des ondulations de l'eau. J'inspire, la vague avance, j'expire et elle recule. Je me concentre sur ce rythme régulier, l'océan respire comme moi. Certains jours, il reste calme comme un lac. Soudain, le vent se lève et les lames de fond grandissent. Je constate que mes pensées agissent sur mon souffle. Lorsque je me sens heureuse, il reste paisible. Dès l'instant où la colère monte en moi, ma respiration s'accélère. Quand la peur me pénètre, tout se bloque. Assise sur cette plage, je trouve la quiétude, j'ai récupéré la perception de légèreté, de vivre au présent sans réfléchir, je suis bien, je me sens en sécurité, ancrée dans mon corps, à l'intérieur de mon cocon.

Assise au bord de l'océan, j'absorbe la splendeur du soleil qui embrase le ciel. Je regarde avec mes nouveaux yeux et je touche le monde, comme si c'était la première fois. Je suis une orchidée, ma fleur préférée. Chaque année, elle donne une nouvelle tige qui s'élève vers le ciel, attirée par la douce lumière du soleil. Les boutons s'ouvrent et la fleur annonce le retour du beau temps. Je n'ai jamais aimé l'hiver et le froid où je me recroqueville sur moi-même. Aujourd'hui, j'ouvre les bras et j'accueille la luminosité. Avec une extrême délicatesse, je déploie mes ailes.

23

Nous pensons souvent à tort qu'il est préférable de ne pas dire telle ou telle chose. Nous souhaitons ne pas blesser l'autre. Mais sommes-nous à l'écoute de nos besoins ?

J'ai sympathisé avec Christelle qui fait partie de mon groupe depuis le début de la cure. Elle préfère la natation comme moi et nous nous donnons parfois rendez-vous pour nager dans la piscine ou en mer. Les enfants de Christelle et son mari lui manquent, mais en même temps, elle savoure ces moments où elle peut enfin s'occuper d'elle. Elle ne s'en rend pas compte, elle a retrouvé une mine superbe ici. Avec le bronzage, son visage est constellé de taches de rousseur qui lui donnent un petit côté espiègle et aussi sexy.

Nous prenons place sur une chaise longue autour de la piscine et commandons deux cocktails mixés d'orange, mangue et bananes. Bien installées les pieds en bouquet de violettes, nous profitons du calme pour échanger nos réflexions du jour.

— Tu sais Manon, Rebecca a raison quand elle dit que ce n'est pas uniquement la surcharge de nos activités qui causent le surmenage professionnel. Nous nous épuisons parce que nous n'écoutons pas assez nos besoins. Regarde-moi, je me suis oubliée pour me consacrer entièrement à ma famille, j'ai accepté de mettre au monde deux enfants avant de penser à ma santé. Je n'arrivais même plus à m'occuper de mon travail, je n'avais plus de temps pour voir mes amies. Toute ma vie tournait autour de Laurent pour régler ses terreurs nocturnes. Je me sentais dans l'insécurité totale avec des angoisses lorsque la nuit arrivait. Je suis convaincue que tous les jeunes parents ne s'épuisent pas comme moi, ils réussissent à aborder les choses autrement. Bien sûr, cela ne remet pas en question l'amour que je porte à mes enfants et à mon mari, mais la vie ne se résume pas à la maternité. J'aurais dû me montrer plus prudente après la naissance de Romain et ne pas retomber enceinte aussi vite.

— Oui, Christelle, mais tu répètes sans cesse que tu chéris ta famille, que vous vous adorez. C'est merveilleux de vivre cela ! L'amour n'est-il pas la plus belle valeur ?

– Je pense comme toi, Manon, qu'une vie sans amour est triste. Et une vie sans réalisation de soi l'est tout autant. Rebecca m'a dit que beaucoup de mères au foyer connaissent un burn-out parce qu'elles finissent par avoir l'impression de ne pas exister aux yeux des autres. Toujours très actives, elles se mettent au service de leur famille. Malheureusement, quand elles se retrouvent en société, et qu'on les interroge sur leur travail, elles sont souvent gênées d'avouer à quoi se résume leur vie. Cela m'est arrivé d'assister à une soirée, tout le monde souriait et discutait, quelqu'un me posait des questions sur ma carrière, je répondais que j'élevais mes enfants, et au bout de deux minutes, la personne s'éloignait de moi. C'est terrible de vivre cela, tu as vraiment l'impression de ne pas valoir grand-chose. Nous ne vivons plus à l'époque de nos grands-mères qui restaient au foyer et faisaient tourner la maison, leur rôle était valorisé. Réaliser un travail épanouissant qui me permet de me ressourcer, d'échanger, de me rendre intéressante, tout cela me manque.

– Et moi j'ai l'impression de n'exister que par mon travail et de n'avoir aucune aide à la maison. Je me dis qu'une épaule sur laquelle m'appuyer de temps à autre doit faire du bien. Ma solitude me pèse parfois. Aujourd'hui, je suis malade et je ne recevrai aucun soutien affectif chez moi. Quand je rentrerai, je devrai à nouveau tout assumer seule.

— Certains disent que nous ne sommes jamais satisfaits de notre sort, nous croyons à tort que l'herbe est plus verte dans le jardin du voisin. Je me demande si les hommes sont aussi compliqués.

Christelle regarde la mer tout en laissant flotter sa réflexion. Un voilier vogue sur la ligne d'horizon, je pense à la belle nuit passée avec Cyril sur le bateau. Les discussions que j'ai eues avec lui me remplissent le cœur. Je ne souhaite toutefois pas en parler avec les gens du centre, je ne sais vraiment pas où me mènera cette relation, je décide que ce sera mon jardin secret. Christelle rompt le silence.

— Je médite souvent sur les questions de Rebecca : « Quel sens donnez-vous à votre vie ? Vous sentez-vous utile ? Vous engagez-vous à fond dans vos activités ? » Jeune, je rêvais de travailler pour une ONG en Amérique latine afin d'offrir l'instruction aux femmes. J'adorais le Pérou, je lisais tout ce que je trouvais sur le pays, lorsque je voyais des reportages sur l'aide humanitaire, j'enviais ces personnes qui se consacraient aux plus démunis. Ma vie aurait été bien différente si j'avais suivi ce rêve.

— Je crois que tu n'aurais pas évité le burn-out là-bas, tu n'aurais pas compté tes heures au service des autres et tu aurais dépassé tes limites. Donner à son prochain, c'est bien. Mais qu'est-ce que ce travail t'aurait apporté personnellement ?

— J'aurais pu m'épanouir chaque jour grâce aux valeurs qui me tiennent à cœur : la solidarité, l'égalité des sexes, l'enseignement. J'aurais été fière de moi.

Je serais une femme libre, courageuse, riche de toutes ces cultures rencontrées.

— Et tu n'aurais sans doute pas créé cette belle famille que tu aimes. À moins d'avoir croisé un globe trotteur.

— Pourquoi pas ? Beaucoup de gens ont des enfants et voyagent par le monde ! Et toi, Manon, penses-tu vivre tes valeurs au travail ? Les connais-tu seulement ?

— J'en ai une bonne idée aujourd'hui parce que je m'en suis occupée avec Rebecca. Mais je dois reconnaître que la boîte dans laquelle je travaille a changé au point qu'elle bafoue ces valeurs. L'altruisme a disparu au profit des gains depuis que nous avons fusionné avec un grand groupe international. Je sens beaucoup de compétitivité, de besoin de réussite à n'importe quel prix. Et là, j'ai peur de tomber dans un système sans respect ni justice. J'admets me voir parfois nager à contre-courant, c'est angoissant et épuisant.

— C'est exactement ce que disait Rebecca, ce ne sont pas nos actions qui nous fatiguent, mais la façon dont nous les abordons. Notre plus grand problème réside dans le fait que nous regardons la vie dans le miroir grossissant du stress et, par conséquent, la loupe de notre champ d'interprétation nous empêche de pouvoir gérer les circonstances. Et ce n'est pas évident de modifier ce contexte.

– J'irais même plus loin dans cette réflexion ! Je peux difficilement transformer le regard que je porte sur ces événements, j'ai peur que cela me pousse à prendre des décisions radicales. Je doute d'en avoir la force ni le courage.

– Peut-être ne faut-il pas jeter le bébé avec l'eau du bain ! Manon, si nous nous métamorphosons par étapes, nous pourrons aborder notre vie différemment sans pour autant tout modifier autour de nous.

– C'est ce que me répète mon amie Esther. Elle pense que je manque de confiance en moi, et du coup je recherche trop l'approbation des autres. Finalement, je te ressemble un peu, je ne m'accorde pas assez d'importance ! Peut-être que si je me réalisais plus en accord avec mes valeurs, j'aurais moins besoin de savoir si cela plaît à mes proches, je serais comblée par moi-même et fière de ma sincérité, sans artifice. Peut-être aussi que je devrais me construire une vie plus équilibrée entre le travail et le privé, cultiver plus mon bonheur et me nourrir de l'intérieur.

– Dommage que Rebecca ne soit pas là, me lance Christelle. Notre psychologue pourrait animer une séance de groupe très riche. Et si nous allions la trouver, elle nous aiderait à mettre de l'ordre dans tout cela !

Soudain, nous entendons quelqu'un nous appeler. Daniel et Valérie s'approchent de la piscine.

– Zut ! lance Christelle. Ils arrivent comme un chien dans un jeu de quilles.

Nous étouffons un rire complice.

– Salut les filles ! crie Daniel. On vous cherchait partout. Allez vous changer en vitesse, tout le groupe part avec Terry, l'animateur de la marche nordique. Il a prévu une randonnée de quatre kilomètres, on va s'amuser comme des fous.

– En fait, nous partions justement nager en mer. Hein Manon ? dit Christelle pour se défiler.

– Oh non, rétorque Valérie avec mécontentement. Vous serez les seules manquantes, venez avec nous. Vous verrez, ce sera aussi gai que la sortie aux dauphins. C'est important que le groupe soit uni !

Je regarde Christelle et hausse les épaules.

– Allons-y. Nous pourrons nager demain.

– Et nous reporterons encore le moment de nous occuper de nous-mêmes, rétorque Christelle.

– Je sais, mais ils comptent tellement sur nous.

Je comprends l'allusion de Christelle à notre discussion quelques instants plus tôt. Je suis très ennuyée, pourtant je ne trouve pas assez de courage pour me positionner.

– Super les filles, lance Daniel. Je vous donne dix minutes pour vous changer et nous retrouver dans le hall. Viens, Valérie, nous allons leur annoncer la bonne nouvelle !

24

Si nous pouvions tout simplement redevenir le jeune enfant qui a appris à marcher, nous serions bien plus heureux et confiants !

Cyril a proposé à Manon de passer la chercher vers dix-neuf heures, elle lui a donné rendez-vous dans la palmeraie près du centre Mariposa. Elle avait une voix un rien agacée et cela l'inquiète. Tout en se rapprochant du lieu de rencontre, il se pose une multitude de questions. Regrette-t-elle leur nuit passée sur le bateau ? A-t-elle changé d'avis ? Veut-elle lui annoncer qu'elle préfère en rester là ? Dès qu'il la voit assise sur le banc, il oublie ses doutes. Il adore cette femme délicieuse.

– Bonjour, Manon.
– Bonjour.
Je marmonne d'une voix terne. J'essaie de cacher mes larmes.

— Cela n'a pas l'air d'aller aujourd'hui. Mais tu pleures Manon ! Pourquoi ?

Il me prend dans ses bras et pose un tendre baiser sur mon front.

— Rien, c'est sans importance.

— Si c'était insignifiant, pourquoi serais-tu triste ? Quelqu'un t'a fait du mal ?

— Non, non... Personne ne m'a rien fait. J'ai réussi à me torturer toute seule.

— Tu vois qu'il y a quelque chose. Raconte-moi, cela te fera du bien de mettre des mots sur tes émotions.

Il m'embrasse à nouveau. J'inspire profondément, j'ai envie de me confier à lui.

— Je suis encore en colère de n'avoir pas eu la force de dire non. Je n'aime pas la marche nordique et je ne voulais pas la pratiquer. Certains membres de mon groupe ont insisté pour me faire croire que c'était excellent pour moi, que toutes les personnes en cure de burn-out y avaient trouvé le moyen de soulager leur mental, de récupérer leur énergie et de partager de bons moments avec les autres. Ils voulaient que nous nous retrouvions tous ensemble. Je n'ai pas souhaité les décevoir.

— Et alors, si tu n'aimes pas la marche nordique, tu n'as pas besoin de faire comme tout le monde !

— C'est ce que je ressentais au fond de moi. D'autre part, je me suis dit que je me ridiculiserais si j'étais la seule à ne pas essayer.

– Et tu es donc partie pour cette marche. Indiscutablement, tu n'as pas aimé.

– J'ai détesté ! Poser un pied devant l'autre pendant plus d'une heure sous ce soleil, avec des chaussures qui me brûlaient. Je m'ennuyais comme un rat mort. Je m'en veux tellement de n'avoir pas montré plus de caractère pour résister aux autres.

– Pense à plus te chérir Manon et accorde-toi la bienveillance. Si nous ne commençons pas par nous ménager, qui le fera ?

Cyril n'ose pas lui dire qu'il est rassuré. Ce n'est pas à cause de lui qu'elle a eu cette voix froide au téléphone. Il la prend par les épaules, plonge son regard dans celui de Manon et sourit.

– Au moins Manon, tu as réalisé deux apprentissages. C'est donc une journée très riche pour toi, tu peux fêter cela !

– Te moques-tu de moi ?

– Je ne plaisante pas. Premièrement, tu as la certitude que tu n'apprécies vraiment pas la marche nordique. En second lieu, tu sais que dorénavant tu jouiras de plus de bonheur en écoutant ton intuition et en respectant tes limites. Aimerais-tu moins te soucier du regard des autres ?

– Bien évidemment, mais comment faire ?

– Veux-tu que je te donne une piste ?

– Oui, avec plaisir.

— Peut-être pourrais-tu prendre exemple sur la petite grenouille qui a gagné la course en montagne. Connais-tu cette histoire ?

— Non. Mais attends Cyril, la vie n'est pas un conte.

— Détrompe-toi Manon, les métaphores font appel aux archétypes et ces derniers nous aident à traverser les étapes de notre existence. Pourquoi crois-tu qu'ils se transmettent depuis des millénaires ? C'est parce qu'ils sont puissants. Alors, je te raconte l'aventure de la grenouille ? Elle est un peu longue. Cela t'intéresse ?

Je lui fais signe que oui. Il prend un air sérieux et commence.

« Dans un pays très vert, les grenouilles organisaient une fois l'an une course en montagne. L'épreuve était très difficile, certaines n'envisageaient pas la possibilité d'atteindre la ligne d'arrivée. Le versant présentait une pente quasi verticale, recouverte de mousse que l'humidité rendait fort glissante.
Le public était au rendez-vous ainsi que de nombreux journalistes. Une centaine d'amphibiens avaient pris position au départ. L'excitation montait. L'organisateur donna le coup de feu et les participantes s'élancèrent dans la course. Le peloton était serré, les marathoniennes avançaient par sauts réguliers et les premiers mètres étaient faciles pour

leur permettre de s'échauffer. Le public les applaudissait et lançait des encouragements de joie.

Après le second virage, la pente devint abrupte et glissante. Une dizaine de grenouilles prirent la tête du groupe et se détachèrent. Une petite Rana Esculenta allongeait la foulée, légère comme une plume, elle devançait les autres. Déjà, au milieu de la course, plus de la moitié du peloton avait jeté l'éponge, la montagne semblait enduite de savon noir. Les supporters commençaient à douter aussi, ils criaient "Arrêtez ! Vous êtes folles. Vous ne réussirez jamais. Vous n'êtes pas assez costaudes pour lutter contre la montagne." Le doute naissait parmi les dernières encore en course. À quoi bon continuer puisqu'elles étaient convaincues qu'elles n'arriveraient pas au sommet ? Elles abdiquaient les unes après les autres, sauf une, la plus frêle de toutes. Elle rassemblait ses forces et se relevait chaque fois qu'elle trébuchait. Le rocher à la verticale était une véritable patinoire. Le public s'échauffait et hurlait de plus belle : "Mais arrêtez, vous allez vous tuer ! C'est impossible de rejoindre ce sommet !" La petite grenouille tête de mule serrait les dents, fermait les yeux pour se concentrer et redoublait d'efforts.

Le miracle se produisit, elle atteignit seule la ligne d'arrivée. Épuisée, néanmoins fière de son exploit, elle avait réussi. Elle était la championne de l'année. Tout le monde se précipita autour d'elle pour la féliciter. Une journaliste lui tendit le micro pour savoir comment elle avait réalisé cet exploit. La Rana

Esculanta ne répondit pas. La journaliste posa à nouveau sa question en élevant la voix, mais n'obtint aucune réaction. Elle ne comprenait pas cette attitude hautaine. Une supporter avait observé la scène et s'approcha de la commentatrice sportive.

– Elle serait bien incapable de réagir à votre demande, lui dit-elle en montrant la gagnante.

– Et pourquoi donc ? revendiqua la journaliste étonnée.

– Tout simplement parce qu'elle est sourde ! »

Cyril reste silencieux un long moment tandis que l'histoire de la Rana Esculanta fait écho en moi.

– Tu vois Manon, depuis son plus jeune âge, la petite grenouille n'avait jamais eu l'occasion d'entendre les compliments de son entourage, elle avait donc appris à puiser sa force en elle. Elle se répétait souvent : « Tu es formidable. Bravo, vas-y ! Tu vas y arriver, tu en es capable, tu l'as déjà fait. » Quand elle surestimait son potentiel et que parfois elle échouait, elle se consolait par son dialogue intérieur : « Ne t'en fais pas, ce n'est pas grave. Tu feras mieux la prochaine fois. Tu sais bien que tu es différente des autres grenouilles, tu es sourde. Tu n'as pas besoin d'être parfaite. » Elle serrait les poings, se regardait dans le miroir, souriait et se lançait un nouveau défi.

Je pose la tête sur l'épaule de Cyril. J'apprécie cet homme qui trouve les paroles justes pour m'aider. Je soupire et me redresse.

— Cyril, comme j'aimerais ressembler à la Rana Esculanta ! Ma vie serait plus simple et plus heureuse.

— Si tu le souhaites, je veux bien t'acheter des boules Quiès, comme cela tu n'entendras rien.

— Arrête de te moquer de moi.

— Manon, il n'est jamais trop tard pour se métamorphoser de l'intérieur. Souhaite-le très fort et persévère. La grenouille jouissait du bonheur parce qu'elle était libre et autonome, son bien-être ne dépendait pas de l'avis des gens. Face à un choix, elle se basait sur ses expériences propres, elle se fiait à son jugement. En réalité, c'était plus facile pour elle que pour les autres grenouilles, sa surdité la protégeait depuis toujours des croyances qui auraient pu semer le doute en elle. Elle acceptait ses imperfections, qui selon elle étaient plutôt des différences. Elle ne percevait pas les attentes inaccessibles de son entourage.

— Est-ce que j'aurais aimé ne pas entendre pour moins subir l'influence de mes parents et de mes éducateurs ? Non, j'aurais préféré avoir suffisamment de recul pour trier les messages que je percevais. Je vais demander à mon frère où il trouvait la force de toujours agir à sa guise, sans se soucier des représailles ni chercher à plaire aux parents. Mon père était très sévère avec Anthony, il lui donnait souvent des gifles. Pourtant Anthony me paraissait n'avoir peur de rien. Il vivait dans sa bulle, celle d'un monde joyeux. Moi j'avais sans cesse besoin de jouer la petite fille modèle pour éviter les punitions et être rassurée d'être aimée. En fait, je manquais de confiance en moi. Lui était tout le contraire. Comment est-ce possible alors que nous avons reçu la même éducation ?

– Peut-être que tes parents se différenciaient l'un de l'autre. Qui t'a le plus inspirée ?

– J'étais plus proche de ma mère qui a toujours manqué de confiance en elle, alors que mon père arborait beaucoup d'assurance.

– Ton frère aura pris exemple sur l'image masculine, note Cyril de façon judicieuse.

– Une différence marquante entre Anthony et moi, c'est que j'accordais trop d'importance au jugement des autres, au qu'en-dira-t-on. Ma mère me répétait souvent que ma grand-mère était une sainte, qu'elle s'était dévouée toute sa vie à son mari et à ses enfants. Voilà peut-être l'origine de mon besoin de perfection. Mais c'est épuisant d'être parfaite !

– Surtout pour quelqu'un qui doute de soi. C'est la raison pour laquelle tu n'as pas osé dire non hier. Les femmes et les hommes qui font partie de ton histoire ont enfilé des perles identiques pour monter leur collier. Ils ont répété les schémas qu'on leur avait enseignés. Tu as agi ainsi en début de vie, car peut-être ne savais-tu pas qu'il existait d'autres perles.

— Cette belle histoire de perles me plaît. À l'adolescence, j'adorais passer des heures à réaliser des bijoux. J'étais très fière de mes créations et mes copines m'en achetaient.

— Alors, ce sera plus facile d'enfiler les perles qui te conviennent. Tu vas trouver ton chemin Manon, c'est une certitude. Placer ses repères est possible après avoir expérimenté les choses. C'est le but de l'âme en général. La mission de tout un chacun est donc de se libérer pour devenir un individu unique. Vivre libre signifie assumer ses choix, ses responsabilités. Mais attention, il faudra payer un prix, car il n'y a pas de roses sans épines !

— Ah oui ? Lequel ?

— Plus possible de dire : « C'est à cause de ma mère, mon père, la société ! »

J'accepte sans aucune réserve.

— Occuper ma juste place me permettra aussi de ne plus m'ennuyer à marcher avec des bâtons comme une éclopée, alors que je n'aime pas ça du tout. Merci, Cyril, pour cet échange, tu trouves en général les mots justes dans chaque situation. Je t'admire.

— Pense plus souvent à la petite grenouille sourde Manon. Fais confiance à ton ressenti, il est juste, tu viens d'en recevoir la preuve avec la marche nordique. Plus besoin d'être une sainte comme ta grand-mère, tu peux te libérer du jugement des autres, exister avec tes défauts et tes qualités, pour être acceptée à part entière. Veille toujours à ce qui est bon pour toi. La bienveillance, c'est oser mettre ses limites et dire « non » si nécessaire, avec respect et sans jugement. Ne clame pas que la marche nordique est nulle. En vérité, cette activité ne te convient pas. Tout le monde est-il forcé d'aimer tout dans la vie ?

— Non !

— Dans mon enfance, mon père nous répétait que les goûts et les couleurs ne se discutaient pas.

— C'est tellement vrai !

— Il prodiguait souvent de bons conseils. Il nous disait aussi de toujours appliquer la consigne de l'hôtesse de l'air.

— Qu'est-ce que c'est ?

— As-tu écouté quand elle donne les instructions de sécurité avant le décollage de l'avion ? Elle annonce qu'au cas où les passagers auraient besoin de l'oxygène, la mère d'un jeune enfant devra prendre son masque en premier. Pourquoi, à ton avis ?

— Je ne sais pas… je n'ai jamais aimé cette attitude que je trouve égoïste. Cela m'a toujours choquée. Le parent ne doit-il pas protéger son petit envers et contre tout ?

— Pas si sûr, Manon ! Imagine la mère qui essaie prioritairement de donner l'oxygène à son enfant. Dans la panique, elle n'y arrive pas. Une énorme secousse la renverse. Ne crois-tu pas que cela fera deux victimes, car le jeune ne pourra plus rien faire seul ? Cela signifie qu'on ne peut pas aider les autres quand on est très mal soi-même. C'est pourquoi mettre ses limites est capital. Parfois, dire non à quelqu'un nous permettra de garder nos batteries chargées plus longtemps, et d'être disponibles un jour prochain.

– Comment sais-tu tout cela, Cyril ?

– J'ai compris que derrière toute difficulté se cachent des opportunités d'apprentissage, cela m'a permis de rebondir. Les enseignements que j'en ai retirés m'ont permis de mieux réagir par la suite et de faire face aux obstacles. Si tu analyses bien ta vie avant l'épuisement, tu remarqueras probablement que tu n'évoluais pas toujours dans un environnement bienveillant. Étais-tu entourée de personnes-ressources ou bien fréquentais-tu des gens négatifs ?

– J'avoue qu'à part ma meilleure amie et ma famille, je ne vois pas grand monde. Je vis au quotidien dans un milieu professionnel qui ressemble plutôt à un aquarium de requins.

– Ce n'est pas de tout repos cela. Imagine que le soir tu rentres chez toi stressée, tu penses te détendre en regardant la télévision. Que vois-tu la majorité du temps ? Des nouvelles catastrophiques, des films angoissants, tout cela tarit ton énergie. Les personnes qui évitent l'épuisement en ont conscience, lorsqu'elles se retrouvent dans un environnement toxique, elles changent. Elles savent que c'est une question de compatibilité, elles peuvent dire non à ce qui n'est pas bénéfique, recherchent des gens et des contextes qui les ressourcent. Elles nourrissent leur vie plutôt que de la consommer.

Ces paroles me pénètrent par leur justesse, elles me donnent de la vitalité et une faim de loup.

– Et si nous allions manger !

– Excellente idée ! rétorque Cyril. Assez parlé pour aujourd'hui. Je t'avais prévenue, je suis un bavard incorrigible. Quand je m'engage dans un débat, rien ne peut m'arrêter. Viens, je t'emmène dans un bar typique qui prépare les meilleures tapas de la ville.

Il me prend la main et m'entraîne vers la voiture. Nous passons une soirée agréable.

De retour chez lui, Cyril ne réussit pas à trouver le sommeil. Ses doutes refont surface. Il a un mauvais pressentiment sur lequel il n'arrive pas encore à mettre des mots. Manon est une belle femme, attirante, différente, mais elle présente aussi de l'instabilité. Il l'a décelé dans sa voix. Ou bien prend-il peur de s'attacher à celle qui repartira bientôt vers d'autres horizons…

25

Tout le monde a une seule et unique âme sœur. Et quand on a de la chance, on la rencontre. Et quand c'est fait, quand on est frappé au cœur, il n'y a plus personne qui compte.

Michael Connelly

Cyril avait cru que Manon sortait de ses problèmes jour après jour. Elle écoutait tous ses conseils, appliquait du mieux qu'elle pouvait les stratégies du changement, était plus positive, parfois même confiante. En fait, elle vivait plus le moment présent. Certains jours, elle envisageait aussi de modifier son quotidien et de trouver un meilleur équilibre, elle ne voulait plus tout miser sur sa carrière. Elle avait enfin compris l'importance de ses critères et de ses valeurs, elle recherchait plus d'authenticité dans ses choix de vie.

Mais très vite, elle repartait dans ses doutes et ses craintes. Pouvait-elle se payer le luxe de changer de travail dans cette période de crise économique ? Rien ne lui garantissait plus de bonheur ailleurs. Elle brillait dans son emploi actuel et était sortie de l'université depuis très longtemps. Correspondrait-elle aujourd'hui aux exigences d'un nouveau marché ?

D'un seul coup, elle effaçait le tableau sur lequel elle avait écrit ses bonnes résolutions à la craie, elle se repliait sur elle-même et montrait beaucoup d'agressivité à l'égard de Cyril. Un jour, très agitée, elle lui avait lancé qu'il serait plus simple de terminer rapidement sa cure et de reprendre sa vie normale pour satisfaire les actionnaires. Il ne la comprenait plus. Elle lui avait reproché de lui faire la morale sur les valeurs honorables et les attitudes justes. C'était facile pour lui de philosopher, avec toute sa richesse et de plus, il avait trouvé sa voie. Il prêchait et influençait les autres sans même se soucier des conséquences des changements vers lesquels il les poussait. Qu'avait-il à gagner en l'incitant à tout plaquer ? Se sentir tout puissant comme il avait toujours voulu se montrer dans son couple et dans son travail ?

Face à une telle incohérence et injustice, Cyril envisageait de jeter l'éponge. Manon était vraiment trop superficielle et capricieuse. Comment pouvait-on avoir si peu de courage et d'envies quand on est aussi jeune ! Pourtant son intuition lui disait qu'il ne pouvait pas abandonner. Même si dans les moments de révolte, il la voyait comme une femme sans brillance, une ombre, il savait qu'une petite flamme reposait au fond du cœur de Manon. Il l'avait reconnue dans ses yeux lorsque, au salon de thé, il lui avait appris à déguster la vie en pleine conscience. Le visage de Manon s'était totalement transformé, devenu lumineux, sa beauté l'avait ému. Cela s'était confirmé sur le bateau la nuit où ils avaient fait l'amour.

Une subtilité lui avait peut-être échappé, souffrait-elle de dépression, cela la poussait à l'auto-destruction par manque d'estime de soi. Il devait revenir aux principes de bases d'une relation : chacun est tenu responsable du message qu'il envoie ; ce qui compte ce n'est pas ce qui est dit, mais ce que l'autre a compris. Probablement avait-il commis une erreur, c'est pour cela que Manon se cabrait. Il se rappela le principe du métamiroir : ce qu'on reproche à une tierce personne n'est pas résolu en soi. Quel jeu de miroir se dessinait entre lui et Manon ? Peut-être s'était-il identifié à elle. C'était une erreur ! Quand il avait à peu près l'âge de Manon, il avait vécu ce hold-up et frôlé la mort. Ce choc l'avait placé devant la plus grande leçon de sa vie, il s'était égaré dans un ego démesuré, il avait perdu sa femme et l'amour de ses enfants, était devenu trop superficiel. Ces prises de conscience lui avaient donné une force inébranlable pour changer radicalement. Aujourd'hui, face à Manon, il vivait un transfert total. Il pensait qu'elle avait aussi compris l'importance de l'amour, des relations, de l'engagement, de la beauté du monde. Il croyait qu'elle empruntait la même voie que lui. Mais non, elle n'était pas encore prête, et le moment idéal n'était pas venu. Trop exigeant, il devait l'avoir brusquée. Il devait modifier sa tactique.

Il l'aiderait à remonter son histoire pour la tricoter à nouveau, mieux. Elle devrait changer la couleur sombre de quelques fils. Il l'habituerait petit à petit à utiliser la palette des jaunes, des rouges, des bleus et de l'or. Il savait qu'elle se révélerait peu habile au début, c'était normal. Son tricot peut-être serait trop petit et les teintes mal assorties. Elle refuserait probablement d'encore détricoter pour remonter les mailles. Mais il l'encouragerait. Il ne lui permettrait pas de gâcher sa vie. Elle serait l'étoile de mer échouée sur la plage et il la sauverait en la retournant à l'océan.

Les mots que Lobsang lui avait prononcés des années plus tôt lui revenaient, ceux de la résilience :

« Vois-tu Cyril, peu importe la difficulté ou l'obstacle que nous rencontrons dans la vie, quelle que soit l'histoire que nous avons construite, nous pouvons dès maintenant la changer. Nous pouvons utiliser un frein comme un tremplin à partir duquel nous décidons de voguer sur un espace plus rayonnant. Notre vie peut se comparer à un tricot magique. Si nous avons confectionné une écharpe dont certaines parties ne nous plaisent plus, nous ne devons pas défaire tout l'ouvrage pour l'améliorer. Nous pouvons en choisir un morceau, enfiler nos aiguilles et monter la pièce autrement. Du coup, nous obtenons une réalisation totalement différente. Elle correspondra plus à qui nous sommes devenus. Tout changement commence par soi, et c'est pour cela que nous affirmons que nous détenons la réussite en nous. Les cauchemars ou les pensées négatives nous envoient des messages pour nous dire de tourner la page du passé. »

Cyril se souvenait des vêtements colorés que Lobsang portait, ils lui seyaient à merveille. Il s'était inspiré de ses nombreux voyages en Orient. Les teintes et son sourire irradiaient le bonheur de vivre. C'était contagieux. Le maître poursuivait…

« Ton écharpe actuelle n'est pas laide Cyril, son aspect morne répand juste un peu de tristesse, certaines couleurs sombres ternissent le tricot. Pourquoi ne remplacerais-tu pas les fils obscurs par…
des jaunes de joie,

des bleus de la nature, des éléments de l'eau, du feu, de l'air et de la terre

des rouges de l'action

et l'or de la spiritualité ? »

Cyril se remémorait combien il avait connu de difficultés pour intégrer cette vision. Il le souhaitait et savait que le moment était venu pour lui, mais, à l'époque, rien ne semblait évident à cause de son attitude matérialiste. Pourtant, dès qu'il avait appliqué les enseignements de Lobsang à son quotidien, il avait trouvé la sérénité de plus en plus souvent. Il était convaincu que Manon se retrouvait au même stade aujourd'hui. Il voulait l'aider. Serait-elle prête à lui tendre la main ? Il utiliserait la métaphore de l'iceberg que Lobsang lui avait transmise.

« Cyril, sais-tu ce qu'est ton âme ? Nous pourrions comparer un individu à un iceberg. L'être physique que tu regardes dans la glace chaque matin n'en est que la pointe, il est mortel et limité. Le mental avec sa raison et le conscient peuvent s'assimiler à un concierge, c'est ton ego. Il est le gardien de ton immeuble et te protège quand c'est nécessaire. Malheureusement, il te freine aussi lorsque tu ne comprends pas bien son fonctionnement. La grande base de l'iceberg immergée dans la mer correspond à ton âme, ton être réel. Selon les enseignements, poursuivait Lobsang, elle est éternelle et infinie, issue de la source, le vaste océan de vie. Au moment de l'incarnation, une partie se condense dans le corps physique et reste en lien avec le tout. Bonne nouvelle, Cyril, la pointe de l'iceberg n'est pas détachée de la base, nous sommes un. Comment relier ces deux parties pour retrouver la plénitude à l'intérieur de toi ? Utilise tes émotions pour communiquer avec ton âme, elle ne souhaite vibrer que de joie, d'appréciation et d'amour. C'est pourquoi elle possède une attraction très forte.

L'âme ou le moi supérieur détient toujours une perspective positive de toi et de tes actes, il jette sur toi un regard favorable. Par contre, ton ego porte une considération double sur toi parce qu'il juge en termes de bien et de mal. Quand l'ego estime que tu mérites son approbation, tu te révèles heureux et serein, ton moi physique est alors aligné sur l'âme. A contrario, dès qu'il te dévalorise ou t'envoie un jugement négatif, tu te sens très mal, tu n'es plus accordé à la source de ton âme. Nous pourrions dire que cette dernière est en train de communiquer avec toi pour te faire comprendre que tu fais fausse route.

L'iceberg dans sa totalité est composé de vibrations qui renferment un pouvoir énorme. Nous avons la possibilité de vivre en victimes du destin et des circonstances, mettre toute notre énergie dans nos plaintes, nous appelons dès lors encore plus de difficultés. Ou bien, nous acquérons la capacité de choisir de relever des défis, d'utiliser nos échecs comme des retours d'information et comme tremplins vers une vie meilleure. Par nos pensées Cyril, nous attirons tout à nous : les circonstances, les gens, les événements qui caractérisent nos existences.

Posséder des biens, nouer des relations satisfaisantes, est-ce cela le bonheur ? Nous pouvons détenir toutes ces choses et les perdre le lendemain. La prospérité apparaît en totalité au moment où nous comprenons pourquoi nous vivons un événement, lorsque nous en retirons un enseignement. Ce qui découle de cet apprentissage, c'est une meilleure maîtrise de nos émotions, une sérénité s'installe alors en nous et nous connaissons le bonheur… jusqu'à la crise suivante qui nous permettra encore de nous transformer et d'évoluer. Ce qui nous limite ce ne sont pas les événements, mais la façon dont nous les abordons. La vie nous offre tellement ! Par contre, elle s'avère très sombre quand nous fermons les yeux à ses promesses. »

Cyril ne voulait pas abandonner Manon. Cette femme ne s'était pas mise sur son chemin par hasard. Il trouverait le moyen d'éveiller sa conscience, de lui donner le goût au tricot de la vie. Il lui enseignerait comment utiliser le GPS de ses émotions pour s'aligner sur son âme et installer en elle la profondeur de la sérénité. Même si leurs chemins devaient se séparer à la fin du séjour de Manon, il ressentait pour elle cet élan d'amour inconditionnel.

26

Les apparences nous trompent souvent !

Ma cure touche à son terme et je ne peux m'empêcher de penser que je ne verrai plus Cyril. Je n'aurai plus toutes ces conversations riches ni les moments de contact avec la nature, ses encouragements vont me manquer. Cet homme a pris une grande place dans mon quotidien. Il me répète souvent : « La vie est belle, Manon. Profite de chaque jour comme si c'était le premier de ton existence ! »

Pourquoi perdre toutes ces heures seule alors que je suis si proche de lui ? Parce qu'on m'a appris que la femme doit se faire courtiser, que l'homme est tenu de faire le premier pas, parce que… Au diable les conventions !

Je prends mon sac et quitte le centre, direction la station de taxis. J'interpelle la première voiture et demande au chauffeur de me conduire au port. De loin, je vois le Dionysos et accélère le pas. Une file de touristes attendent la sortie aux cétacés de dix heures. Florence, la biologiste, contrôle les tickets et invite les personnes à embarquer. Je suis étonnée de la trouver là. Je patiente jusqu'au moment où le dernier passager monte à bord.

— Bonjour Florence.

— Oh, bonjour Manon. Tu viens pour la visite ?

— Non, enfin… Je voulais voir Cyril.

— Comment, tu ne sais pas ? Cyril a dû rentrer d'urgence en France pour aider son épouse.

— Ah bon ? Je… je n'étais pas au courant…

— Leur fils a eu un accident de moto, il est à l'hôpital et Élise ne peut pas gérer la situation seule. Cyril ne supporte pas de la voir souffrir, elle est tellement importante pour lui, il ne peut rien lui refuser. Il a pris le premier avion hier matin. Il m'a téléphoné le soir pour rassurer l'équipe. Tout va bien maintenant que son fils est entouré de ses deux parents. Je me réjouis pour eux, c'est une famille tellement unie dans l'amour.

— Euh… je vois… et… il n'a pas laissé de message pour moi ?

— Non. Pourquoi ? Il aurait dû ?

— Je ne sais pas, peut-être.

– Désolée Manon, mais je pense que dans ces cas d'urgence, seuls nos proches et ceux qu'on aime comptent. Quand il me téléphonera, veux-tu que je lui transmette quelque chose ? demande Florence.

– Euh oui. Dis-lui que je suis vraiment désolée pour son fils et pour sa famille. Merci. Sera-t-il absent longtemps ?

– Il sait qu'il peut s'appuyer sur moi pour gérer le Dionysos. Il désire donner la priorité à son épouse. Rien n'est encore décidé. J'imagine qu'il rentrera dans une dizaine de jours.

– Dix jours !

Les mots m'échappent.

– Oh, je vois. Très bien. Bon, je m'en vais, Florence. Tu as du travail.

– Oui, nous devons sortir à l'heure. A bientôt Manon. Viens quand tu veux sur le bateau. Au revoir !

Florence monte sur le Dionysos, un large sourire aux lèvres.

Je me dirige vers la station de taxis et rentre dans la première voiture qui me ramène au centre Mariposa. J'ai reçu un coup de poignard en plein cœur, assommée par ce que je viens d'entendre. Cyril m'avait dit qu'il était séparé de sa femme et que ses enfants ne voulaient plus le voir. Pourquoi a-t-il menti ? Quel manipulateur, il m'a embobinée comme une midinette et j'ai bâti des châteaux en

Espagne. Je n'y comprends rien ! Il était toujours en train de me rechercher et de provoquer des échanges entre nous. Et là, il s'encourt comme si je souffrais de la peste. Je suis convaincue qu'il me cache quelque chose. Je me sens coupable d'avoir mis tant de temps à changer et à appliquer ses conseils. Je l'ai souvent agacé et maintenant il ne me supporte plus. C'est toujours ainsi avec les hommes que je rencontre. Au début, ils s'attachent très fort à moi. Par la suite, ils apprennent à mieux me connaître et me fuient. Je ne suis vraiment pas douée pour créer des relations amoureuses. Mais peut-être, quand on creuse un peu, les mâles sont-ils tous les mêmes, dominateurs et machistes. Quand la femme ne correspond pas à leurs désirs, elle est bonne à jeter comme un kleenex. Je savais que je devais les éviter, cela ne m'attire que déception et tristesse. Pourtant cette fois, j'ai cru croiser quelqu'un de différent, à l'écoute, attentionné, rempli de compassion, amusant et très cultivé. Il ne semblait pas superficiel et j'aimais sa vision de la vie. Sans doute ne me trouvait-il pas à la hauteur de ses discussions philosophiques.

Et voilà que je recommence à me dévaloriser, à douter, à stresser. Je ne suis donc pas guérie ! Un homme me parle avec gentillesse, s'intéresse à moi et je retrouve la joie de vivre. Je suis dépendante, je ne supporte pas le sevrage. Je possède une bien faible estime de moi pour une femme de quarante-deux ans. Une vraie adolescente aspirée dans un tourbillon et incapable de franchir le cap de l'âge adulte.

Quand j'ai divorcé, je me suis donnée corps et âme à mon travail. Je pensais être devenue juriste experte, indispensable à son entreprise. Aujourd'hui, je dois me rendre à l'évidence que je n'ai pas réussi ma carrière. Si demain la société veut me remplacer par un jeune requin aux dents longues, elle n'hésitera pas un instant.

Le taxi me dépose devant la réception et j'avance comme un zombie.

Mes migraines me font à nouveau souffrir, mon estomac se noue, j'ai envie de fuir. Je veux être seule et me réfugie dans ma chambre. Je suis tentée de téléphoner à Esther, mais je préfère ne pas me précipiter. J'attrape un roman, je ne parviens pas à me concentrer sur l'histoire. Ma tête cogne et je suis trop tendue. Subitement, je fonds en larmes et m'écroule sur mon lit. Après un moment, je décide de prendre une douche chaude et un cachet pour dormir.

27

Il n'existe rien de constant si ce n'est le changement.

Bouddha

Cyril n'aime décidément pas les hôpitaux, il n'aurait jamais cru qu'il serait amené à y revenir un jour. Pourquoi la vie étrange veut-elle autant le bousculer ? Il a échappé à la mort lors du hold-up alors qu'il avait reçu une balle en pleine poitrine. Hier, son cœur a failli le lâcher sans raison apparente.

Une fois de plus, une personne l'a sauvé en appelant les secours. Sa femme de ménage avait oublié de déposer le linge repassé la veille et elle a fait un saut à l'appartement de Cyril tôt le matin. Quand il lui a ouvert la porte, elle l'a trouvé livide, il transpirait et se plaignait d'une douleur dans la poitrine. Elle n'a pas eu le temps de lui dire qu'il devrait appeler un médecin, il s'est effondré sur le tapis et a perdu connaissance. Elle a immédiatement formé le 112 sur son portable, l'ambulance est arrivée dans les dix minutes. Les infirmiers ont aussitôt affirmé le diagnostic, enclenché le traitement de revascularisation par injection intraveineuse. Ils l'ont ensuite conduit à l'hôpital pour le mettre sous surveillance aux soins intensifs.

Le cardiologue a effectué une échographie et une coronarographie. Il a observé un souffle au cœur qui pouvait expliquer l'origine du malaise de Cyril. Il lui a demandé s'il avait eu des antécédents. Cyril lui a raconté l'accident du hold-up avec la balle qu'il avait reçu dans la poitrine. Cependant, le cardiologue n'y a pas vu de cause à effet. Avec les analyses sanguines relativement bonnes, si après plusieurs jours, le cœur se stabilise, il prescrira un traitement médicamenteux et suivra l'évolution de l'état de santé de Cyril. Peut-être n'est-ce qu'un accident qui ne se reproduira plus. Le cardiologue a connu de nombreux patients qui ont vécu des années sans rechute.

Cyril repense aux paroles de Lobsang…

« Le hasard n'existe pas dans la vie, parlons plutôt de coïncidences. Les événements auxquels nous devons faire face cherchent habituellement à nous délivrer un message. »

Quel peut être l'avertissement de ce petit infarctus ? Cyril ne comprend pas le langage de son corps. S'est-il un peu trop fatigué lorsqu'il a emmené Manon en excursion ? Il se sent si bien depuis qu'il l'a rencontrée, il est heureux et le cœur joyeux.

Pourquoi ne lui rend-elle pas visite à l'hôpital ? Il a pourtant demandé à Florence de la prévenir et de la rassurer. Même s'il se trouve aux soins intensifs, elle peut passer quand elle le désire. Mais, il se montre sans doute trop impatient, elle n'a aucune raison d'accourir à son chevet. Il la verra certainement demain.

28

Une colère justifiée est toujours saine.
Paul Michaud

Pendant trois nuits, j'ai à peine dormi. J'ai fixé le plafond, animée d'une colère qui s'est logée dans ma poitrine et refuse de s'en aller. Je ne comprends plus rien à cette aventure. Pourquoi Cyril m'a-t-il donné envie de vivre pour disparaître aussitôt ? J'ai souffert d'amour à en mourir et je m'étais promis de ne plus jamais recommencer. Comment ai-je pu être aussi idiote de penser que je pouvais faire confiance à un homme ? Quel salaud ! Quel goujat malhonnête ! Quand il m'a parlé la première fois sur le bateau, j'aurais dû prendre mes jambes à mon cou.

Certes, j'enrage contre Cyril, mais plus encore contre moi-même.

J'appelle Esther, mon amie et mon ange gardien, et lui fais part de mes mésaventures. Bien qu'étonnée, après un long silence, elle trouve le moyen pour me faire rebondir.

– Manon, pourquoi veux-tu que Cyril se soit montré tel qu'il est ? N'as-tu pas toi aussi triché avec ton image, ne t'es-tu pas affichée plus forte que ce que tu ressentais ? N'as-tu pas caché tes sentiments ? Peut-être s'est-il produit quelque chose que tu ne sais pas ? Il n'a peut-être pas menti. Et même s'il ne t'a pas dit la vérité, peut-être était-ce pour te protéger. Ou bien exprimait-il ce que tu voulais entendre ? Rappelle-toi ce que j'ai vécu à l'adolescence de Nathan, il me parlait et j'avais souvent le sentiment qu'il me mentait. Mais je n'osais rien dire, je faisais semblant de l'écouter et de le croire. Nous correspondions si peu que j'avais peur de rompre le lien ténu entre nous.

– Justement Esther, Nathan n'avait que seize ans et c'était un adolescent. Tu étais une mère très sévère. Il n'osait pas te dire qu'il détestait ses études, il ne souhaitait pas te décevoir. Tu exigeais qu'il obtienne d'excellentes notes et qu'il se crée un métier d'avenir. Et puis surtout, tu espérais que tout le monde dirait que Esther était une mère exceptionnelle. Tu imagines la honte si le fils d'une artiste réputée travaillait mal à l'école. Ce n'aurait pas été digne d'une bonne mère !

– Manon, heureusement que tu m'as aidée à changer. Tu m'as donné d'excellents conseils pour que je lâche prise. Aujourd'hui, j'ai retrouvé la confiance dans mon fils, c'est grâce à toi Manon. Alors, écoute-moi, c'est à ton tour de lâcher toutes ces situations qui te font souffrir. Tu as passé de bons moments avec cet étranger qui a su réveiller en toi la belle femme que tu es. Tu espérais probablement de lui plus qu'il ne pouvait te donner. Mais, comme disait ma grand-mère « Un homme perdu, dix autres retrouvés ! »

– Oh, Esther, comme la vie est compliquée ! Pourquoi dois-je toujours tomber sur des personnes immatures ?

– Je dirais plutôt, pourquoi réagis-tu de la sorte ?

– La découverte de son mensonge m'a propulsée quinze ans en arrière. Esther, je revis la trahison, l'abandon et surtout la perte d'un idéal. Une fois de plus, la réalité me montre que je ne dois compter que sur moi-même, que je suis la personne la plus importante dont je dois m'occuper ! Nul besoin de s'encombrer d'un homme pour connaître le bonheur. Je veux VIVRE ! Je serai épanouie parce que je vais changer. Tu vois Esther, cette rage que j'ai en moi provoque le déclic nécessaire pour que je remonte la pente, pour sortir de ce burn-out et prendre soin de moi. Il ne me reste que cinq jours avant de rentrer en Belgique, je ne vais plus pleurer ni m'apitoyer sur mon sort. Je vais synthétiser tout ce que j'ai appris avec Rebecca et le groupe. Je vais établir un plan d'action des nouvelles habitudes à développer au quotidien et des comportements à changer. Je me trouverai une psychologue aussi bonne que Rebecca et je continuerai ma cure en Belgique. Tu vas voir ! Manon n'a pas fini de vous épater !

Esther me félicite et m'encourage à prendre le taureau par les cornes. Elle me connaît bien et m'assure qu'avec le temps et la distance, je comprendrai que ma fragilité du moment m'a fait perdre la tête. Nous rirons de cette aventure où je n'essuie pas un échec, mais plutôt un formidable renouveau.

29

La maladie cherche à nous guérir

La vie nécessite parfois quelques détours…

Lorsque Cyril se réveille ce matin, la montre sur la table de chevet indique cinq heures trente. C'est le jour où Manon prend l'avion pour rentrer en Belgique. Pourquoi n'a-t-elle pas ouvert la porte de sa chambre ? Florence lui a dit que cela l'étonne, car Manon lui avait assuré qu'elle viendrait à l'hôpital. Elle n'a même pas téléphoné à l'accueil du Dionysos pour s'informer de son état de santé. Il pourrait l'appeler, mais il n'ose pas. Il se souvient de la réaction de Manon quand il lui a raconté l'accident du hold-up, elle le prenait pour un affabulateur. Que pensera-t-elle de lui maintenant qu'il est malade ?

Il sent à nouveau la douleur du chagrin. Il ne peut parler de ses sentiments à personne, d'ailleurs est-il sûr de ce qu'il ressent. Sa relation avec Manon était de toute façon vouée à l'échec et à la souffrance, il doit se convaincre que tout est mieux ainsi. Il a honte, car il lui a fait la morale sur le fait de toujours envisager le pire dans toute situation, et le même piège s'est refermé sur lui. Mais c'est une réalité, l'amour entre lui et Manon était impossible. Si seulement il ne l'avait jamais rencontrée. S'il avait renoncé à vouloir sauver l'humanité et voler au secours de Manon. Il aurait pu se contenter de terminer sa vie tranquillement. Il n'est pas plus fort que les autres, il doit bien l'admettre. Avec le temps, elle finira par l'oublier. Ils ne se sont fréquentés que quinze jours, ce n'est pas suffisant pour marquer une empreinte indélébile.

Il se dit qu'il devrait peut-être retourner voir Lobsang, ses enseignements lui permettraient de remettre ses idées en place. Oui, lors de son prochain séjour en France, il s'offrira une retraite chez ce maître qui lui a montré le chemin de la sérénité.

30

*Même les nuages noirs transportent un
peu de poussière d'or.*

Josette Carpentier

La rage s'avère une émotion puissante, elle me
motive à enfiler un masque pour cacher ma
déception. Personne dans le groupe ne se rend
compte de ce que je vis. Je déteste montrer mes
faiblesses. Je décide que seule Rebecca sera au
courant de mon aventure avec Cyril. Elle me suggère
de lui téléphoner pour mettre au clair la situation,
sinon je risque de ne jamais savoir si oui ou non cet
homme est fait pour moi. Jamais je ne le ferai, car il
m'a menti, je n'ai plus aucune confiance en lui.
Rebecca n'insiste pas.

Nous retraçons mon parcours depuis mon
arrivée en cure de burn-out. Rebecca trouve que j'ai
rapidement compris le pourquoi de mon

épuisement professionnel, cela me flatte. Pourtant, je sens encore une grande fragilité en moi et je dois m'occuper de mes émotions. Depuis la déception de cette relation avec Cyril, les cauchemars habitent à nouveau mes nuits, je me réveille souvent très tendue. Rebecca me conseille d'essayer l'hypnose à mon retour en Belgique. C'est une technique efficace et rapide qui permet d'arracher les racines du mal-être pour les remplacer par les ingrédients nécessaires à une meilleure existence. C'est exactement ce qu'il me faut, car mes difficultés n'ont que trop duré depuis ce burn-out. Lorsque j'aurai retrouvé la confiance en moi, je pourrai me fixer de nouveaux objectifs de vie afin de développer un bon équilibre.

Je termine mon séjour au centre Mariposa en ne m'occupant que de mon corps, je profite des thermes et des soins, je nage et flâne au soleil.

Pour la dernière soirée, le centre a préparé un buffet canarien autour de la piscine. Un chanteur guitariste nous fait découvrir les airs du pays. Tous ensemble, nous fêtons la fin de notre cure en buvant de la sangria. Nous sommes beaucoup plus bavards qu'au cours de notre première rencontre trois semaines plus tôt, et en bien meilleure forme physique. Nous avons pris de bonnes couleurs, nos visages se détendent et sourient.

Je n'emporterai dans mes bagages que les nombreux conseils de l'équipe ainsi que les coordonnées de certains membres de mon groupe. Nous nous sommes engagés à nous soutenir les uns les autres.

Demain, je prendrai l'avion, je retrouverai Esther, Tom, Nathan, ma famille. Je prendrai soin de moi et guérirai complètement de ce burn-out. Je retournerai au travail en respectant mes horaires et les besoins de mon corps.

Le centre Mariposa, le papillon, m'aura transformée. Je possède dans ma chrysalide une foule de bagages, de vêtements, d'objets divers que j'adore garder. Aujourd'hui, une envie m'habite : leur donner une nouvelle histoire et devenir un autre personnage.

31

On ne voit bien qu'avec le cœur.
L'essentiel est invisible pour les yeux.
Antoine de Saint-Exupéry

Avez-vous remarqué que les oiseaux trouvent tout dans la nature, car ils prêtent attention à leurs besoins ? Quand le temps ne leur apporte plus la nourriture en suffisance, ils émigrent vers des cieux meilleurs, plus tempérés. N'est-ce pas cela la vraie vie ? S'écouter et suivre ses désirs intérieurs.

C'est ainsi que j'agis depuis mon retour en Belgique. J'ai trouvé une psychologue spécialisée en hypnose et chaque séance fait sauter mes verrous.

Mon mal-être n'avait que trop duré. Je me sentais encore trop inquiète, peu sûre de moi, coincée au plus profond de mon âme. Je devais me libérer du négatif et enfin profiter de la vie. Trop de craintes habitaient mon esprit, peur de manquer, de mal agir, de ne pas être à la hauteur, d'échouer, peut-être aussi l'appréhension du bonheur. Je voulais développer la puissance de la joie du dauphin, me reconnecter plus souvent à cette émotion de vie intense que j'avais éprouvée lors de la rencontre avec cet animal aux Canaries. Ces cours instants vécus à son contact m'avaient montré la grandeur et la beauté de l'amour. Rebecca affirmait que si j'avais pu me connecter à cette étincelle en moi, j'étais capable d'attiser la flamme de la vie.

Il y a bien longtemps, après chaque événement douloureux, mon inconscient a planté des graines de doute, de dévalorisation et de peurs. Les racines du manque de confiance ont creusé de profonds sillons dans mon jardin intérieur. On n'arrache pas les plantes n'importe comment. Je dois tout d'abord m'assurer de ne laisser aucun germe, sinon il risquerait de repousser. Aussitôt le nettoyage total réalisé, je peux replanter une graine de confiance dans chaque trou. Pour cela, la thérapeute me guide dans une histoire où je transforme mon monde comme bon me semble. Bien sûr, tout ceci ne se passe pas sans souffrance. Je prends conscience de l'ampleur des dégâts causés pendant une partie de mon enfance.

Maman me nourrit au sein, elle verse des larmes et je les bois. D'habitude, un bébé sourit aux anges, moi, j'affiche une mine sérieuse, inquiète. Plus tard, j'apprendrai que mon frère pleurait beaucoup après ma naissance. Il devait avoir un an et demi, il était magnifique avec ses cheveux blonds bouclés et son visage jovial. Papa ne supportait pas de l'entendre pleurer. Alors, il s'enfermait avec lui dans la cuisine, le déculottait, le plaçait sur ses genoux et le battait au martinet. Oh, mon dieu, comment peut-on faire ce mal à un enfant innocent et sans défense ? Et maman, comment a-t-elle pu faillir à son devoir de s'interposer ? Même une lionne refuserait qu'on menace ses petits ! Pourtant, certains disent que les animaux manquent de conscience.

J'ai cinq ans, je suis dans le noir de ma chambre, fatiguée, je voudrais dormir, mais je ne le peux pas. J'entends des cris qui montent du salon, mes parents se disputent, se frappent. Maman menace de partir. Papa la jette à la rue. Je suis tétanisée. Qu'allons-nous devenir ?

Onze mois me séparent d'Anthony, mon frère adoré. Nous sommes solidaires et complices. Il me protège avec fierté dans la cour de récréation, il a toujours un œil sur moi, je me sens en sécurité.

Il aime jouer, faire le pitre, amuser les copains. Il ne s'intéresse pas à l'école et ramène souvent à la maison un bulletin insatisfaisant. Alors, à nouveau, les coups tombent. Mon père lui explique un problème de mathématique, Anthony donne une mauvaise réponse. Mon père hurle, le traite de cancre. Ils sont encore une fois dans la cuisine, moi, je fais mes devoirs sur la table de la salle à manger. J'entends le bruit sourd des gifles, j'ai mal, j'imagine que je reçois les coups, je ressens une brûlure insoutenable. Je veux sauver mon frère, lui souffler le bon calcul, mais je suis impuissante. Tétanisée, terrorisée par ce père autoritaire.

Voilà comment se construit une petite fille modèle qui pensera ne pas avoir droit à l'erreur, qui ne dira jamais rien par peur d'être battue. Sans le savoir, je vais rentrer dans le jeu pervers de la manipulation et de la culpabilité.

Ma mère est soumise, se dévalorise constamment, se contente d'une vie de femme au foyer, elle a peur de son mari. Sa seule parade pour éviter la violence est de supplier ses enfants d'être sages quand le paternel rentre à la maison. Alors que moi, comme le répète mon père, je suis belle, intelligente, brillante à l'école. Comment puis-je accepter ces compliments tandis que j'ai peur de rendre maman jalouse ? Et si elle ne m'aimait plus, je ne le supporterais pas. Inconsciemment, je redoute l'inceste.

Pour survivre, j'enfouis toute cette vase au fond de moi. Je tombe souvent malade, je souffre d'asthme, j'étouffe dans cet univers. Je voudrais crier à ces mauvais parents : « Arrêtez ! Vous n'avez pas le droit d'agir avec violence, vous devez nous protéger et nous apporter la sécurité. La vie est moche. Parfois, je souhaite ne pas être née dans votre famille. J'aimerais que vous soyez différents. J'ai besoin de vous aimer, mais c'est tellement difficile. » Je n'arrive pas à parler. La peur me bloque, me coupe les ailes, me plaque au sol dans ce monde en noir et blanc où l'avenir ne peut être qu'un labyrinthe sans issue.

Ce qui m'empêche de sombrer, ce qui me sauve, ce sont les moments de vie sans le père à la maison. Pour compenser le trop-plein dictatorial, maman est toujours gentille, elle nous autorise beaucoup. Peut-être cherche-t-elle à se racheter. Quand elle nettoie, elle allume la radio et chante. À l'heure du goûter, mon frère nous fait rire. Comme j'aime ces moments de légèreté et de complicité, ces rayons de soleil colorés dans la vie de ma jeunesse. Heureusement, l'enfant qui vit en moi oublie, joue, grandit, chérit les siens.

Je suis fragile, chétive, mais je continue à pousser jusqu'aux portes de l'adolescence. Les psychologues disent que cette période permet de solutionner ce qui a été mal vécu pendant l'enfance, tout peut se rejouer. Aurais-je alors la chance de vaincre mes peurs ? Françoise Dolto attribue à l'adolescent le complexe du homard. Le jeune possède une carapace qui semble dure, mais, en réalité, il est très fragile à l'intérieur. C'est pourquoi l'adolescent a besoin de références solides, de protection, d'être rassuré par ses parents qui lui donnent l'autorisation de s'envoler du nid.

Anthony ne travaille toujours pas mieux à l'école, le cortège de coups et d'insultes continue de tomber. Nous ne pouvons surtout pas en parler, motus et bouche cousue, nous devons montrer l'image d'une famille heureuse et équilibrée. Les non-dits sont des pièges pervers, des prisons dans lesquelles nous nous enfermons à notre insu. Seule une prise de conscience peut nous guérir et nous libérer avec le temps.

Des cauchemars de mort et d'abandon hantent souvent mes nuits. Peut-être que je refuse d'ouvrir mon cœur par peur d'être rejetée et de souffrir à nouveau. La thérapeute m'explique qu'un rêve récurrent nous montre que nous n'avons pas réglé un problème, cette difficulté crée en nous des tensions tellement fortes, que notre inconscient doit venir à notre rescousse en utilisant les rêves. Lorsque nous en interprétons les messages, nous pouvons cheminer vers notre solution. Dans ce cauchemar, je suis poursuivie jusqu'au bord d'une falaise, avec, pour seule issue, de me jeter à l'eau. Je sais que je suis en grand danger, je ne m'en sortirai pas, je vais mourir. Je me réveille en sueurs.

La thérapeute m'accompagne à nouveau dans mon enfance. Ai-je vécu une situation où je me suis sentie menacée, trahie ou abandonnée ? Ai-je eu le sentiment de pas savoir comment survivre ?

J'ai été séparée de maman après ma naissance, en danger pour sa santé, elle a été hospitalisée. Mon arrivée commençait bien ! Existe-t-il un autre événement mal vécu qui s'est superposé à celui de ma mère ? Je fouille à nouveau mon histoire.

J'ai quinze ans et je suis au lycée. Monsieur Jansen, mon professeur de lettres que j'admirais beaucoup, est très sévère et exige de nous des notes exceptionnelles. Avant les examens de Noël, je tombe malade, je rencontre de grandes difficultés pour étudier. Je fais pourtant tout mon possible, je bosse bien que j'aie trente-neuf de fièvre. Ma mère veut que le médecin me délivre un certificat médical pour que je sois dispensée de l'examen. C'est hors de question pour moi ! Je pleure tellement qu'elle cède, le médecin me prescrit les médicaments pour que je me soigne, et ma mère accepte que je poursuive l'école. Bien évidemment, je n'obtiens pas de bonnes notes à l'examen. J'espère néanmoins que mon professeur comprendra et sera fier de moi. Au lieu de cela, il m'humilie devant toute la classe lors de la remise des résultats. «Surtout, ne prenez pas exemple sur Manon », ricane-t-il. J'ai honte, je veux disparaître. Je ne comprends pas comment il peut être aussi dur et injuste. Moi qui le place toujours sur un piédestal ! Il sait que je suis malade et il ne m'accorde pas la moindre faiblesse. Je vois certaines filles qui rient sous cape et se moquent de moi. Dans la cour de récréation, je les entends dire que c'est bien fait pour moi, que je ferai moins le paon dorénavant. Après cet événement, j'ai toujours eu peur lorsque je devais parler devant la classe. Quand nous devions lire un poème ou solutionner une équation au tableau, je sentais mon cœur qui allait exploser dans ma poitrine et souvent je devenais aphone. Je n'avais plus confiance en moi. Je n'ai jamais réussi à dépasser cela.

La thérapeute m'explique que cela arrive souvent lorsque nous sommes entourés de personnes beaucoup trop exigeantes envers nous. De plus, la séparation de ma mère a pu créer en moi une peur inconsciente de l'abandon. Abandon et rejet sont très liés en nous.

Maintenant, je comprends pourquoi et comment j'ai manqué de confiance en moi. Je veux croître et m'épanouir dans le bonheur. Je désire croire que j'ai de la valeur et que je ne dois plus être parfaite pour exister. Je décide d'être libre comme le goéland qui survole les flots, libre comme le dauphin qui joue quand bon lui semble, libre comme l'aventurière qui parcourt la planète, libre surtout d'enfin oser être moi-même. Plus contrainte de plaire à tous pour avoir le sentiment d'exister, je sors de la course aux meilleurs diplômes et aux honneurs. Je lâche le poids des obligations matérielles dont je n'ai plus besoin. Je largue les amarres du monde des apparences pour rentrer dans le royaume de l'être. Je vais sauver ma peau, renaître de l'enfance, reconstruire ma ville en ruines, être l'artiste de ma destinée.

Peut-être que je me lasserais d'une existence insipide, aussi blanche que le cœur d'une amande. J'avoue que j'éprouve de la fierté dans mes excellentes capacités de résilience. J'aime me laisser couler dans l'entonnoir des expériences avec la foi totale qu'il n'existe pas d'échecs. Tout vécu est un rite initiatique qui nous encourage à puiser dans l'amour inconditionnel et à rebondir sur l'inattendu. Je joue avec le côté pile et face des pièces de monnaie de l'existence. Je remercie et j'apprécie la beauté de la nature, la magie d'être en vie, l'abondance des merveilles de la race humaine. Je sors de mon cercle égocentrique et participe au monde avec bienveillance. Tout ceci me convient très bien.

Dorénavant, mon cœur m'emmènera là où il est bon pour moi d'aller. Depuis trop longtemps, je ne suivais que ma raison, les conventions. Aujourd'hui, j'écoute plus mes sensations, mes émotions, mes sentiments profonds et mes pensées intimes. Ma petite voix était étouffée par les non-dits, pourtant elle ne m'a jamais quittée. Je l'avais recouverte de trop d'interdictions, de frustrations, d'obligations. Coincée et idiote, mon corps m'a sauvée par instinct de survie. Grâce au burn-out, j'ai repris contact avec mon cœur par une tendre délicatesse d'amour et d'amitié. La petite voix intérieure me dit que je suis intelligente, non pas exclusivement de façon intellectuelle, je possède une grande intelligence émotionnelle qui me permet de faire confiance à mon intuition, elle est très souvent juste et bienveillante. N'écouter que les autres et se fier à leur jugement est dangereux. Je suis la seule personne au monde qui sait ce qui est bon pour elle-même. Lorsque mes désirs me pousseront à me reposer pour le plus grand bien de mon corps, je les écouterai. Quand mon cœur me dira qu'il n'aime pas telle ou telle situation, je retrousserai mes manches avec courage et me positionnerai avec respect. Je parcourrai mon chemin d'adulte la tête haute. Si un désir se manifeste en moi, je trouverai le moyen de le réaliser de façon agréable. Face au contraste éventuel, je rebondirai et relèverai le défi. Je suis une femme, j'ai quarante-deux ans et je possède tout en moi pour réussir. J'utilise mes expériences antérieures pour les sublimer, les transformer et créer une vie extraordinaire. Je suis forte puisque je me suis construite sur mes difficultés.

La thérapie par l'inconscient me permet de guérir et donc de changer mon histoire. Je me nourris dès aujourd'hui de réflexions, de discussions, d'échanges philosophiques. Mes douleurs passées se transforment comme le terreau composé de feuilles mortes. Au printemps suivant, l'arbre s'éveille plus grand, plus beau, plus fort. Je me sens prête à franchir l'Everest. Après suffisamment de séances d'hypnose, j'ai écrit différemment mon passé et mon ressenti a changé.

La psychologue me recommande de consulter un coach qui m'accompagnera et me soutiendra dans mon objectif professionnel. J'ai effectué une recherche sur Internet, découvert une grande liste de résultats pour le coaching et ne savais pas qui choisir. Un site a toutefois attiré mon attention. Il parlait de PNL Humaniste, l'adjectif m'a plu d'emblée. J'ai cliqué sur le lien et j'ai aussitôt ressenti que j'avais trouvé la bonne adresse. Deux dauphins composaient le logo du site, c'était un clin d'œil de l'univers.

J'ai pris contact avec le coach et j'ai continué mon développement personnel. Je me suis sentie mieux à chaque séance de coaching jusqu'au jour où j'ai su que j'avais toutes les cartes en main pour reprendre mon travail.

32

L'espoir est contagieux, comme le rire.
Joan Baez

L'accueil de mon chef et de mes collègues m'étonne agréablement. Personne ne fait allusion à ma très longue absence. Au contraire, ils semblent avoir changé d'attitude et l'ambiance est beaucoup plus sereine. Rien ne s'oppose donc à ce que je mène une vie normale, avec des habitudes et des comportements mieux adaptés.

Parfois, je vois des photos qui pourraient me déstabiliser... une plage, des palmiers, un bateau... des dauphins...

Alors je prends rendez-vous chez le coiffeur ou l'esthéticienne. Je m'occupe de moi et je me fais belle. Je pars faire les boutiques avec Esther et transforme ma garde-robe. Mes cheveux bouclés ont poussé jusqu'aux épaules, les vêtements féminins et distingués me donnent un air de dolce vita. Esther me dit que tous les hommes se retournent sur moi comme au bon vieux temps du Vaudeville. Curieusement, je ne les vois pas, mais je me trouve de plus en plus belle. Ma colère contre Cyril s'est transformée en rage de vivre, c'est la preuve que je n'ai pas besoin de lui pour créer mon bonheur.

En cette veille de Noël, Esther m'a donné rendez-vous en ville pour acheter les cadeaux qui garniront le grand sapin du salon de sa maison. Il fait très froid et nous entrons dans un bar pour nous réchauffer un peu. Nous commandons un chocolat chaud. Je souris moins qu'à l'habitude et Esther s'en inquiète.

– Es-tu sûre que tout va bien, Manon ? J'ai l'impression que tu es souvent dans la lune.

– Oui, Esther, rassure-toi, le burn-out fait partie de l'histoire ancienne dont j'ai retiré de nombreux enseignements. J'ai beaucoup changé, tu sais. Je prends soin de moi et de ma santé.

– Cela se voit, tu as une mine resplendissante. Mais depuis quelques jours, je te trouve assez sérieuse. Tu ne veux pas m'en parler ?

– C'est le travail qui me préoccupe.

– Ne me dis pas que tu rencontres à nouveau des problèmes avec ta hiérarchie. Ils n'ont donc rien compris ces c… !

— Calme-toi Esther, pas de danger à l'horizon. En fait, je crois que j'ai envie de changer de travail. Je m'ennuie de plus en plus dans une routine qui ne m'apporte plus rien. Le coach m'a posé plusieurs questions, et je pense le temps venu pour regarder la réalité en face : je ne suis plus alignée sur mes valeurs dans cette boîte. Le problème ne vient pas uniquement de leur côté, j'ai changé grâce à cet épuisement professionnel.

— Mais c'est génial, ma belle ! C'est vrai que du renouveau devrait te revitaliser. Je t'admire Manon. Avant tu avais peur de tout, tu hésitais face au changement. Maintenant, tu es mûre pour t'envoler.

— Le coach m'a demandé quel poste j'aimerais occuper si je vivais dans un monde sans contraintes, où nous n'avons pas besoin de diplômes ni d'argent. Et tu sais ce qui m'est venu aussitôt à l'esprit ?

— Dis-moi, je meurs d'impatience de le découvrir ! s'exclame Esther avec enthousiasme.

— Je souhaiterais défendre une cause, protéger des personnes en danger, les aider à changer de vie. Mais je ne voudrais pas être confrontée à la violence ni à la misère. J'ai envie de vivre, pas de fréquenter la destruction ni la mort. Il trouve d'ailleurs que c'est mieux pour moi, tu sais à cause de cette histoire de burn-out, je ne dois pas me mettre dans des situations stressantes.

— Je suis tout à fait d'accord avec lui. Tu n'es pas Sœur Térésa, je ne te vois pas t'épanouir dans les bidonvilles.

– Moi non plus. Je rêve d'environnement, de nature…

– Ah non Manon ! Pas les dauphins ! Pas cette histoire d'amour.

– Pourquoi dis-tu cela Esther ? Tu sais bien que je me moque de Cyril comme de ma première culotte. Je pensais à quelque chose comme Greenpeace ou le WWF. Tu imagines à quel point ce doit être passionnant de protéger les espèces, conserver les écosystèmes, réduire l'empreinte écologique, adopter une philosophie basée sur le dialogue et le respect de l'autre, permettre le développement des humains en harmonie avec la nature.

– Je suis rassurée de t'entendre parler ainsi, tu devrais voir ton visage Manon, lumineux et pétillant. Je veux à nouveau te savoir heureuse. Pourquoi n'écrirais-tu pas une lettre au père Noël pour qu'il réalise ton rêve ?

– Ce serait trop facile… nous ne vivons pas dans un monde sans contraintes. Je ne possède pas les diplômes pour travailler dans ce domaine. J'ai déjà consulté les sites Internet, ils recherchent des scientifiques de l'environnement, des économistes, des informaticiens, des masters en coopération.

– Ce n'est pas possible qu'ils n'aient pas besoin de juristes, ce sont eux les défenseurs des lois ! Et qu'est-ce qui t'empêcherait de reprendre des études puisque tu es aussi motivée ? Une universitaire comme toi doit pouvoir se spécialiser sans recommencer un cycle complet.

Je la regarde en écarquillant les yeux.

— Je n'avais pas envisagé les choses ainsi.

— Toutes les terres s'avèrent propices pour retrouver le goût à la vie ! Tu es jeune, libre, sans famille qui te retient ici. L'avenir trace devant toi. Investis ton temps libre dans une nouvelle passion. Je te soutiendrai et t'aiderai. Nul doute que tu possèdes les capacités requises.

— Je sens la vie battre en moi Esther. Je crois que j'ai vraiment envie de changer. Oh, ce serait merveilleux !

— Quand tu viendras à la maison la semaine entre Noël et Nouvel An, nous pourrons effectuer nos recherches. Mais tu devrais peut-être passer par l'Université Libre de Bruxelles avant les vacances, je sais qu'ils proposent un service en orientation des études. Nathan y est allé et il était enchanté. Ah, Manon, je suis tout excitée ! Nous allons trouver exactement ce dont tu as besoin. Je te vois déjà parcourir le monde, nous retrouver sur Skype pour que tu me racontes tes aventures. Je t'envie !

— Je t'adore Esther. À tout problème existe une solution ! Viens ici que je t'embrasse. Je serais perdue sans toi !

— Tu t'ennuierais à mourir, dit Esther en regardant sa montre. Mais il est déjà dix-huit heures !

Je n'ai pas vu le temps passer. Je dois rentrer pour nourrir mes hommes.

Elle lève le bras pour demander l'addition, nous enfilons nos manteaux et nous dirigeons vers la sortie. Esther prend sur le comptoir la coupelle argentée de la note et dépose un billet de cinquante euros. Pendant que le serveur fait la monnaie, elle me lance…

– Bien sûr, tu manges avec nous ce soir. Nous leur annoncerons la bonne nouvelle et fêterons ta future réussite. Je sens que tu vas avoir le vent en poupe.

Elle me serre dans ses bras, nous rions et nous nous éloignons en direction du métro, station Louise.

33

Fontaine, je ne boirai pas de ton eau.

J'appelle régulièrement Valérie, Christelle et Daniel pour prendre de leurs nouvelles. Je me souviens que Valérie a passé deux entretiens avec les responsables de son agence immobilière avant de reprendre le travail. Je dois absolument lui téléphoner pour savoir comment se passe son retour dans la vie active et prendre des nouvelles de sa mère.

D'emblée quand elle décroche, je ne reconnais pas sa voix, elle semble métamorphosée et rajeunie.
– Tu ne me croiras pas Manon, chantonne Valérie en contenant à grande peine sa joie, j'ai l'impression que je me retrouve dans un autre monde. Les responsables m'ont dit à quel point je compte pour l'agence. Ils m'ont proposé de réfléchir ensemble sur mon emploi du temps pour ne plus

jamais revivre un burn-out. Apparemment, je ne suis pas la seule à qui cela est arrivé. Ils se sont remis en question grâce à moi.

— C'est magnifique Valérie ! Je me souviens que tu disais à quel point tu angoissais à l'idée de retourner au travail. Tu étais convaincue que tout recommencerait comme avant.

— Oui ! C'est pour cela que je suis partie à l'entretien avec la peur au ventre. Et voilà que c'est tout le contraire qui s'est produit. C'est eux qui me demandent pardon pour ne pas avoir soupçonné l'enfer que je vivais. Ils ont fait le bilan des objectifs à atteindre, et m'ont demandé de me manifester aussitôt que j'estimais me trouver en surcharge de travail.

— Tu ne voulais plus jouer Wonder Woman, et ce ne sera plus nécessaire du tout !

— Non seulement je n'aurai plus à assumer les tâches qui ne m'incombent pas, mais en plus j'aurai déclenché de grands changements favorables. L'entreprise a fait appel à un responsable en prévention du bien-être. Ils mèneront des enquêtes pour améliorer la qualité de notre environnement professionnel. Ils m'ont demandé de m'engager aussi à respecter mon temps de pauses. Manon, c'est le monde à l'envers !

— Je comprends que tu aies du mal à réaliser le changement, mais c'est une excellente chose pour toi. Je suis tellement heureuse Valérie, tu le mérites, tu sais. Et comment se porte ta mère ?

– Elle est calme pour l'instant. J'ai accepté qu'elle soit bien mieux dans la résidence spécialisée pour sa maladie. Les professionnels m'ont expliqué comment l'équilibre des rôles de chacun était bouleversé. A cause de la perte d'autonomie de maman, j'avais pris le rôle de parent dans l'intention de la protéger, mais cela n'était bénéfique pour personne. C'était une tâche trop lourde qui conduit souvent à un épuisement physique et psychologique. Je ne culpabilise plus et j'ai retrouvé le plaisir d'aller la voir. Tu sais que j'assumais toutes les tâches ménagères sans jamais demander d'aide à personne. Tout ceci m'a donné le courage de faire aussi le point avec mon mari et les enfants. Je les ai mis au pas ! Nous avons établi la répartition des tâches.

– Ne me dis pas qu'ils ont accepté sans rechigner ! Tu les avais tellement mal élevés en exauçant tous leurs caprices.

– Bien sûr que non, ils se sont rebellés. Quand je leur ai annoncé que je souhaitais davantage m'occuper de moi, ils m'ont dit que c'était une excellente idée. Mais tu aurais dû voir leur tête dès que je leur ai notifié tout ce que je n'assumerais plus pour me libérer du temps. C'était une véritable mutinerie à la maison. Ma fille s'est indignée que je ne la conduise plus où ni quand bon lui semblait. Elle m'a presque traitée de mère indigne quand je lui ai annoncé que dorénavant elle m'aiderait dans les tâches ménagères. La pauvre, avec toutes les heures qu'elle doit passer à étudier, comment pourrait-elle

317

trouver le temps pour tout ce que je lui déléguerais ? Non, mais, ces jeunes, pour qui se prennent-ils ? Pour des princes avec des parents-majordomes à leur service ! Ne ris pas Manon. Si tu avais des enfants, tu me comprendrais.

— Je ne me moque pas de toi, Valérie, bien au contraire. Je suis fière de toi !

— Mieux encore, tu aurais dû voir Hervé, mon mari, quand je lui ai annoncé que je n'assurerais plus le repas chaud un soir par semaine. Qu'allait-il devenir sans ses petits plats préparés par sa Valérie ? Mais Bibiche, pleurnichait-il, pourquoi changer toutes ces bonnes habitudes après vingt-cinq ans de mariage ? Je lui ai rétorqué qu'il était grand temps d'emmener sa Bibiche au restaurant ! Je te l'ai retourné comme une crêpe le Hervé.

— Et comment est l'ambiance à la maison aujourd'hui ?

— Le calme après la tempête ! La nuit leur a porté conseil. Le lendemain, ils se sont excusés et m'ont proposé d'établir un tableau de répartition des tâches. Hervé a décrété qu'il nous emmènerait au restaurant le vendredi soir pour que je puisse me reposer après la semaine de travail. Je n'en revenais pas, lui qui a des oursins dans le porte-monnaie. Je l'ai trouvé trop mignon.

— Tu possèdes une famille formidable, Valérie.

— Oui, je les adore. La différence aujourd'hui, c'est qu'ils n'ont plus une Wonder Woman à la maison, mais une Respect Woman. Je revendique mes droits avec fierté.

– Bravo Valérie ! Quel chemin parcouru depuis notre première rencontre où tu n'osais pas dire non par peur de ne plus être appréciée !

– Merci, Manon, j'apprécie la valeur de ton compliment. Tu sais, tous ces événements m'ont permis de comprendre tellement de choses précieuses sur moi. Je n'ai pas tout partagé dans les séances de groupe au centre Mariposa, mais je n'ai pas toujours été la mère de famille classique qu'on peut imaginer.

– Ah non ? Tu piques ma curiosité au vif. Que nous as-tu caché Valérie ?

– Je n'ai pas vraiment caché les choses, j'avais plutôt oublié tout un pan de mon histoire et de ma personnalité. Quand j'étais jeune, mes parents me répétaient que j'étais comme un balancier, toujours dans les extrêmes et jamais dans la voie du milieu. Je ne les comprenais pas, je me trouvais spontanée. J'étais ambitieuse et fascinée par les films de James Bond. Je me voyais en véritable panthère 007 au féminin, richissime, voyageant aux quatre coins du monde, vivant des aventures amoureuses sans lendemain. J'affirmais haut et fort que je serais toujours libre, forte, sans peur, sans besoin d'assumer les autres. Et puis, j'ai rencontré Hervé. Issu d'une famille nombreuse bretonne, il m'a fait découvrir le bonheur d'appartenir à un clan. Je voyais le regard protecteur de ses parents sur leurs petits-enfants, la solidarité des frères et sœurs de Hervé, la joie des repas partagés autour de la grande table sous la tonnelle de la maison de vacances. Je sentais naître au creux de mon ventre le besoin de donner la vie, de voir mes enfants heureux, de construire avec Hervé des fondations solides. J'ai rangé dans un tiroir mes désirs d'aventure, j'ai épousé Hervé, nous avons fondé notre famille et je ne regrette vraiment rien. Par contre, grâce au burn-out, j'ai compris que mon véritable bonheur se trouve dans cette voie du milieu, celle où je vais concilier mes désirs de liberté et mes valeurs de famille. J'ai toujours été trop gentille. J'ai toujours essayé de faire le mieux pour les autres. Aujourd'hui, j'essaie de faire le mieux pour moi. Sans pour autant devenir un monstre d'égoïsme ! proteste Valérie. Je ne t'ai même pas demandé comment tu te portes.

– De mieux en mieux ! J'avance à mon rythme et j'ai peut-être l'intention de me réorienter professionnellement.

– Toi, Manon, tu pourrais quitter ton travail ? Non, ce n'est pas possible !

– Il ne faut jamais dire « Fontaine, je ne boirai pas de ton eau ! », Valérie. Mais c'est encore un peu tôt pour en parler. C'est une idée qui germe en moi. Je veux garder la tête sur les épaules et me donner le temps de la réflexion. Nous en discuterons quand j'aurai tiré tout cela au clair, je te le promets.

– Sache que tu peux compter sur moi si tu as besoin de quoi que ce soit.

— Merci, Valérie, tu me touches beaucoup. Tu fais partie des personnes ressources dont Rebecca nous parlait, elle avait bien raison de souligner l'importance d'être bien entouré.

— Tu n'as encore rien dit à Christelle et Daniel ?

— Non, j'en ai seulement parlé à toi et Esther.

— Je t'admire aussi Manon, car tu affrontes tout ce changement en célibataire. J'ai souvent jalousé ta liberté quand je fulminais contre ma famille qui me fatiguait.

La remarque de Valérie me donne envie de recadrer la notion de ruban relationnel que Rebecca utilisait.

— À qui tu donnais le pouvoir en disant oui à toutes leurs demandes !

— Tu as mille fois raison. Chacun doit assumer sa responsabilité dans l'échange ! Merci de me le rappeler. Je vais devoir te laisser Manon, il est tard et je dois m'occuper de mon sommeil.

— Moi aussi, je me couche tôt. J'ai adoré t'entendre, Valérie. Tu m'as motivée à prendre soin de moi. Je t'embrasse, à bientôt.

— A bientôt Manon.

Après avoir raccroché, je ressens un immense désir d'avancer dans ma métamorphose. Cette fin d'année s'avère peut-être la bonne période pour prendre de nobles décisions et surfer sur la vague du changement.

34

La commande au père Noël

J'ai mis à profit ma semaine des vacances de Noël avec Esther, nous avons préparé un dossier de réorientation professionnelle.

Grâce aux exercices réalisés avec mon coach, j'ai de plus en plus confiance en moi, je connais mes aptitudes et mes qualités. J'applique la loi de Pareto qui me permet de ne plus vouloir à tout prix être plus que parfaite. Je m'octroie quelques petites erreurs que je prends comme de beaux apprentissages de vie.

Mon coach m'a guidée dans une visualisation de mon futur professionnel. Je me suis vue travailler dans une organisation mondiale de protection de l'environnement. J'évoluais dans un grand bureau, entourée de gens étrangers, souriants et diplomates, actifs et sereins. Je rayonnais de joie et bougeais avec aisance. Je me suis rendue à l'université où une conseillère m'a orientée vers une spécialisation en gestion de projets. Selon elle, les organisations internationales recrutent régulièrement des contrôleurs pour leurs directions administratives, juridiques et financières. Elle m'a assuré que, vu mes compétences, quelques mois suffiraient pour atteindre le niveau et postuler.

J'ai demandé un quatre cinquièmes temps dans mon entreprise, la direction me l'a accordé sans hésitation.

Il semblerait que ma croyance forte dans ma nouvelle vie aligne sur mon passage les personnes, les événements et les opportunités…

La joie au cœur, j'ai repris mes études. Esther m'aide comme au temps de l'université. Nous avons établi un programme qui règle tous les aspects de ma nouvelle vie : yoga dès mon réveil, petit déjeuner équilibré, travail avec pauses régulières et respect de mes horaires, piscine trois fois par semaine, étude vendredi et samedi matin, week-end à la campagne chez elle et Tom pour me ressourcer.

Le soir de Noël, Esther m'a offert deux symboles pour me soutenir dans mon projet passionnant : un maître Yoda en peluche emballé dans un papier « Que la force soit avec toi », ainsi qu'un porte-clés avec une fée. Le Jedi de La Guerre des Étoiles trône sur mon bureau et m'encourage au quotidien. La petite magicienne m'accompagne partout dans mon sac à main et me rappelle que les rêves existent pour devenir réalité. Esther souhaite qu'elle me confère les dons nécessaires pour mon projet et influence favorablement mon futur. Je suis gonflée à bloc.

35

Tout ce qui existe a, un jour, été imaginé…

Tous les éléments ont convergé à mon avantage. En septembre, j'ai décroché un emploi au WWF. Intégrée dans l'équipe de Bruxelles, j'ai été formée au siège européen de Paris. Mon nouveau travail m'enthousiasme et mes collaborateurs m'apprécient. Je me suis rapidement sentie à l'aise dans ce milieu multiculturel et apolitique où la transparence est un principe fort respecté.

Ma vie se déroule presque normalement…

Je n'ose pas l'avouer à Esther, mais je rêve souvent de Cyril et des dauphins. Je m'évade dans un monde de sensibilité et de sensualité, me réfugie dans des scénarios où Cyril apparaît comme dans les plus beaux romans d'amour. Les cétacés me touchent en plein cœur et réveillent en moi la flamme qui s'est éteinte petit à petit. Je suis en bonne santé, mais je me sens bien seule lorsque le vague à l'âme m'envahit. Une partie de la femme en moi est atrophiée, celle de la sensualité.

La joie de vivre, cette force alliée à une étonnante souplesse, cette envie de croquer les choses à pleines dents, tout cela faisait partie du monde de ma jeunesse. À l'époque, quand on me demandait ce que j'exercerais comme travail, je répondais souvent : « Je ne sais pas précisément, mais je serai une femme active et dynamique. »

Je me suis perdue en chemin. Je n'ai pas réagi jusqu'à ce jour où l'épuisement professionnel m'a clouée au lit, obligée à me remettre en question.

Le feu de la vie m'habite. Je désire me libérer de mes doutes, ils m'ont apporté trop de douleurs, de terreurs et l'odeur de la mort. Je veux oser, développer l'espoir, m'habiller d'opportunités, faire table rase du manque et des carcans. Maintenant, j'ai le devoir d'user et d'abuser de mes forces, non plus pour plaire, mais pour exister. J'établis la liste de mes envies, me libère du poids de mes jugements et m'envole dans la créativité, l'utilité, la transformation de mon être.

36

Face à la roche, le ruisseau l'emporte
toujours, non pas par la force, mais par la
persévérance.

H. Jackson Brown

Le colloque annuel du WWF se tient à Paris. Le directeur général de Bruxelles m'y a envoyée avec le coordinateur des opérations pour qu'il me présente aux différentes antennes. La soirée d'accueil est organisée dans la salle de conférence de l'hôtel. Plus de mille participants viennent des quatre coins du monde. Le président monte sur l'estrade et entame une annonce de dernière minute.

— Bonsoir à toutes et à tous. Un tout grand merci d'avoir répondu à notre invitation. Ce colloque nous permettra de réaliser une considérable percée dans la législation de protection des animaux marins. Je vous présente notre spécialiste en cétacés, qui a accepté de remplacer au pied levé le conférencier que nous avions prévu. La conférence ne perdra rien de sa qualité, poursuit le président. Bien au contraire, car il possède une grande expertise dans le domaine. Son expérience récente de l'échouage des baleines pilotes aux Canaries…

Les projecteurs se braquent sur Cyril qui se lève et rejoint le président. Toute la salle applaudit. Mon cœur accélère, je sens mon visage blêmir, mes oreilles bourdonnent et je n'entends plus rien.

Il se tient, devant moi, toujours aussi séduisant. Il s'adresse à l'auditoire avec l'assurance d'un homme passionné par son sujet. Sur un grand écran, l'océan apparaît, puis les dauphins, les baleines, les oiseaux… Je retrouve les sensations de mon séjour au centre Mariposa.

– J'ai souvent travaillé avec le CRAM, poursuit Cyril avec sérieux, la fondation pour la conservation et la récupération des animaux marins. Depuis plusieurs années, des centaines de cétacés, tortues et oiseaux apparaissent au large de tout le littoral avec de graves blessures et des maladies souvent causées par l'interaction humaine : les bateaux qui s'approchent trop près de ces créatures sans respecter leurs comportements, les collisions à vive allure, les captures pour les delphinariums ainsi que les filets et les lignes de pêche qui s'entortillent autour des animaux. Il y a quelques mois, vous avez probablement entendu parler d'une vingtaine de baleines-pilotes tropicales qui se sont approchées de la côte canarienne et ont failli s'échouer. Fait tout à fait alarmant, puisqu'elles évoluent en général en pleine mer. Cela peut être dû au fait qu'un cétacé du groupe vivait un danger et que les autres se sont désorientés dans la panique. Avec le CRAM ainsi que l'université de Las Palmas, nous sauvons ces animaux et les réintroduisons dans leur milieu naturel le plus rapidement possible. Mais aujourd'hui, nous devons agir en amont avec la prévention. Pour cela, prononce-t-il en frappant le poing sur le pupitre, seules des lois de protection avec une tolérance zéro seront efficaces.

Je retrouve mes esprits. Suspendue aux lèvres de Cyril, je bois ses paroles. La conférence prend fin, tout le monde se lève pour applaudir. Lionel, le coordinateur, me murmure à l'oreille que c'est pour défendre ces causes qu'il s'est engagé au WWF et que dans des moments comme aujourd'hui, il se dit béni des dieux.

Le président reprend le micro…

— Je sais que nous sommes tous alignés sur les valeurs dont nous avons parlé ce soir. C'est dans le but de réaliser notre mission commune que nous sommes entrés au WWF. Et nous avançons avec succès chaque année. Une profonde amitié nous unit ainsi que tous les bénévoles qui nous soutiennent. Je propose donc de fêter nos résultats et la future réglementation internationale que nous signerons prochainement. Je vous invite à vous diriger vers le restaurant où un buffet et un orchestre vous attendent. Encore merci à toutes et tous. Oubliez un peu le travail et passez une excellente soirée.

La salle de conférence se vide et je n'ose pas chercher Cyril du regard. Mon collaborateur me tire par le bras.

— Viens Manon, laissons-les se jeter sur les plats. Le buffet est suffisamment copieux, nous mangerons un peu plus tard. Je vais te présenter aux personnes que je connais.

Des petits groupes se forment et les rires fusent de partout. Je discute avec Paolo et Silvia qui viennent d'Italie et aussi avec les Espagnols, Antonio et Elsa Maria.

— Nous rentrons d'Amazonie, explique Antonio avec son accent chantant. Nous pouvons vous assurer que ce que nous avons vu là-bas dépasse l'entendement. La déforestation massive tue de nombreuses espèces animales, mais prive aussi la population de leur lieu de vie et de subsistance.

– Manon, continue Elsa Maria, ton antenne de Belgique concentre de nombreuses actions dans cette partie du globe. Nous vous devons beaucoup. Tu vas adorer ton travail. Dis-nous, qu'est-ce qui t'a motivée à postuler au WWF ?

– C'est une longue histoire. Je travaillais dans le secteur privé et n'ai plus supporté toute la pression de ce système capitaliste. N'étant plus alignée sur mes valeurs, j'ai subi un burn-out qui m'a permis de changer de vie.

Derrière Manon, trois Français discutent et l'un d'entre eux est troublé en entendant le prénom Manon. Il reconnaît la voix de la femme qu'il a aimée. Il se retourne. Il n'en croit pas ses yeux. Elle se tient devant lui lumineuse et métamorphosée. Ses beaux cheveux auburn ont poussé et les boucles adoucissent son visage. Elle est magnifique. Il plonge dans ses yeux bleus et sent sa poitrine se gonfler de bonheur.

– Manon ?

– Cyril ?

Je rougis d'émotion bien que mon sang se glace. Je triture une mèche de mes cheveux.

– Manon, que fais-tu ici ? Tu travailles pour le WWF ?

Lionel nous regarde avec étonnement.

– Vous vous connaissez ?

Je réponds comme un automate.

– Nous nous sommes rencontrés il y a longtemps aux îles Canaries.

– Comme le monde est petit ! lance Lionel.

Il tend la main à Cyril.

– Félicitations pour votre conférence.

– Merci, répond Cyril. Je… excusez-moi…

Cyril ne voit plus que Manon. Plus rien n'existe qu'eux dans le moment présent. Il hésite.

– Manon, est-ce que je pourrais te parler ?

– Oui, mais… dis-je un peu gênée.

Lionel remarque le trouble entre Manon et Cyril, mais ne relève rien.

– Nous pourrions aller dans le hall, suggère Cyril en me désignant un coin à l'écart de la foule.

Je bredouille à l'égard de mes collègues…

– Pardonnez-moi… je reviens de suite…

Bien que mes jambes flageolent, je suis Cyril. Mon cœur bat à vive allure. Je ne me suis pas préparée à cette rencontre.

– Veux-tu que nous nous installions là ? dit-il en me montrant une table et deux fauteuils dans une alcôve.

Je hoche la tête et m'assieds. Il murmure.

– Manon, quel bonheur de te revoir.

Il me sourit et me prend les mains. Je me retrouve muette d'émotion.

– Je… je ne sais que dire…

J'inspire profondément pour calmer mon rythme cardiaque. J'écoute Cyril.

– J'ai imaginé des milliers de fois notre rencontre. Jamais je n'ai pensé que ce serait dans le cadre du travail. Je n'en reviens pas ! La vie est vraiment incroyable.

Je ne peux que murmurer un « oui » timide.

– Manon, pourquoi n'es-tu jamais venue me voir à l'hôpital ?

– À l'hôpital ? Mais je ne comprends rien à ce que tu racontes, Cyril.

– Quand l'infarctus s'est produit et qu'on m'a emmené d'urgence à Las Palmas, j'ai demandé à Florence de te prévenir. Je ne voulais pas que tu t'inquiètes. Les médecins m'ont dit qu'il y avait eu plus de peur que de mal. Très rapidement, mon cœur s'est stabilisé et ils m'ont autorisé à recevoir de la visite. Tu étais la seule personne que je voulais auprès de moi. Pourquoi n'es-tu pas venue ? Je n'ai pas compris.

Je ne peux pas retenir ma colère et je lance.

– Je n'ai jamais rien su de cette histoire ! Florence ne m'a jamais appelée.

– Ce n'est pas possible, je lui avais donné ton numéro.

– Puisque je te dis que je n'ai reçu aucun appel ! Quand je suis allée au port pour te voir, elle m'a annoncé que tu avais dû rentrer en France parce que ton fils avait eu un accident. Ta femme avait besoin de toi et tu voulais absolument te retrouver en famille. Tu m'avais dit que tu avais divorcé et que tu ne voyais plus tes enfants.

— Cette salope de Florence ! lâche-t-il. Elle est encore pire que je ne l'imaginais !

Je remarque le regard noir de Cyril. Je suis perdue, car je ne sais plus que penser. Il m'a plaquée du jour au lendemain sans jamais plus donner de nouvelles. Dois-je me méfier de lui ? Florence a-t-elle menti ?

— Manon, tu dois me croire ! supplie-t-il. Je commence à comprendre ce qui s'est produit. Je vais t'expliquer. J'ai demandé à Florence de te prévenir pour mon hospitalisation imprévue. Elle m'a dit qu'elle t'avait appelée. Les jours passaient et tu ne venais pas. Elle affirmait son étonnement, car tu lui avais promis de me rendre visite. J'ai pensé que je ne t'intéressais plus et je n'ai pas osé te téléphoner en Belgique. Tu me crois Manon ? Tu me comprends ?

Il me prend à nouveau les mains, je ne m'écarte pas. Les larmes coulent le long de mes joues, je sens leur goût salé. Je lui raconte…

— Quand Florence m'a dit que tu ne pouvais rien refuser à ton épouse que tu aimais par-dessus tout, le monde s'est écroulé autour de moi. Je t'en ai voulu à mort. Tu m'avais trahie alors que tu me savais fragile, tu étais parti sans un mot. Cela a déclenché en moi une force qui m'a permis de rebondir. Sur les conseils de la psychologue, après ma cure au centre Mariposa, j'ai poursuivi mon développement personnel et j'ai consulté un coach qui m'a accompagnée pour installer ma nouvelle vie. À la reprise de mon travail, j'ai rapidement réalisé qu'il ne me rendait plus heureuse, je devais me réorienter. J'ai réussi avec l'appui de mes amis à reprendre des études et décrocher le poste au WWF. Les dauphins et ta rencontre avaient donné un nouveau sens à ma vie.

— Tu es devenue une autre femme Manon. Je le vois dans ton regard et dans ton corps. Tu es tellement belle. Chaque jour, je pensais à toi, je n'ai jamais cessé de t'aimer. Je t'en supplie, crois-moi. Florence nous a manipulés ! J'ai dû la licencier parce qu'elle mentait tout le temps et je sentais qu'elle essayait de me mettre le grappin dessus. Pas un seul instant, je n'ai jamais soupçonné qu'elle nous avait séparés. Comprends-tu ?

Je reconnais la sincérité dans la brillance de ses yeux. L'étincelle qui s'est allumée en moi est en train de grandir, celle que j'ai ressentie quand je l'ai rencontré aux Canaries un an auparavant. Cette flamme m'appelle et me dit de suivre mon étoile jusqu'au royaume de la lumière, là où l'amour fera partie de mon équilibre. Aujourd'hui, je suis capable de m'épanouir dans ma vie professionnelle en même temps que de nourrir mon espace privé.

L'orchestre commence à jouer dans le restaurant, des couples se forment. Nous entendons « When a man loves a woman ». Cyril me prend la main, se lève et m'entraîne sur la piste de danse. Il m'attire à lui et pose un baiser dans mes cheveux. Les papillons virevoltent à nouveau dans mon ventre, la chrysalide se réveille. Nos cœurs battent à l'unisson. Il me murmure…

– Ne regrettons rien, Manon. Un an plus tôt, notre histoire d'amour était vouée à l'échec. Nous n'étions pas prêts.

– Tu as raison, Cyril. J'avais besoin d'espace pour identifier ma mission de vie. Aujourd'hui, je suis libérée du jugement des autres et je me fie à mes propres valeurs. J'ai acquis la véritable force intérieure de la sérénité, je respecte mes limites et écoute mon ressenti.

Je prends un peu de recul, plonge dans son regard, et lui souris.

– Moi aussi je t'ai toujours aimé. Quel bonheur de te retrouver. Tu as sauvé mon âme Cyril, laisse-moi réchauffer ton cœur.

– Alors, accompagne-moi sur le Dionysos. Il y a de la place pour deux personnes à la barre et les dauphins t'attendent.

– J'aurais voulu accepter ton offre Cyril, mais je viens de m'engager au WWF pour un programme international. Je vais être amenée à beaucoup voyager. J'aime ma nouvelle vie.

Cyril baisse les yeux et je devine sa déception.

– Cyril.

– Quoi ?

Il tourne la tête.

– Cyril, regarde-moi.

Sa tristesse assombrit le bleu de ses yeux. Il est encore plus beau.

– Cyril, toute difficulté apporte sa solution, et s'il n'en existe pas, nous en inventerons. Je pourrais envisager de louer mon appartement et me domicilier sur le Dionysos qui serait mon port d'attache...

Remerciements

À tous les lecteurs, lectrices et journalistes de mes précédents livres, dont les questions, témoignages et encouragements m'ont donné l'envie de créer de nouvelles histoires.

À mes nombreux élèves et clients qui ont transformé leurs vies et m'ont servi d'inspiration.

À Janine qui a cru en moi depuis le début et corrigé le manuscrit avec un esprit critique constructif. Son aquarelle « En harmonie » m'a soutenue tout au long de l'écriture.

À Alain qui a montré tant de patience et d'intelligence émotionnelle lors des moments de remise en question.

À Magali qui a permis au livre de prendre son envol.

À Corinne dont l'extraordinaire clairvoyance me sert de phare.

À l'océan et ses merveilles que j'admire avec passion.

Du même auteur

Ce que vous devez savoir pour attirer l'amour
Edition Le Dauphin Blanc, 2012

Itinéraire d'une mission de vie
Auto édition, 2016

www.attraction-succes.com

www.ingramcontent.com/pod-product-compliance
Lightning Source LLC
Chambersburg PA
CBHW022207010726
47493CB00002B/459